善良如嘉木

若荷 —— 著

中国书籍文学馆·散文苑

中国书籍出版社
China Book Press

图书在版编目（CIP）数据

善良如嘉木/若荷著.—北京：中国书籍出版社，2014.3
（中国书籍文学馆·散文苑）
ISBN 978-7-5068-3968-6

Ⅰ.①善… Ⅱ.①若… Ⅲ.①散文集－中国－当代Ⅳ.①I267

中国版本图书馆CIP数据核字（2013）第305218号

善良如嘉木

若荷 著

图书策划	武　斌　崔付建
特约编辑	陈　武
责任编辑	许艳辉
责任印制	孙马飞　马　芝
出版发行	中国书籍出版社
地　　址	北京市丰台区三路居路97号（邮编：100073）
电　　话	（010）52257143（总编室）（010）52257153（发行部）
电子邮箱	chinabp@vip.sina.com
经　　销	全国新华书店
印　　刷	三河市华东印刷有限公司
开　　本	650毫米×940毫米　1/16
字　　数	237千字
印　　张	17.25
版　　次	2014年7月第1版　2019年1月第2次印刷
书　　号	ISBN 978-7-5068-3968-6
定　　价	52.00元

版权所有　翻印必究

序

李敬泽

"中国书籍文学馆",这听上去像一个场所,在我的想象中,这个场所向所有爱书、爱文学的人开放,不管是白天还是夜晚,人们都可以在这里无所顾忌地读书——"文革"时有一论断叫做"读书无用论",说的是,上学读书皆于人生无益,有那工夫不如做工种地闹革命,这当然是坑死人的谬论。但说到读文学书,我也是主张"读书无用"的,读一本小说、一本诗,肯定是无法经世致用,若先存了一个要有用的心思,那不如不读,免得耽误了自己工夫,还把人家好好的小说、诗给读歪了。怀无用之心,方能读出文学之真趣,文学并不应许任何可以落实的利益,它所能予人的,不过是此心的宽敞、丰富。

实则,"中国书籍文学馆"并非一个场所,它是一套中国当代文学、当代小说的大型丛书。按照规划,这套丛书将主要收录当代名家和一批不那么著名,但颇具实力的作家的长篇小说、中短篇小说集和散文集等。"中国书籍文学馆"收入这批名家和实力作家的作品，就好比一座厅堂架起四梁八柱，这套丛书因此有了规模气象。

现在要说的是"中国书籍文学馆"这批实力派作家，这些人我大多熟悉，有的还是多年朋友。从前他们是各不相干的人，现在，"中国书籍文学馆"把他们放在一起，看到这个名单我忽然觉得，放在一起是有道理的，而且这道理中也显出了编者的眼光和见识。

当代文学，特别是纯文学的传播生态，大抵集中在两端：一端是赫赫有名的名家，十几人而已；另一端则是"新锐"青年。评论界和媒体对这两端都有热情，很舍得言辞和篇幅。而两端之间就颇为寂寞，一批作家不青年了，离庞然大物也还有距离，他们写了很多年，还在继续写下去，处在最难将息的文学中年，他们未能充分地进入公众视野。

但此中确有高手。如果一个作家在青年时期未能引起注意，那么原因大抵有这么几条：

一、他确实没有才华。

二、他的才华需要较长时间凝聚成形，他真正重要的作品尚待写出。

三、他的才华还没有被充分领会。

四、他的运气不佳，或者，由于种种原因，他的写作生涯不够专注不够持续，以至于我们未能看见他、记住他。

也许还能列出几条，仅就这几条而言，除了第一条令人无话可说之外，其他三条都使我们有足够的理由对这些作家深怀期待。实际上，中国当代文学的丰富性、可能性和创造契机，相当程度上就沉着地蕴藏在这些作家的笔下。

这里的每一位作者都是值得关注、值得期待的。"中国书籍文学馆"收录展示这样一批作家，正体现了这套丛书的特色——它可能真的构成一个场所,在这个场所中,我们不仅鉴赏当代文学中那些最为引人注目的成果,而且,我们还怀着发现的惊喜,去寻访当代文学中那相对安静的区域,那里或许是曲径幽处,或许是别有洞天,或许是,众里寻他千百度,蓦然回首,那人却在,灯火阑珊处……

目 录

第一辑 亲情如根

生命里最初的感动 / 002

棉被上的流年 / 007

一架蔷薇千朵红 / 012

水一样的声音 / 014

皮线花 / 018

挂在翅膀上的春天 / 021

藏起一半的爱 / 025

园子里的春天 / 027

感恩慈母心 / 031

幸福的珍藏 / 035

母爱是一条河 / 041

城　乡 / 043

天堂无电话 / 049

梦里又是清明雨 / 053

陪读的母亲 / 057

一把豆角 / 061

山里的亲戚 / 064

半个包子的幸福 / 066

梨园旧事 / 069

第二辑 博爱如叶

枫叶书签 / 074

一束玫瑰正芬芳 / 076

老师，我会想你的 / 079

风居住的天堂 / 083

别了少年心 / 088

香雪兰 / 090

美丽鸡尾草 / 093

陌生的朋友 / 097

落雪时刻的祝福 / 100

寄养猫 / 103

幸福的刺猬 / 107

那些鸟巢 / 111

一树繁花 / 115

你的眼睛，在想什么 / 118

爱情与酒杯 / 123

纸上的爱情 / 126

沸水里开花 / 129

第七个美丽的日子 / 132

栀子花香 / 137

第三辑 信念如花

星光下的童年 / 140

点燃梦想的七彩 / 142

跳跃长大的童年 / 144

盛开在掌心的花朵 / 146

草叶的生命 / 151

公园里的风景 / 155

时间不会等你 / 158

从生活低处出发 / 160

太阳每天都会升起 / 162

花开的信念 / 164

另一种方式的花开 / 166

不做季节的盆景花 / 168

书是生命的禅堂 / 170

一朵花开的春天 / 172

聆听山野的秋声 / 174

落叶的心田 / 177

开放在高原 / 180

路上的彩虹 / 183

秋天，那片宁静的山野 / 186

把生命当作花开 / 188

仰头是天空 / 192

涅槃之美 / 196

爱，没有缺口 / 202

第四辑 善良如嘉木

善良如嘉木 /206

良心开花 /208

高粱有多少只脚 /210

有种职业是老师 /212

与心灵最近的栅栏 /214

绿叶作花 /217

柿红时节 /221

布衣荆棵 /225

高贵的萝卜 /229

家乡的蓝月亮 /233

炊烟是村庄的念想 /235

海的喜悦 /237

素食年华 /239

当陌生向你微笑 /242

在生命中的每一天 /246

真爱才美丽 /248

父亲的庄稼 /250

眉头深深处 /252

时间与人生 /255

心境决定幸福 /257

轻叩家门 /259

第一辑 亲情如根

生命里最初的感动

大约在我六七岁的时候,家里曾经养过一只猫,那是母亲为给奶奶做伴找人要来的。那天我放学回家,发现身边多了一个奇怪的声音,仔细一看,原来是它,身体弯曲着躺在奶奶的脚边,样子怯怯的。它长了一条长长的尾巴,浑身灰黄相间的斑纹,可爱极了。

可是,它只在我家里待了一天,第二天就让后院的一个婶婶引走了。这不是故意的,那个婶婶的脚步刚在我们家的窗下响起,这只美丽的小猫听到动静后,两耳立即竖起,我们还没有缓过神来,它已箭一般地跃将出去,一下蹿到婶婶怀里,任奶奶千呼万唤,再也不肯下来了。

那个婶婶长得很秀气,短发,记得头上还拢了一个圆形的发夹,发夹的中间有一个粉色的点,走起路来柔柔的,像春风里吹动的杨柳。那只猫就是从她家里带来的。婶婶的家在农村,因为她的丈夫,所以能每隔一段时间来这里住几天。她和我母亲很投缘,每次见了面,仿佛有说不完的知心话。提起她,母亲的眉心弯弯,眼睛里全是笑。她也是一脸快乐喜气的样子。她每次来,有时给我和妹妹捎来一对漂亮的小枕头,那可是乡下的稀罕物;有时是一些城里不多见的花生。她走时,母亲就让她带回一袋大米,母亲说这是礼尚往来。

那个婶婶姓什么已经忘记了，只记得她是当了人家的后娘，过得十分的委屈。她的长子，比她小不了几岁，小儿子才比她小十五岁。她自己没有孩子，很年轻，她的丈夫，我们却要叫他伯伯，身材瘦高，看上去没有多少力气，头发都有些花白了。他们两个从不一起来我们家，自然是因为年龄悬殊太大，怕人笑话吧。

婶婶手很巧，在村子里工作做的也好，因此上，被推选为村里的妇女干部。乡里有会要开的时候，她必是匆匆赶到，先在我们家站上一站，给我一个拥抱，再去开那长长的会议。母亲说，她很喜欢我。究竟是因为什么喜欢，母亲和她在我面前兜了一个包袱。我闷极了时就追着问，没及母亲说，婶婶自己先将包袱抖开了，说我是她的亲生女儿，因为小时候怕家里穷养不起，才给了我母亲，我一下子就信了。从此我记住，我是她的女儿，我开始很爱很爱她。学她走路，学她说话，学她温柔对人和气地笑着的样子。每当她来，我都想跟了她去，哪怕看看家里的小花猫也好。

那时的小花猫，已经习惯在我们家住了，奶奶拿它像宝贝一样地疼着，喜欢得不得了，给它起名叫花花。花花虽然和我是一家，可是不听我的话。我比它听话，可是母亲总说我调皮着呢！有一次，我挨了父亲的打，婶婶知道了就生母亲的气，我看到她，就想让她带我去她家里，我说不想待在现在这个家里了，这里不是我的家。母亲哭了，问我哪里是我的家？我说我是婶婶的女儿啊，她家才是我的家。婶婶落泪了，一把抱起我来，紧紧地搂着。然而不久，婶婶又开始喜欢我妹妹了，这一次，妹妹比我还要坚决，五岁的她自己弄了一个小包裹，坚决要随婶婶回家去，这下把母亲吓坏了，母亲从此再也不敢和我们开这样的玩笑。在我们的心目中，婶婶的确是比母亲的样子亲切得多。

婶婶也有苦恼的时候，我们不在的时候，她经常和母亲拉呱儿，说着说着就泪水涟涟的，劝都劝不住。她说她的儿子们，尽管不是亲生的。但是在三个儿子中，小儿子是由她看着长大的，也是她最疼的。那一年，她嫁给伯伯的时候，那个小儿子还小，才五岁的孩子，头发长得像女孩一样长，乱哄哄地纷披着，里面藏满了虱子，她又是剪，又是找人兑草药，一遍遍地擦洗，才没有再发展下去。她的神情很安详，说话时的语速很慢，声音很好听。

每当她诉说的时候，我们都是在一旁静静地听，母亲陪她唏嘘着，回头抹一下眼泪。经常看到她用娴熟的动作替伯伯做饭，缝补衣裳。一双灵巧的手，到很远的一个缝纫店里找来布头布边，眨眼间就为她的小儿子做出一条很合适的裤子。

就这么一年一年过去了，婶婶从如花的年龄，不知不觉就老了，她的儿子们也都已经先后结婚、生子。在这期间，她经历了给儿子们娶妻、分家，持久的家庭大战，"儿媳妇最爱好的是这个"。为躲避清闲，伯伯有时也带她到城里来，静静地住上几天，和我母亲一起做做手边的家务活，缝缝补补，日子过得很平淡。十五岁的时候，我出外就读，后来结婚，更很少见她，这时候，她家里那个伯伯也已经退休，她随伯伯又一同回老家去了。回到老家的日子过得并不如意，儿子们经常因为家事和伯伯闹，婶婶明地里不敢多说什么，背后也劝不了，只好一个人凄凉地抹泪。有一次家里再次爆发了大战，她对儿子媳妇们一应百诺，渐渐地，伯伯开始不理解她，与她发生了激烈的争吵，婶婶一时想不开选择了跳河自杀。她跳的那条河水很深，惟她跳下去的那个位置水浅些，在好多人的急救下，把已经浑身僵硬的她从水里捞了出来。她却没有死去，重又缓了过来。

九十年代伯伯过世，家里已经是一贫如洗了。儿子们大概觉得这个家已经滑向没落，再没什么可得的，便由对她冷淡再视若陌生。最近的几年，她一直是一个人过日子，等她去世的时候，儿子们没有一个哭，更看不出哪一个悲伤，只是把棺木做得很好。安葬她的时辰终于到了，灵柩上路的时候，按照当地的风俗，长子要摔老盆的，可是老大却没有动，次子见了，终于什么也不讲，上前去把老盆猛地端起，颤抖着摔在地下，随即捧脸呜咽大哭了起来。在场的许多人都哭了起来。

我记得婶婶曾经和我母亲说过，到她老的时候，大概都没有儿子摔老盆了。而那天，婶婶终于如愿下葬，永远安息了。

我去过婶婶的那个小村子，去过那片安葬婶婶的青草地，去那里本是为了踏青，却看到了伯伯和婶婶的坟。婶婶的坟与伯伯的坟相比较，很小很小。伯伯的坟前有一块碑，上面刻的除了他，还有另一个女人的名字，我后来才明白，那个女人就是婶婶经常提起的儿子们的亲生母亲。无数次的担心，原是她早就知道，那个位置，不是她的，所以还曾经面对母亲伤感过。

她就这样度过了一生，终年六十五岁。

很少有人在乎她是怎么样度过了这一生，然而对于那天婶婶下葬时她儿子的哭，全村人都觉得很奇怪，几乎全部的村里人心里都产生了一个问号，那么冷淡的儿子，为什么？

只有我母亲说的好，她说，世界上，没有一个人是不懂感情的，只要他不是铁打的，他的心里就一定有一个地方是柔软的，是知道疼的。虽然不是生他的人，但看到养育了他一生的母亲就这样去了，他一定是想起了许多，他的童年也是一步步过来的，有与养母一起的快乐，有欢笑，有别人眼睛里看不到的关怀与深情。她给予他的关怀与爱，只有他知道。所以，就在他摔老盆的一刹那，所有的记忆，一下将他心底里最柔软的部分唤醒了，所以，他才悲伤地痛哭。母亲说，这是因为，每一个生命里都会有感动。

写到这里，终于记起了，婶婶姓张，确切地说，这并不是她自己的姓，而是伯伯的姓。她从来没有对我们说过她自己到底姓什么。母亲一定是知道的，因为她也是妇女干部，她们一同开过会。但是大家不问，她也就没有提起过。

　　还记得婶婶年轻的模样。她的姿态，她的容颜，以及她的声音都在我脑海里记忆犹新。在这温暖的春天的阳光午后，我经常回忆起岁月里的某些人与事物，哪怕是一件很小的事物，回忆这些，就像我们在冬天里怀想与春天有关的所有事物一样，默默地回想，每每倍感温馨与忧愁。生活的磨砺，教会了我对生命的珍惜，我由此懂得了爱，爱一切的生命，爱美好的事物。我记住了母亲的话：每一个生命都是有感情的，只要他经历过，只要人间还有爱存在，只要他心怀感恩，他便会因生命里最初的那份美好的记忆而感动！

棉被上的流年

很小的时候，我喜欢一种锡做的酒壶。那种酒壶有着鼓鼓的肚子，玲珑的壶颈和细弯的壶把儿。如果，把它放在一个铺有丝绸桌布的光洁的台面上，再与三两个造型不同的器皿静列在一起，可以充当临摹的样本。

我有一个同学，我们从小学到初中都在同一个班级，他个子长得细高，腿很长，与他的父亲很有几分相像。因为是同学，我们经常在一起玩耍，知道一些他家庭的情况，他父亲在乡里铁业社工作，有工资，有手艺，其手艺便是打锡壶，在当年，这是很了不起的工作了。

铁业社是很早以前的叫法，我们上小学时就已改叫农具厂了，名字要比"铁业社"洋气些。总之叫铁业社也好，农具厂也好，都是打制农具的地方，捎带做一些绞肉机、锡酒壶什么的生活小用品。从早到晚，里面常发出气锤敲击铁块和车床切割金属的声音，我家离铁业社不远，所以能听见。打好的农具放在一个专门的屋里头，有犁头、铁锄、镰刀、斧头、耧、耙等农具，再就是绞肉机和锡壶。锡壶小巧玲珑，闪闪发光，有银质的华丽和金属的贵重。

有一次跟母亲磨叽，大概是说想买那样一件锡壶，脑海里早已几次三番地摆好了它们的姿势，有亮面、灰面、暗面，并且找好了高光的部分，一切都是素描的最佳角度，只差摆在桌案上了。母亲却摇摇头，一边哄一边拒绝："酒壶有什么好？家里又不是没有坛坛罐罐，干吗非要画酒壶呢？家里以前曾经有过那么一个，后来便丢了。"我听了深为遗憾，问母亲怎么就丢了呢？母亲说："你去问你爸爸。"我当然没有问父亲，但是在以后不久，我还是知道了事情的原委。

原来，以前家里的确是有过那样一把锡壶，那时父亲喜欢喝酒，每当朋友来家，或心事不顺的时候也喜欢喝两口，大醉不见，小醉常有，喝而不醉是不可能的。母亲嫌父亲喝酒，有一次在父亲酒醉之后，一气之下把酒壶扔到麦地里去了，那麦苗已长得很有气势，高过人膝，一墩墩密密织在一起，父亲连续在里面找了几天也没有找到，从此，金黄的麦地里便隐藏了故事，更隐匿了一件对我来说非常精致的艺术品。

其实，就是父亲不去嗜酒，母亲也是难展欢颜的。那是上个世纪六十年代中期，中国最困难的境况还没有过去。父母的结合本就是苦中的幸福，饥贫时的安慰，怎么能够再承受父亲的每日一杯。在乡下有一句戏语是关于夫妻打架的，叫作"穷打仗，富垒房"，意思是打架的夫妻不富裕，打架必定是以穷引起的打穷架。自从母亲和父亲打了"穷架"，父亲真的再也没有备过酒壶，再也没有醉过，就是有亲戚来不得不喝，也都是点滴酒意而已。

尽管这样，家里的经济还算是比较稳定的，于苦中不苦，于富中不富，父母属于靠工资吃饭的公家人。我上面有两个姐姐，一个哥哥，我出生那天，天空下着暴雨，原本大旱焦渴的天气，顿时雷电齐鸣，河水泛滥。我的出生不仅惊动了龙王，还给母亲带来一场大累，大概出于对贫穷日子的恐惧，不想离开母腹，在整个过程中，竟然让母亲耗费了三天三夜的时间，都没有顺利分娩，最后是医生以产钳相助，这才使我发出一声响亮的啼哭。在我初生的世界里，除了产房里晃动着的各种白影，还有暴风骤雨之后的宁静。充足了水的河塘里，有荷花亭亭盛开，荷叶青绿滴翠，岸边柳荫遮天蔽日，虽然还未到"菡萏香消翠叶残，西风愁起绿波间"的时节，但一场大雨，让季节从此开始进入秋凉。

我出生后，母亲的奶水不够，这是摆在父母面前的又一个问题。父亲跑了好几个地方，才买到十几个鸡蛋，又跑了好几个地方，好不容易买来一些小米和奶粉。鸡蛋与小米归我母亲所有，以补养产后虚弱的身体，奶粉理所当然地成了我的主食。偏偏我对代乳品有着天生的排斥，毫无理由地拒绝着这个温暖的人间世界，母亲不得不改喂我小米粥度日。饿了时，我就手舞足蹈，以哭声打着响亮的节拍，就连晚上睡觉，也很不容易安静下来。偶尔安静之时，我便悄悄吸吮尖软的棉被被角，两手抱着，痴迷而陶醉，这让母亲很无奈。

我记事时，生活水平已经很好，除吃穿用度之后，父母尚可拿些余钱送给亲戚，以资扶助。到我上初中时，家里已经略有些积蓄，哥哥姐姐们也大了，母亲便用这些积蓄买来棉花和花布，做成一条一条的花棉被。经过了困苦日子的踢打，旧棉被实在是旧得不能再盖了。它们厚沉而冷硬，岁月的陈迹沾在上面，无法彻底地清除。每当母亲拆洗旧棉被时，我都看到里面的棉絮潜藏着一层岁月的渍黑，棉花板结而粗陋，已经没有多少温暖再给我们享受。寒冷的冬天，越是想让它多给些热度，它越是透出坚硬的凉意，沉实实地压在身上，令人很不舒服。盖上母亲新做的棉被，我才体会出新旧之间的冷暖差异。

做棉被时，母亲买来上好的花布和棉花，选一个晴好的日子把庭院扫净，找个阴凉的树下铺上竹席，将早已剪接好的花布铺在席上，开始一把一把地絮棉花，絮好的棉花上面压一个秫秸穿的盖顶子，以便更好地压平铺匀。等棉花全部絮好，再覆上被面一针一线缝起来。被头要打折，折尖一定要缝实了。折尖缝实后，一床厚厚的棉被就做出来了。棉被一般都是选在秋天做，挑个成双的日子，乡下的习惯认为双月双日做出的棉被，一定是吉祥如意的。

  我一直不知道，母亲原来是那样喜欢做棉被，做了一床又一床，许多年来，母亲一直不停地做棉被，有大的，有小的，有宽的，也有窄的，盖坏一床再补做一床。每当做好几床棉被，就一定有个姐姐工作或者嫁人，有个哥哥上班或者娶了媳妇，棉被成了哥姐们离家成人的证物。这时候的棉被，在我眼里便着了些感伤的色彩。我参加工作是在一个冬天，母亲一下子给我做了一床褥子，两床棉被，母亲又怕我冷，不断托人捎棉褥给我，我把它们厚厚地附在铺上，冬季再冷也感觉不到天寒。

  母亲还喜欢做小棉被，就是包婴儿的那种，这种小棉被经常被母亲折叠得四四方方，打个小包袱捎给她的儿女们。厚棉被盖在身上，小棉被铺在身下。谁结婚了生孩子了，母亲还要单独做，菊花面的，牡丹花面的，锦缎子面的，各式各样的都有。当年我读书，冬天天冷时，就把小棉被包在膝盖上，小巧灵活，取暖很方便。我女儿出生时，所用的棉被就是我母亲给做的，水绿色的锦缎面，纯棉的平纹白被里。母亲想得周到，怕新面料伤小孩的皮肤，就用洗软了的旧被里当小棉被的里子。旧被里柔软且易暖，絮好棉花后，再经太阳晒晒，暄腾腾地捧在手上，我就忍不住想往脸上贴，轻轻拥一下它们，如同拥我白发的母亲。

  母亲喜欢提旧事，拉家常。大概是人上年纪的缘故，有时会提起襁褓里的我喜欢吮被角，彼时的辛酸，已经成了此时的趣事。世界上没有不喜欢吮杂物的孩子，但吮被角的孩子会是怎么样的一个境况呢？其实我吮被角并非怡然自乐，而是对母亲的棉被有着真切的感情。仍记得童年盖过的那些花被上的图案，记得棉被上那些打过的补丁，记得调皮时被我们点火留下的洞痕，也还清晰记得，我们折叠摆放它们时每一个特殊的位置。

我在一家幼儿园工作时，一天园里新来了一个小女孩，可能是初入园，在父母离开之后哭得厉害，从早上入园开始哭，直到午睡时还在睡梦中抽泣。原来，女孩的母亲调到一个上夜班的车间，晚上要工作，白天便不能多陪她，这样时间长了，母乳不足，过早断奶和天生的恋母情结，使小女孩养成抓摸的习惯。有一天，女孩睡熟后，我发现她双手抓着两个被角，就像搂着母亲的乳房那样依恋，怜爱之心油然升起，从此每当午睡之时，只要手头没事，我就把女孩轻轻搂在怀里，摇着她深入梦乡。

也许是曾有相同的经历，这件事直到现在仍记忆犹新。被角，它毫无味道，也毫无美丽之感，但它却常让一些孩子当成母亲的身体，并且能够换来心理的满足。作为一个初生的记忆，多少年后我曾戏谑说，那是我生命里初吻的一个模式。如果说棉被像宽厚的母爱，而被角，有时却可以替代母亲在困苦无度或百忙之中无法给予的抚慰。想起来，我对它常怀一种感恩，那种在无依无着时候依恋的模样，怎不令人在幸福的泪光里忆念抒怀？

一架蔷薇千朵红

初夏的阳光，和煦温暖，正是彩蝶纷飞、树木飘花的季节。一阵轻风袭来，空气里洋溢着花香，原来是路边的蔷薇花开了，绿色的藤蔓缠缠绕绕，锦帐霞光般地，将整个墙头铺满了，很是随心所欲。繁开的花，令人赏心悦目。我就喜欢路边的花，骑车而过，也不忘握住车把停下，目光凝睇，艳羡地欣赏半天。

自然界里，花开本是寻常，然而与一架蔷薇对视，这个春天就让人觉得别有趣味。与春天的各花相比，蔷薇与众不同。它的花像玫瑰，也像月季，却比玫瑰矜持，比月季繁美。花开的时候，开得热烈，却又开得不那么艳丽；香气袭人，却又香得不那么俗气。

我家的院中，也有那么一架蔷薇，每到春天，蔷薇花开的时节，院子里香气扑鼻。随着年月的增长，蔷薇的花蔓在院中不断攀爬，逐渐覆盖了整座院墙。花朵向你探着头，晃着脑，每一朵都仿佛在和你打着招呼，每一叶都仿佛向你绽着笑意。置身于蔷薇花中，就如置身于一个清新自然的花园，一个美丽的童话世界，你是花园里的国王或者公主。曳着长长的衣纱，荡起醉人的秋千。

以前我们家种的多是月季，一次偶然的机会，有人送父亲一棵蔷薇，母亲从父亲手里接过，那一刻爱惜得不行，原来那才是母亲喜爱的花。母亲年轻时为了求学，一直没有谈婚论嫁，直到女大当婚时，才听老人们的劝跟了和她同龄的父亲。母亲一进家门，就替父亲担起了照顾家庭、抚养孩子的重任。

由于工作特殊，父亲经常去外地，为了家庭和子女，当教师的母亲甘愿做父亲的坚强后盾，尽管经济窘困，工作上默默无闻，也没有一丝怨言。母亲省吃俭用，也要给孩子们吃好、穿暖。在一本珍贵的相册里，至今还保存着母亲年轻时的照片，母亲穿的单薄的衣衫上，总有一块明显的补丁缀在上面，有时是在衣襟，有时是在肩膀。作为年轻的女性，哪有不爱美的？可母亲为了家庭早已忘记了自己。

母亲种下的那棵蔷薇，从此在院子里扎下了根，藤蔓根植于泥土，就如同根植在了我们的心头。满墙的蔷薇就是家的印记，没有那一架蔷薇，就仿佛失去了家的方向。如果是在春天，能远远地看到蔷薇花开，就好像看到了家的存在，体味到了父母的关爱，以及父母相濡以沫的情怀。

母亲有一句口头禅："向内心求索，不向外贪婪。"在母亲的影响下，我们作为父母的儿女也好学上进，姊妹五个都事业有成，工作上生活上严格要求自己。近几年，越来越多的蔷薇开满了小城，大街小巷到处可见它们妍丽的身影，看见它们青葱的枝叶在轻柔的春风里摇曳，就想起远方的家，想起亲爱的父母、姊妹。阳光下，是花的曼舞；而心头上，是永远的家的温度。

水一样的声音

因工作需要,我调进单位里一个新科室,报到的第一天,便听同事谈论到自己的孩子,她们都是三十岁出头,孩子才上小学或幼儿园的年轻母亲。

一个同事说,她的女儿学习成绩很不错,学习态度很认真;另一个同事讲她的女儿业余爱好广泛,喜欢唱歌跳舞。她用缓缓的语气描述女儿在某次学校歌咏比赛时的参赛心情,并打开女儿历次参加活动的留影给我们看,女儿的各种神态被她巧妙地摄入相机,存放在了电脑里。我们一边羡慕地看她女儿的照片,一边叹息着自己的红颜老去。给她出主意说做成相册吧,等到女儿长大成人或出阁的时候,这便是送给她的最好的礼物,永久珍藏!

有一次,她在网上搜索韩剧《大长今》主题曲的歌词,打印并复制了许多,我们每人要了一份。拿着歌词的她说也会唱一点点,我们就央求她唱几句。正是中午休息时间,她就轻声哼唱起来,一边唱,一边说是跟女儿学的,唱不好,她的女儿的歌唱得才好听,"小孩子嘛,总比大人强,唱出来的声音就和'水一样'"。

"水一样的声音",我惊讶她用了这样一个生动而别致的比喻。她不说女儿的歌声有多"嘹亮",不说有多"甜美",而是用了"水一样的声音"，来比喻那种只属于孩子的纯净。我在心里默默沉吟了一会儿，用"洪亮""甜美"之词与"水一样的声音"反复比较，同是形容歌声的词语，而前两个咀嚼后的体味虽华丽却单薄了许多。

下班时间快到了，她的女儿准时来办公室取歌词。上三年级的女儿虽然娇小，却有一副小大人的模样，显得很懂事。大家鼓掌为她女儿助威，说如果唱一遍《娃娃》，才能拿走那份歌词，小女孩就真的大胆唱起来，纯净的童声里是没有杂质的稚嫩，那声音就如同不加和弦的琴声，天然而不做作，叮叮咚咚，每一个音符都是那么干脆，那么清晰入耳，果然是毫不修饰的"水一样"的质地。

已经很少有机会听到这样的童声了，曾经做过幼儿教师的我，自从离开幼教岗位，每天面对纷乱的工作以及抛不开的人间烦扰，再也没有过停下匆忙的脚步，或静下心来饶有兴味地欣赏一下孩子们的歌声。望着女孩在我们的称赞下欢愉的模样，以及同事含而不露的笑容，心中突然涌上一股莫名的感动。

是那么熟悉的比喻哦。

记忆在心板上慢慢地滑过，眼前出现了我十二岁的模样。那时我上初中，学校因政治的需要，按上级要求，欲在各班级选拔一批文艺骨干，成立首个宣传队。选拔队员的老师是全校最有权威，且是全校唯一师大毕业的资深教员，和母亲年纪差不多大。我们静坐在教室里，等着音乐老师的筛选，要求每人唱一支歌。

眼看同学们一个个从我身边走上讲台，在老师手风琴的伴奏下展示自己的歌喉。直到最后，也没有轮到我上台演唱，我像一粒沙子一样被老师遗忘了。伴随着下课的铃声，望着走出教室的老师的背影，眼泪顿时夺眶而出。

整整一周，我不安心上课，只要听到同学排练，我就偷偷跑出教室（那个年代课堂纪律不严），看同学在老师的指导下舞蹈、唱歌，我的心就随着手风琴的明快、跳跃的旋律一次次激起波浪。

不久，母亲知道了我对唱歌的痴迷，对舞蹈的热爱，在一个阳光灿烂的早上，她拉着我走向排练广场，对负责教练的老师说，我女儿也会唱歌，而且唱得很好，她的声音像水一样纯净！

我在母亲的鼓励下，在音乐老师那诧异的目光下，抵着全体同学的睽睽众目，鼓足勇气唱了一首《路边有颗螺丝冒》，刚唱了一个开头，音乐老师就笑了，她把我搂在怀里，使劲地摇着我的脑袋，说："这孩子，在学校是从不吭声的，怎么也看不出她会唱歌呀？"就这样我成了校宣传队的队员，不仅唱歌，还要跳舞，最后，在音乐老师生病不能正常上课的时候，我还根据她的安排，自编自演了好几个舞蹈呢。

直到一年后，我因病失语，不能再唱歌了，这时候，母亲又鼓励卧病在床的我学习画画，母亲也曾经当过美术老师。那时候绘画材料很缺，母亲便给我买来书店到处摆着的报头图案，让我给她所执教的班级画宣传画，画报头，搞剪纸。那个时候，政治宣传波及学校，高昂的带有政治色彩的各种宣传活动鼓捣得学校到处热气腾腾。

我根据母亲的要求，连续画了热爱劳动的好学生、雷锋叔叔的头像、春天等等，后来不仅是母亲带的班用我的画与剪纸，就连其他老师的班也要求用我的剪纸和绘画，我知道，这是母亲做工作的结果，也是老师们以另一种方式助我成材，用心良苦。母亲从教我画画，到支持我考学、写作至今，我每走出一步，都能看到母亲赞许的目光。

《大长今》的主题歌里有这样一句："看风筝飞多远未断线／看一生万里路路遥漫漫／看牺牲的脚步尽化温暖／暖的心爱追忆你的微笑／滔滔风雨浪心声相碰撞……"那充满了关爱带了淡淡的忧伤的旋律已经深深将我打动，而现在，比歌词重叠着爱的美丽的字句更深深打动我的，还有同事称赞孩子的那句"水一样的声音"！

对那些正在成长着的孩子们来说，赞许便是一种喜欢，一种陶冶，一种播种，更是一种收获。赞许的含意有欣赏，欣赏的本质是热爱，母亲欣赏孩子，就像欣赏心中的太阳，种下的是信心，收获的是灿烂。这种淳朴母亲眼里的欣赏观，使多少人用全力以赴来架起由平凡此岸通往辉煌彼岸的桥梁啊。

"我爱您！妈妈，您从来不说我比别的孩子差；您总是在我干的事情中，寻找值得赞许的地方；我怀念和您在一起的所有时光。"比尔盖茨说。原来，这位大器早成、独步天下的亿万富翁，从他母亲那里得到了一份被母亲忘记了的珍贵礼物——欣赏。

"水一样的声音"，看似与爱无关，心头上却是对孩子的一片关怀，一种母爱的无声溶入。在这上面，有母亲的自豪与骄傲，有母亲对孩子由衷的鼓励和褒奖，有每一个眼神或者举止都带有的幸福的微笑，充满了母爱的神圣与光辉！

皮线花

办公室的电线坏了，电工师傅蹲在地上，用钳子在一根电线上扭来扭去，线路不久显示正常，电工满意而去，把弃下的各种线头留给我去打扫。那线头在我的手下被扫除得沉沉的，一派迟疑、留恋的模样。

曾经也是童年时候，这些线头线圈是我最喜欢的物品。当年我为得到它，顶着烈日，冒着寒冬不知走过故乡山村多少大街小巷，为了能够找到一截红的或者黄的、绿的线圈线头，广播站的窗内窗外、拖拉机站的宽阔广场，成了我每天必去的地方。

是一个来自外地的姐姐教会我的，把这些线头抻起拉直，抽出里面的铜丝，再用铅笔刀轻轻地把它们切割成薄薄的小片，然后用抽出来的铜丝将那些皮线片片翻转、交叉，穿系在一起，组合成一朵一朵不同颜色的花，如果穿结的多了，还会再次把它们延长的铜线辫结起来，这样就由极小的一朵，辫结成四方连续的一大朵的皮线花了，在童年的心里，它们是那样美丽好看的。

那时候，我们将这种花叫作皮线花。皮线花的材料现在遍地皆是了，但在当年的山村，它们是如此缺乏。山村贫困，电力供应不足，哪里有多少电灯电线可以维修的？那时的家用电器除了广播喇叭，再没有其他的了，线路也仅限于用在广播喇叭上面。

记得有一年，我的母亲领着小妹到县里去学习，当时父亲也去了。他们把我和年纪仅有十三岁的二姐留在家中。他们，学习的日子应该是很严肃认真、轻松愉快的吧。听说每天都开会，每天都学习一些新歌曲，每天都有新思想新感悟在他们身上产生。学习班结束的那天，没有电工，他们自告奋勇地把临时拉进集体宿舍的电灯电线撤掉。室内室外一片狼藉。线头一端掉在地上。

掉在地上的线头一下便让眼尖的小妹看到了，她跑过去一下就想抓起来。她一边抓一边骄傲地和小伙伴说："我要拿回家给姐姐，我姐姐会做皮线花。"

然而妹妹的小手刚刚触碰到那些花花绿绿的电线，就惊叫一声昏倒了，在附近忙碌的母亲听到孩子们的惊呼，赶快跑了过来，不及思索便附下身体去拔缠在小妹腕上的电线，无情的电线跳动了一下，猛然停落在母亲的胳膊上，电流又将母亲击倒。在场的人都愣住了，因为当时知道电老虎厉害的人并不多。幸亏此时身材高大的父亲也在场，在父亲急切的招呼下，与围观的人们一起把母亲和小妹及时送到县医院，经过医生的紧急抢救，才把母亲和小妹两个抢救过来，不久转危为安。

直到现在，母亲都从不敢动电线一下，父亲说母亲是"一日遭蛇咬，十年怕井绳"。而小妹的手腕上，至今留下一个浅浅的疤。这个疤在我看来，有令人后怕的惊悚，有比当年的皮线花更美丽的模样。直到现在，每当回想起此事都令我非常感动，它让我感动的，不仅仅是当时母亲和妹妹为身在家中的我所承受到的电流的伤害，还有父母、姐妹绵绵深重的亲情暖意。

如果有时间，我很想再动手做一串皮线花。

如果有机会，我很想很想再动手做许多的皮线花，送给携我一路走来的那些爱我的和我爱的人，献给那个苦辣陈杂的童年以及阖家聚首的温馨的日子。尽管时光流逝，岁月别了少年心，但我的愿望依然。它总在一个寂寞的夜晚，将我黯然的心情照亮，再照亮，于是那些日子，便又升起了属于我的灿烂辉煌的阳光。

挂在翅膀上的春天

二月尽了,春天才姗姗地来,没有阳光的天空,氤氲着一层薄薄的雾气,渐渐地凝结成看不见的水珠,润湿了蓬松的地面。

那天早上,出门散步,无意间闯进一片田垄,那软软的部分,令我心头一紧,抬起的脚,竟不忍落下,感觉有种子的嫩芽在土壤里藏着,正待悄悄地生发。

是放风筝的时节了吧,蓝天的下面,早有三两只纸鸢竞飞,想那长长的丝线下,定是有一双幼稚的小手,用心地牵着自己那只心爱的风筝,高高地举着,专心致志地把它送往天空,让它们像美丽的小鸟一样高高地飞翔。那一刻,眼睛就不由跟随着那些飘飞的风筝去了,面前是他们奔跑的身影,耳边充满了他们欢快的笑语,望着纸鸢翩飞,一颗久违的童心被隐隐唤起——

三月的音符,是由那些无忧无虑的孩子们的欢笑谱写出来的。

"今年春早。"大人们嘴里吐出的一个"春"字,让孩子们听到心里就等不急了,还是皑皑白雪的时候,就想,春天咋还不来?柳芽儿咋还没有拱破枝梢呢?

春天总是会来的,河溪里的冰冻不是慢慢地融化了么?天空中的风儿不是一天一天地柔和了么?还有那挂在天上的太阳,那温暖灿烂的霞光，是伴着清晨雄鸡的第一声啼唤豁然跳跃出来的，当它们跳跃出来，天空就那么一下子亮了，天气就那么一下子暖了呢！

去年做好的那只风筝，它还在旧屋的山墙角上挂着的吧？那只花非花、蝶非蝶，很小的一个风筝，是我在母亲的指导下做成的。母亲把父亲过年时候放鞭炮用的一根青青的竹竿砍下一节，削成几根细细的竹丝，把它们曲成一个蝴蝶的形状，用粗麻绳紧紧地缠绕起来，风筝的骨架就做好了。再比着骨架，糊上两张废旧的报纸，找我们小学里教美术的刘老师画上一只蝴蝶轮廓，再拿出母亲染绣花丝线用的五彩颜料，用水细细拌匀染色水，偷来父亲收藏着的毛笔蘸着，精心地沿着蝴蝶轮廓，方的、圆的线条以及中间空白处涂抹，待纸干后，一只栩栩如生的蝴蝶风筝就做成了。

有时候做成的风筝并不可能飞起来，因为许多技巧我们还不能掌握，比如平衡，因为我们削出的竹丝就不很均匀。但它在我童年的心中，已然是最漂亮的风筝了，是最心爱的玩具。那蝴蝶的风筝，一双五色花瓣似的翅膀上，曾经载满了我童年的希冀和渴望。

母亲永远有耐心给我们做这做那，春天来临的时候，风筝，泥燕儿，还有红纸绿纸折叠的风车，都曾经做过，它们只有在春天里做成才好玩，才是最有意义的。

在某一个春风暖暖、阳光和煦的天气里，母亲教我们做这做那，为的是我们不再淘气，将来也能够心灵手巧。那时的母亲，也十分有兴致做这做那，和我们一起玩耍，教我学画风筝上的图案，偶尔，还带领我们在院子的空隙地上种向日葵。后来再做风筝的时候，母亲就不再请学校的刘阿姨画蝴蝶了，她都是让我自己画，我们大院里有五六个孩子，会画蝴蝶的只有我。所以，我喜欢春天，因为它也是让我自豪，让母亲自豪的日子。

风筝，泥燕儿，还有红纸绿纸折叠的风车，一件件做好后，母亲便重新捻一根粗壮的麻线，依次把它们串成一串，用一根木棍儿挑了，和一把青青的柳枝儿、松树枝放在一起，分别插在灰黑的老屋的屋檐下，给老屋增添了不少的色彩，老屋也因为有了它们美丽起来，温暖起来。风吹动它们，它们便如美丽的蝴蝶，在春天的门楣上旋转、飞舞，直至一个又一个黄昏的来临。

等到黄昏来临，天慢慢黑下来，母亲会把一盏玻璃灯的灯罩擦得铮亮，然后点燃它那如豆的灯芯，置于高高摞起的箱子上。身材高大的父亲在地下走来走去，橘红的火苗便在矮矮的屋子里温暖地跳舞。春天的晚上，父母亲一向睡得很晚。母亲则喜欢在某一个温暖的天气里把头发剪去一点，显得那么精神。母亲剪惯了短发，从没有见她长发飘飘过。

母亲在油灯下备课，父亲则拿着一只小小的铁锤修补着什么。灯光昏暗，母亲的影子映照在墙上，我喜欢拿了母亲的粉笔，去描母亲映照在墙壁上的影子，随着油灯不同的角度，母亲的影子也被我画了满墙。我躺在床上，躺在母亲美丽的影子里，便感觉有温馨的气息散发到身上，那是母爱的气息吧，它让我感觉非常温暖，我很快就睡了，进入一个个梦见长大的梦中。

有时候，累了，奔跑了一天，晚上，母亲也给我们讲故事。躺在床上，一边安静地听母亲讲童话故事，一边记挂着那只美丽的风筝，它还挂在屋外的檐下呢，睡前忘记拿进屋里了，一边揣测，它会不会让人偷走了？会不会被风吹破了？会不会被突然而至的春雨打湿了？直到梦眼迷离，那只风筝还在我的梦里飞舞着。

光阴难留，岁月匆匆流走，我们渐渐长大，父母却渐渐老去了。

我住的地方比母亲住的地方平坦，我住的地方比他们住的地方温暖，冬天来临的时候，我好几次找车把母亲接到我这里来，母亲喜欢画画，我就租来VCD放给她看。有一次，母亲看到一个风筝的画面，母亲说，什么时候我们再做一次风筝吧。我只是笑了，在那些日子，工具没有，心情也没有，更不用说是动手。岁月流转，花开花落又一春,童年天真烂漫的心情可复再来?

母亲喜欢出门,她在我们家老觉着一个人寂寞,电话一个接一个地打,找她以前的同事和朋友聊天,谈谈她们的画,她们的儿女们,从母亲的聊天里我知道春天快要来了,老年大学里的迎春画展又要开始了。

天气转暖,母亲便回到她的老房子里,她习惯了平静,习惯了一个人有规律的生活。她最不能容忍的就是我半夜里起来打字的行为,每当我打文章到半夜,她有时候就一边埋怨,一边悄悄送给我一杯蜂蜜水。

坐在灯下听雨的时候,才知道岁月已走过了三十几年,童年的春天、童年的欢乐,一切不复再来。踽踽独行的日子,萧瑟在心间愈积愈厚,因此,每当这个时节,我喜欢到田野里、空地里,看不知疲倦的孩子们放风筝,让孩子们那质朴的情态、烂漫的情趣愉悦一下我的心灵,让他们那发自心底的欢笑抹去我满面的沧桑和倦容,只有这样,我才真切地感受到春天的自由和阳光的温暖。

美丽的春天,是挂在风筝的翅膀上的,当春风吹起的时候,就是风筝竞飞的时刻。一年里,总是有这样的一些日子,梦见童年的风筝,它载着我心中的美丽的春天,载着我童年的快乐与欢笑,远远地向我飘飞着……

藏起一半的爱

平生最敬畏的,就是这种看似严厉其实伟大,隐而透出不让人察觉的关怀的爱。

1920年,有位11岁的美国男孩踢足球时不小心打碎了邻居家的玻璃,人家索赔12.5美元,这在当时可是一笔不小的数目。自知闯了大祸的男孩在向邻居赔礼道歉之后,怀着愧疚的心情对父亲说:"我没有钱赔人家。"父亲对男孩说:"你必须对你的过失负责任。这12.5美元我先借给你,一年以后还我。"

男孩从此开始了艰苦的打工生涯,半年之后,终于努力挣足了12.5美元,还给了父亲,这位男孩就是后来的美国总统里根。后来他在回忆这件事时说,正是因为当时父亲的坚持,让他通过劳动来承担自己的过失,使他懂得了什么叫责任。

闲暇的时候爱看电视连续剧,《激情燃烧的岁月》里有这样一组镜头:儿子自制了一把洋火枪,试枪的时候枪倒火,把脸弄成了"黑包公"。父亲把儿子叫进屋里,一边擦洗儿子的"包公脸",一边问儿子疼不疼,末了,把儿子推出门外,自己却拿起没收的玩具枪喜滋滋地琢磨。看似不经意的画面,却让我看出了父爱的深意。

大约在我十几岁时,根据依水而居的习性,喜欢上了钓虾,于是和别人一样，学做钓虾用的网子。这种网子看似简单，做起来却很麻烦，笨拙的我最后是在同学的帮助下才做成。从此一放学，我就和那个同学到水库钓虾，有时天黑了都不知道回家。父亲怕我有危险，是坚决不同意了，时或严厉地警告我，不许我到河塘垂钓。

我只好偷着去。后来终于还是让父亲发现了，他大喊着我的名字跑到水库，把我拉了回来。那一次，父亲是真的生气了，在我的后背上重重地打了三巴掌，只着一件薄衫的后背顿时火辣辣的，我又疼又恼地哭了，从那时我开始恨父亲，总觉得他待我不如姐姐好。许多年过去了，我考上了大学，姐姐也走上了工作岗位，童年的往事也已经淡忘了。

有一年，我们搬家，父母从乡下调到城里工作。在父亲的床底下发现了几个虾网，用塑料布厚厚地缠裹着，那上面除了铁丝布满了锈迹，纱布还是崭新的。熟悉的它一下勾起了我的回忆，惊喜地问母亲这是哪来的，母亲说，已经做了好几年了呀。原来那年父亲因为钓虾打了我，心疼极了，不知是出自怎样的心情偷偷做好了这样几个虾网，却一直没有拿出来，怕我再去河塘有危险，悄悄放到了床底下。

听完母亲的讲述，我心里好一阵感动，原来一直，父亲是爱我的，只不过将爱暗暗藏起一半。然而正是在这样的爱里，我们才能一天天、一寸一寸长大！

园子里的春天

那个园子不大，也就六七米见方的地方，是我家刚搬进城的时候砌成的，在这之前，我们还居住在乡下。

由于时间仓促，新家的大门还没有安上，宽敞的院子里还没有铺上水泥砖，很多杂物还没有归整，杂七杂八的到处都是，母亲一再埋怨它们堆放得不是地方。于是选了个礼拜天，全家人一起上阵，挥动铁锨铲耙，用了整整一天的功夫，将乱哄哄的东西一一整理停当，又在院子里铺上了一层平整的水泥砖，父亲在上面踏踏脚，露出舒心的微笑。

新家落成，看着空空荡荡的小院，父亲深思起来，他放匀了脚步，在院子里一下一下丈量，然后命我们找来几十块红砖，在小院的西南角砌出了一块小菜园。又不知从哪里弄来一株拇指粗的小树苗，在书房的窗前挖了一个四四方方的小土坑，小心翼翼地种了进去，告诉我们那是一棵石榴树。

春天是令人慵懒的好时光，父亲却在这个时候整理起他的菜园，他用镢头将板结的土层翻开，拾捡出里面的小石块，履着松软的泥土，均匀地调好几垄菜畦。

菜畦调成，父亲在里面种下了两畦芸豆。母亲也找了几个墙角处，撒下一串丝瓜籽。每天的清晨，父亲都是早早起床，匆匆洗漱，然后便是蹲在园子边上，看他的芸豆发芽了没有，一棵一棵数着棵数。

五六月份，园子开始热闹起来，先是芸豆长出了蜿蜒的触须，父亲买来竹竿将它们高高地架起，紧跟着，母亲的丝瓜的藤蔓也开始到处"游走"，母亲找来一根长长的铁丝，教我们横扯竖拉，把院子搞得如同大棚，角角落落无处不是瓜秧。如此一来，空气便不怎么流畅，收获的时候，父亲的芸豆弯弯曲曲长成了"黄豆芽"，每日里招虫无数，看到此，父亲母亲面面相觑，呵呵自嘲自笑起来。

再一年的春天，父亲放弃高棵农作物的种植，改种低矮的小白菜。母亲紧跟不舍，从外面抱回一抱月季花的枝条，在地边上长长地签插了一溜。一年生长下来，父亲的小白菜一茬比一茬瘦弱苗条，母亲的月季花倒扑剌剌一棵比一棵茁壮。看到它们，父亲的脸上笑成了菊花。他把白菜铲除，统统改种成了花木，大丽菊、子午兰、仙人掌、丹桂花，在小院里安了家，将一块菜地，建成了名副其实的花圃。

几年后，父亲的花圃已经初具规模，不仅地里种着，院子还架起了好几个花台，依次摆满了一盆又一盆的鲜花。花枝摇曳，蝶飞蜂舞，花香四溢，小院里一派美丽花香，引来许多人观望，时常有邻家大叔大婶上门请教，都夸父亲原来是很会种花的，异口同声地赞扬。越是这样，父亲就越是对它们上心，骑了自行车去书店买来花卉书籍，一天比一天伺候得周到。

父亲种花是比种菜还要精心的。他种昙花，哪天浇的水，哪天施的肥，都要作记录，直到昙花羞羞地一现。父亲有一棵桂花，那是他的一位老战友送的，刚送来的时候不过是一根刚嫁接的枝条，经过父亲精心的培育，那棵桂花几年就长成了大树，盛放它的小花盆也换成了一个大泥缸。桂花树的叶片容易生白虱病，父亲总是用手一点一点把它抹干净，再用泡好的烟丝水轻轻地擦洗，直到全部擦洗干净，父亲说，烟丝水有杀死白虱的功效呢。

在所有的花卉里，我最喜欢的就是香雪兰，不仅喜欢它的花香宜人，更喜欢它的洁白素雅，还有，它种养简单，不用太操心。父亲知道了，每年的秋天都要给我种下几盆。那是一个四月天。我和女儿回家，刚刚拐进胡同，就嗅到一缕扑鼻的芳馨，待走进家门，立刻惊讶了：在院子的正当央，平地儿摆放了一排香雪兰，青青郁郁的细长叶片里，洁白的花朵冉冉开放。因为父亲侍弄得好，肥料上得足，香雪兰就比别人培养的好，花朵饱满，花期也长，绿茵茵的叶片下，不几天就钻出一枝鹅黄的花苞，袅娜如春光里的少女，然后在一个无人知晓的夜晚，脉脉含情地开放。

花儿总有一天要衰败的，我不忍心看到它们香消红瘦的模样，更不忍心看到它们抱枝而枯，或萧瑟满地，如经历了一场潇潇雨。于是找来一张纸，折成一个花盘模样，将开败的花朵轻轻地抖落进去，我对父亲说，我要带回家去，把它们做成香囊，戴在身上。

沐着明媚的阳光，父亲的园子总有不同的花儿绽放，大红的月季、腊样的令箭、金黄的桂花，姹紫嫣红，一天比一天淡，又一天比一天浓。一次回到家里，临走的时候，正在花前忙碌的父亲喊住了我，从里屋拿出一个纸包，递给我，打开来看，原来是一包刚刚收集起来的桂花瓣，父亲说，不是要做荷包吗？

在我的记忆里，父亲的园子，总是有奇迹发生。又一次回家，一进门，蓦地看到一丛青青的修竹，更有尖尖的笋芽，从地底下悄悄地萌发。再一次回家，窗前的石榴树已经结果，拳头大的果实咧着嘴，成熟的时候，我们踩着板凳，举着铁钩摘下来，分别用塑料袋盛了，留给我们姊妹五个，其余的送给左邻右舍。

春天和秋天的距离不是太远，日子流水一般地流过来，又流过去，转眼又是几年，可是，这样的日子，却一去不回，离我渐行渐远。

1993年的老人节，父亲去著名的孟良崮战役遗址参观，回来后跌了一跤，从此一病不起，在医院住了将近一年。病床上的父亲最不放心的就是他的园子，每天嘱咐家人：要记得施肥，不忘浇水……我们一一遵从。

父亲去世后，园子再无人打理，睹物伤怀，母亲更是不能走近园子半步，眼见里面的花卉一天天萧索。那株桂花更是由于管理不善形状渐瘦，母亲不舍得送人，便让老家的二叔将它们暂时带走，其他一一托人照管。为此我和母亲难过了好几天，每送出一盆花，我们的心就仿佛被揪了似的疼……

如今，按照县里城建规划要求，我们家的老屋已经拆掉，于前年秋天盖起了一座两层的楼房，母亲一个人居住嫌太孤单，腾出一半租了出去，门前人来车往，家里却冷冷清清。只是，父亲采集的那些花瓣我至今还收藏着，看到它们，我就会想起父亲和他的园子，我的眼前就会浮现出园子里旧日的情景，那些热闹的春天。

而那些春天，是属于我的父亲的。父亲在他的园子里度过了生命的最后时光，也给我们留下了一生中最为美好的回忆。父亲的园子，是我们心中的伊甸园。

感恩慈母心

母亲最近病了,病中的母亲依然坚持缝制着一件小夹衣,那是为她的外孙迎接幼小的生命里又一个岁月的交替而准备的。母亲患有严重的气管炎,病发的时候,最怕的就是那些横空漫舞的棉花屑,为避免吸入,母亲特意戴上了口罩,即使这样,也难免不使刚有好转的病情再次诱发。我劝了好几次都没有用,便站在一旁看着,帮她穿针引线,铺铺棉花。望着母亲艰难的呼吸和一双粗糙的手,折叠在记忆深处的一些往事浮现在眼前。

我是在一个寒风料峭的冬天参加工作的。那一年,天气特别的冷,晚上经过雨雪的肆虐,到了白天,门外的树木和屋瓦上的积水便凝成了冰挂。刚去的时候,我们白天上班,晚上大都不出门,瑟缩在四个人居住的屋子里。其实屋子里更冷,早上用过的暖水袋,晚上下班后再也打不开,它们早已冻成了冰坨。我从小体弱,便在那些个漫长的冬天里一再感冒发烧,寂寞病痛的时候,委屈的泪水默默流过。

一天,母亲托人给我捎来一个包裹,打开一看,是一件棉背心,黑色软绸的面料,月白色的里子,全都是用旧布料做成。黑色软绸的面儿,洗得已经有些泛白,月白色的里子,也已经打了好几个补丁，母亲还在唯一没有补丁的前襟处，缝了一个贴身的小口袋。那年我十六岁，正是爱美的年龄，和我同宿舍住着的，是一个随同父母从城市转业地方的女孩儿，她衣着鲜艳亮丽，一派城市女孩的装扮，在穿久了一袭灰蓝的日子里，她的装扮很是令人羡慕。她的追求时髦的思想也在潜移默化地影响着我，母亲做的那件棉背心我是不屑穿的，嫌它老气，并带了一种很自卑的心理看待它，一次也没有穿，就悄悄地把它扔进了箱底，一晃二十年。

女儿上初中时，学校离家远，往来需要骑自行车，冬季来临的时候，看到女儿的小脸被冷风浸得发紫，不由心疼起来，翻遍了衣柜也没有找到适合女儿穿的棉衣，一年的时间，女儿长了不少，往年的旧衣已经遮不住那幼芽般猛长的身体了。也曾想自己动手去做，只是苦于手拙，只怕白白剪坏了几块布料，况且时间紧迫，于是告诉母亲，母亲听了略一沉思，说："也先不用做，如果急着穿呢，就把当年我给你做的那件找出来，先穿着。"我想也是啊，一阵翻箱倒柜，终于把它从层层旧衣下的箱底翻了出来。幸好我有保存旧物的习惯，棉背心还是和二十年前一样，因为没有穿过，所以不很新，也没再旧，只是放得久了，散发着一缕淡淡的樟脑的气息，又因为经年压在箱底，原先厚墩墩的棉花，现在已显得薄了许多，晚上女儿放学回来，我试着让她穿了一下，还挺合适。令我惊讶的是，几乎和当年的我一样年龄的女儿，却没有表现出嫌弃它的意思，穿上那件棉背心，女儿竟然高兴得跳了起来，一个劲地说，整天穿红着绿的，都穿腻了。

一次回家，女儿依偎在母亲的怀里，一边抻着衣角，一边问："姥哎，这件棉背心怎么这么软和啊？"母亲这时正在院子里晒太阳，温暖的冬日阳光挥洒在母亲的身上，使母亲饱经风霜的脸上现出少有的红润，母亲抚摸着我的女儿的头发，如同李奶奶述说革命家史一般，意味深长地说："这件棉背心啊，可有它的来历了！"

原来那件棉背心的面儿，是我姥姥的一件棉袄，姥姥去世得早，是留给母亲的唯一财产，而棉背心的里儿，也不是月白色的，而是洁白的。当年我的母亲先后失去亲人，是本家的三姥姥收留了母亲，并送母亲读书。十八九岁的时候，和母亲同龄的姐妹们都找了婆家，母亲却立志求学。母亲性格倔强，早年受新思想的影响，坚决不缠小脚，曾备受长辈及乡人的白眼和奚落。前几年我回老家，大妗子还说起母亲的陈年往事。大妗子年长母亲三四岁，却赫然小脚伶仃着。

母亲的故事听来令人几多感伤，也令人破涕为笑。那件棉背心的里子，就是在母亲考上师范学校的时候，三姥姥送给母亲的一件大襟褂子，母亲把它穿了又穿，洗了又洗，直到破得不能再穿了。

破得不能再穿了，母亲便把它们打起个卷，放在衣柜的一角，偶尔拿它们出来派个用场。我们姐妹小时候的衣裳，多数就是母亲用它们连缀而成，温暖着我们幼小的身体。母亲说，不舍得扔掉有两个原因，一是日子过得的确苦，二是因为每每看到它们，心中便有一种感恩。我参加工作那年冬天，天出奇的冷，母亲知道我棉衣单薄，我前脚走，母亲后脚就着手为我缝制了那件棉背心。可是我不知道，那时我的奶奶正在病中住院，那时我们家里经济还非常拮据，那时，母亲的手里捏着布票，衣袋里却再也拿不出多余的钱……

一行热泪从母亲的脸上滑落，母亲说，我就知道你从来没有穿过。其实，我也穿的，只是在天气冷得让人撑不住了的时候悄悄地穿在棉衣的里面。让母亲感到欣慰的是，她的如小鸟一般快乐着的外孙女儿，竟然穿着那件棉背心愉快地度过了一个寒冷的冬季。

从此，一份内疚也便沉沉地压进了我的心底，令我愧疚的是，当岁月的年轮从我身边碾过，并在我的眼角慢慢吹开了浅浅皱纹的时候，那份深藏在心底的感动才如一泓温软的湖水在我心灵深处荡漾开来。

去年的秋时，母亲去集市买回几块上好的布料，给她所有的孙辈儿女做了一件又一件三表新的棉坎儿，还建议我把那件旧棉背心表里以旧换新，母亲说，别看外面陈旧，里面的棉花可好着呢。我没有按母亲说的去做，只是小心拆洗了一下，把它重新连缀起来，初冬时节，欣然将它穿在颜色大红的毛衣外面，或配一条长裙，和女儿在街上比肩而行，那一刻，我就仿佛找回了过去的青春岁月，浑身充满了活力与激情。最适宜的是穿着它做家务，轻装上阵，干净利落，女儿戏称我是维吾尔族妈妈，温暖的小屋到处晃动着我忙碌的身影。

如今，母亲已经退休，冬天来临的时候，仍然喜欢为我们做一件又一件棉背心，在母亲的心里，那一件件棉背心，不仅是为我们遮风挡雨用来御寒的服饰，更是母亲丈量儿女生长的标尺，她能在那些密密麻麻的针脚里，触摸到儿女们灿烂成长的轨迹。而那些经了母亲一针一针缝制的棉背心穿在我们的身上，任你行走在怎样的寒冬里也不会冷，因为，母亲所给予我们的，是一片让我们永远感恩的慈母心。

幸福的珍藏

日历翻到最后一张,心中不禁感慨,又是岁末了。

早晨换上新的日历,将旧日历倦倦地扔在桌上,母亲拿过抹布,把桌面抹得锃亮,于是,旧日历也被她随手拿走了。那里面有她记下的亲朋好友的电话号码,也有偶尔因怕忘记某些事情而让我们给她记下的留言。我知道,母亲一定是把它收藏起来了。

不知道从什么时候开始,母亲习惯性地收藏一些旧物,她的那个小小的红漆木箱里,不仅保存着我们儿时看过的小人书、小发卡、红头花之类的琐碎物品,还有一些发黄的信件,或者那就是父母年轻时候的通信,有我们几个孩子在外求学工作时写给父母的只言片语。还有那曾经为我们做鞋用的大小不等的纸样儿,母亲也把它们码齐了折在一起,夹在一本旧杂志里。因为这些旧物,记录了我们成长的一些重要过程,记录了我们生活中的经历,或者,记录了父亲母亲的爱情或者婚姻,甚至是记录了生命。

曾经埋怨母亲,都是些乱七八糟的东西,攒它们做什么?母亲说,也不做什么,就是舍不得丢,看到它们,就想起过去的日子,想起你们的小时候。听了母亲的话,忽觉心里酸酸的,再看母亲的皱纹和白发,默默地将那些旧物重新撂起,郑重地放回原处。

母亲年纪大了，最近的几年里，身体多病，动辄感冒发烧，本来就有气管炎的毛病，就更一次次地引发。母亲拥有一处复式的楼房，那是我们为了孝敬她盖起的。但她不喜欢住，分三家把它们租了出去，自己坚持住在老房子里，那是她和父亲半生住过的。墙上的画、小院里的花，都是父亲留下的生活痕迹，母亲说，父亲的气息仿佛还在，所以她不离开。可不知是年久失修，还是什么原因，那所房子自从父亲去世后就开始漏雨，为此我们请人重新修整过，但最终没能修好。至今，外面下大雨，屋里墙角处照旧雨水淋漓。淫雨连绵的季节，也还罢了，最怕急风骤雨的时候。偏偏母亲又不打电话告诉我们，只一个人用盆钵逐个角落接着，因为那时正是更深的夜晚，母亲怕惊动了我们的睡眠，便任由屋子里的浊水汩汩泛滥。

因为这个，不止是母亲，我的心里也时常觉得悲伤，"屋漏偏逢连阴雨"，怕的就是那种人在孤独却无人相助的境遇。想许多年前，父亲健在的时候，我们是何等的快乐！从小到大，何曾操心过家中的事情。那时的房屋好像也从来没漏过雨。在我们的眼里，父亲就是一座山，一棵高大的树，他撑起的，何止是一个家，而是我们心中的一片天。

那时候，母亲每天清早早起打扫房间，父亲清扫院子，父亲喜欢院子里整整洁洁，然后蹲在他的小花园里侍候他的那些花儿们。他喜欢在花草的叶片上洒一些水，那样，既润泽了花草，又净化了空气，使小院显得清清爽爽。那是夏天，水一洒下去，黝黑的泥土里的热气便蒸发出来，空气里氤氲着一股泥土和花香的气息。

那时候，父亲母亲都有自己喜爱的业余生活，每天早晨天一亮，父亲就出门去打门球，母亲则铺开纸张调墨画画。一直等到父亲打完球回家，他们才一起生火做饭。他们实行的是分餐制，做各人爱吃的饭，然后各自盛到各人的碗里。父亲把这个就餐方式说成是享受，大概他们的前半生，为了我们这一群儿女，很少吃到自己喜欢吃的东西。

母亲以前是小学老师，学过美术，喜欢画画，退休后更是发挥了特长，每天看书画画，从不间断。母亲有个习惯，每画完一张，她就让我提意见。曾画过一幅葡萄，她自以为比较成功，便拿出来给我看，可是我看到，那葡萄的叶片低垂着，毫无生气的样子，便笑着和母亲调侃，说那葡萄还可以吃的，但看那叶片，总感觉被人从根底下拔了出来似的，要不就是如我们家的花儿，少了养分，缺了水，恹恹的。父亲和母亲听了，都呵呵大笑起来。

我评母亲的画，从不拐弯抹角，但是注意方式方法，生怕给母亲高涨的热情泼了冷水。母亲也十分谦虚，在我提完意见之后，她总是把那幅画拿到远处看了又看，点头称是，然后卷起来，放到画架上，再继续画新的，如今已积起了厚厚的一摞。每逢人来，母亲就将它们抱出来。母亲将它们抱出来，实在不是为了让人看画，而是为了让人们知道，她的女儿曾经给她提出了哪些意见，那意见提得多么恰当。当众人点头称是，赞扬她的女儿有审美眼光的时候，母亲的脸上便会露出掩饰不住的骄傲。人们哪里知道，她女儿的美术底子不及半瓶水，晃晃荡荡，是不懂国画艺术的。

父亲除了喜欢打门球，还喜欢种花，他种的一盆金桂，一盆令箭荷花，都是大院里首属的。八月丹桂花开的时候，小院里香气袭人，尽管是隔了矮墙，隔了高高的飞檐，那香气也能横空漫溢出来，飘向周围各个角落，浓郁的花香吸引着路人。

每年八月的回娘家，便是为了那些桂花而去。父亲是知道我喜欢桂花的，所以在桂花盛开的时节，总不忘摘下一包花瓣留存起来。不记得令箭花开的日子了，但那花的艳丽娇嫩却一直在记忆里鲜活着：喇叭一样的形状，内边围裹着流苏一般的花絮，金黄的花蕊，从由浅而深的花心处颤颤地探出头来，蜜蜂们嗡嗡地在上面流连着，吸吮着它的花蜜，蝴蝶则围绕着飞来飞去，为之翩翩地舞蹈。

还有一盆塔松，是父亲的一位朋友送的，原先不过是几指高的幼苗，几年间长得足有房檐高了。后来嫌盆小，父亲把它们挪到了地里，挪到地里后它长得更加茁壮了。有一年竟招来一对黄莺儿，暮春时节，浓密的枝叶间很快便搭起了一个小窝。有很长一段时间，只要站在离树不远的地方，不经意间，能听见雏鸟嫩声嫩气的啼叫，父亲不让任何人惊动，怕把它们惊飞了，让它们在那棵塔松里自由自在地生活了一个夏天，自由到像我们友好的邻居一样，黄莺妈妈经常目中无人地飞出窝去，在院子里跳跃着觅食，喂它的儿女，来来往往，显得无比的奔忙。

窗前曾种着一棵石榴树，树枝长阔，树叶繁茂，每年五月开花，九月熟果。石榴花烂漫的时节，给院子带来火红热烈的气氛，我们拉父母在树下争相拍照，美其名曰抢镜头。大家绕膝在父母的身旁，不失时机地抢下一个个珍贵的镜头。红红的石榴花，灿烂的笑脸，小小的石榴树下，洒落着全家人的欢笑，那是何等温馨而珍贵的画面！然而这画面，却已经离我们渐行渐远。九月，石榴熟了，父母自会将它们摘下来，仔细地分作几份，一份给我，另外几份托人辗转捎到另一个城市，那里有他们的另外几个儿子和女儿。

在他的所有的儿女中，我是最不争气的，可也是最和父亲有共同语言的，由此遇事敢和父亲商议。父亲写有一手漂亮的毛笔字，父亲写文章，在我们这里也是屈指可数的。不同的是，父亲大都写的是公文，而我却乐于寄情山水，发表后把样报样刊带回家去向父亲炫耀，父亲看后总是心花怒放。他坐在沙发里，用那块平时很少使用的放大镜仔细地阅读，然后锁进他自己的一个抽屉里。从八六年开始收藏，到一九九四年他去世，他竟一份不少地替我保管了好几年。

一九九四年十月，父亲因病去世，从那时起，我们家便成了典型的所谓"空巢"式家庭，母亲一个人守着偌大的庭院过日子，心情十分孤寂。我兄弟姐妹五个，除我之外都远在两百多里的城市工作。起初，姐妹几个商量好了，在忙过手头的工作之后，每隔几天就轮流赶回家陪母亲住两天。但是后来，母亲不忍看到女儿们奔波的辛苦，硬是不再让人陪她了。

母亲是个有思想的人，对生活也有着一定的见解，从不愿给儿女过多的麻烦。父亲的去世，致使母亲大病了一场，在经过一个时期的调整之后，母亲开始走出家门，继续到老年大学学习，看到母亲孤独的身影，我一次次潸然泪下。由于母亲有读师范时打下的绘画基础，再加上她对待学习十分认真，无论刮风下雨从不间断，因此，母亲的绘画水平提高很快。至如今，母亲已参加了二十几次老干部书画展了，得到人们不错的评价。

以前，我去母亲那里是即兴的，想来就来，想走就走。因为母亲的上学，我却不能来去自由了。每次去，必须先打过去一个电话和她"预约"。父亲去世后，我便成了母亲木讷的女儿，了无生趣的语言，生活里也很少有向母亲撒娇过，更不用说在电话里了，除了千篇一律的问安，永远都是波澜不兴的平和。而母亲总是接过电话，关心我的工作或生活。和父亲一样，母亲最希望听到的，是我在哪方面有了些成绩，日子过得开心不开心，快乐不快乐。

早在七八年前，我就开始刻意记住那个节日——"老人节"，在这一天里给母亲买上几本与绘画有关的书，然后带上一家人回家，努力做出热火朝天的样子，帮母亲做一顿晚饭，给母亲斟一杯酒，给饱经沧桑的母亲送去天伦之乐，尽一下孝敬之心。

对儿女来说，时间就像一张旧了的白纸，翻过去就不会留下任何痕迹，而对于父母来讲，那分分秒秒逝去的，是他们饱蘸着青春走过来的岁月。曾经的时光，在儿女们的眼中是朦胧的纱，在父母的记忆里却是一幅清晰的画，一件一件，无一不是幸福的珍藏。

于是人生，就像是在宾馆住宿，住了几天，住什么样的楼层和房间，仿佛都是预先确定的，不能随便更改，你不走，后面的人就无法进来。因此我常常感伤，我们走来了，父母们却要走去了。尽管我知道，循环往复，生命本是一条无尽的河，而这条河的世界，总有一些不为人知的故事，被母亲悄悄地收藏起来。

母爱是一条河

周末，去母亲那里，回来的路上，包里多了五百元现金。忙打电话给母亲，问是不是她放进去的，知道母亲有这样的习惯。许多年前，家境一般时，母亲就用这种方式援助过。

母亲在你面前，淡定而温暖，不提日子的窘困，只说眼前的欣然。等你离开，随身的物品里，就多了层温暖，每次都是。仿佛揣回来的，不是母亲援助的物品，而是一颗慈爱的心。

源源不断的爱，让我知道怎样去爱人，真正的爱，是那么温暖，那么宽广，而又无声无言。我感激母亲，却又不知怎么才好。

近几月来，由于买房，手头紧了一些，细心的母亲看出来了，把省下的工资取出，转手给了我。母亲的固执，让我这做女儿的，无力拒绝。

买房之后，是搬家。去一家家纺店里，选购床上用品。

十几年，没进过这样的商店了，床上的用品，至今用的是当年母亲给做的嫁妆，时间一晃，我的女儿都大学毕业，参加工作了。床上用品，也得翻新了。这才走进家纺商店，精心而又耐心地选择：花式，料质，还有其他。

看得有些累了，抬头，发现童年时的一个姐姐。在这里意外相遇，多少令人惊喜。话头提起来，除了怀旧，还多了些现实的问答。

今年五十多岁的她，两个女儿，都在北京，大女儿28岁，小女儿也已经26岁了，来家纺商店的目的，也是想给女儿们做几床棉被，为婚嫁用。她说着，眼睛里有了一丝潮润。

原来，几年前，她得了一种病，经查后，医生告诉她是癌症，一向坚强的她，并没有多少压力，按医生的嘱咐，做手术，化疗，一路下来，把钱花了个净光。多亏女儿们挣气，把事业做得风生水起，工资待遇也很好，就这样，一步步帮衬着母亲，活到现在。

此刻，她却担忧起来，唯一的心愿，就是看着女儿出嫁。病情虽然是稳定的，但她得的，是医学上不可治愈的癌症啊？她不能，也不敢保证不会复发。

这次在家纺商店，就是给女儿们买婚嫁的被子来的，大红锦被，粉红锦被，她准备给女儿每人六床，六六大顺，是个吉数呢！

面对琳琅满目的商品，她选了最为喜欢的几款，预定之后，准备离开。临行的一句话，让我泪流满面。她说，如果哪天自己没了，女儿们在出嫁那天，也可以有母亲给做的新棉被了。只有这样，她这个当母亲的，才能不再遗憾。说完，缓缓离开，冷冷的寒风里，她的身影略显单薄。

望着她的背影，我不禁感伤起来。

我想起，自己苍老的母亲，中年的自己，还有正在奋斗的女儿。

悲伤，如刚刚展开的布匹，锦缎般流淌起来。

不知道，哪天，生活，会像一条河流一样，带走母爱，带走我们。多少年后，母爱这条河干涸了，女儿也成家了，立业了。做了母亲的女儿，继续着母爱的话题，相夫教子，把时光熬成河，浇灌着下一代的青春和美丽。

人生，原本就是如此啊，周而往复，母爱，周而繁复，如一条河，丰盈着，流淌着，奔腾着……如一条河，以自己的方式，曲折着，蜿蜒着，殊途同归，直到不再粼粼波光时。

城 乡

是一个黯淡的天气，我坐上一辆破旧的公共汽车。这是一辆老式支农班车，车身是很短很矮的那种。支农班车是上世纪八十年代人们对这类班车的新称号，并有"支农班车"的字样标记于司驾位置的玻璃上方，作为它与长途客车的区别，从此，它们再也走不出这个县城周边的角角落落。支农班车虽然历经二十余年之久，但是，仍然不断地满足着我所生活的小城人们的需求。

那些乘坐支农班车的人们，他们大多数人的父母高堂兄弟姐妹历经数十年的时光变迁，依然居住在大山深处的某个村落，他们挟着公文包的身躯时常要在每年的春天或秋天农忙之际率领家庭军团雁阵一般往返乡下老家的路上，回来时蒙一脸焦烟火色，披一身草屑尘土。总之，居住在小城里的许多工人以及干部和那些还没有绝对白领起来的白领和蓝领们，几十年来都不曾离开过"支农班车"城乡之间的输送，他们因此对"支农班车"有着些许的特殊感情。

我乘坐的那辆公共汽车已经找不到"支农班车"几个字样的痕迹，司机和车主全部都是陌生的面孔，但是很热情。车身小，部分面积除了车体本身的颜色之外，其余的大部早就都让各种广告涂盖得花红柳绿，色彩斑斓，让我们这些城里人或乡下人的目光在上面无处插足，这便是我们所感觉到的变化着的时代所在。唯一使这些班车仍然保持着旧现代的味道的，便是和我一样乘坐在上面的四五十岁左右的乘客，他们在路边小站上扬起手拦车的同时，嘴里还亲切而熟悉地道一声"支农班车"，双脚踏上去，陌生的车主不管男的女的，老的少的，本地的还是外地的，对你的态度一律热情有加，凡是来客都与这里某个山村有关，因此，不论春夏秋冬季都保持着和蔼的语气，然后是收钱打票，回头再朝你绽一个笑容，同时抬手递过找零，很是给人遭遇故知的感觉。

汽车在乡下的路上缓慢地行驶，而车轮下的道路，则仿佛是小城向四面八方延伸的条条触角。县城是极小的，以前我从不承认，当我走过几个大一点的城市后，尽管是走马观花，但能让我感觉到我所居住的县城的渺小。然而，当我坐上这辆身材短小的公共汽车，行走在乡间凸凹不平的山区公路上时，我居然为我所居住的小城有了小小的自豪——许多的设施与地道的乡下农村比起来，毕竟还是很不错的，比如汽车，不就是从城里出发，至乡间的各个村落？再比如车轮下面急速后退着的乡间公路，城里的毕竟比乡下的平展宽阔了许多。街道被树木紧紧地包围着，空气中有一种少有的清新。已经是初冬了，外面的绿已经褪尽，小城里还有淡淡的绿色意，在视野里平静地蔓延，这在我心里是一份不小的骄傲。

上午十点多钟了，阳光透过冬日的暗淡，在我所坐的位置上明亮了十多分钟，再暗淡下去，等车驶上一片光秃的山梁，突然的整个车窗阳光明媚起来，山野风大，我不敢打开车窗享受阳光的抚摸，只能把头靠在窗上以接受窗外的阳光照射，一边是秋季的温暖，一边是窗玻璃叮叮当当的碰撞。车再停时，有个黑衣人闪进车门，高大的身躯在车门处咣的一下坐下。车主似乎是认识他的，目光打量他时有些诧异，问"有年纪的怎么样了？"他声音洪亮地说："先是胳膊骨折，住院，然后心脏病犯了。"售票员是个女的，女人关心这些胜过关心任何事情，于是和他闲谈。整个车上，全然是他们一问一答：胳膊骨折，住院三个多月，已经好了的，不成想心脏病又犯了。她是那么健康的一个人，以前从不大生病的人，说病就病了，说倒就倒了。他于是和弟妹一起轮班请假在医院照护。不管医生怎么治，那病也只是好一阵坏一阵，好的时候，和她平常没病之前一样，脸色很好也很正常，不好的时候，一口气一口气地喘，直喘得嘴唇发青——是心脏病发压迫的气喘啊。家里儿女都很焦急。和她同病房的那个南边住着的一个老人，也是个老太太，对他说，早些准备吧，准备好了到时候就从容了。他不懂，准备什么？从容又是什么意思？他在县里一个事业单位上班，当干部，除了会议、官场、上级接待下级走访，平时很少与这么大年纪的老人聊天，农村老人们的一些暗示都听不出来了。

"后来呢？"车主、司机还有售票员一起关切地问他。车上的人也都听得竖起了耳朵并把目光转向了他。我抬头目不转睛地看他，他偶尔面对人们的眼睛，说完几句还要对车上的人和气地笑笑。我也对他笑笑。我注意到他的脚下穿了一双崭新的白网鞋。顿时我明白了，他所说的老人是他们家的老人，他的父亲或者母亲，哦，应该是母亲。这些日子，他的母亲才刚刚"走"了。

他把脸转向我们所有人，脸上微笑很从容地继续说：老人平时不舍得吃喝，这时候更不太想着吃喝了，给她什么也不要，不点头不摇头，不吃不喝地躺在那里，看病情时好时坏。好了的时候，才想喝一点鸡蛋汤。后来南面住着的那个病老太太，一个劲地和她的儿女们说，快准备吧，不然就晚了。回家吧，别再回儿子家，要回就回自己的农村老家。

已经进入了冬天，乡下的家里太冷了，他想，还是回他的家吧。老人88岁了，他是长子，他在城里生活，家里供有暖气，就把老人接到了家里，想这样慢慢地养几天，如果一天天好了，天气也暖了，再送回老家。可当晚，老人又突然不愿意了，喊着回老家。老家太冷啊，他劝老人说。老人于晚上十一点多钟突然又喘起来，看上去就是不好了的样子了。他这时才想起病房里那位老太太说过的话。那个老太太一定是早就看出什么来了。

整整一个晚上，老人都不行，随身带的送老衣裳都拿出来准备好了。可谁知天一亮，早上太阳一出来，老人的精神又和往常一样好了，好好的和平常没病时的身子骨一样，欠起身来坐在床上喝了儿子给她冲的鸡蛋汤，然后和儿子手握着手拉呱儿。老人嘱咐，不住了，有车就把她送回家去。

他听命，第二天就把老人送回了老家。在老家的院子里，他把老人的一只用了十几年的炭炉子搬出来，认真地掏了掏，以保证点燃后能够给老人取暖。谁知老人知道后又说，别掏那个了，没有用了，你们都不在家，掏那炉子做什么？家里又不住人。他想，家里有您在啊，怎么不住人？再说还有伴守您的儿女们呐。

回到老家后的老人再嘱咐，天气太冷，泼汤三次就行，别太多，无用。泼汤是农村风俗里对老人死后第一天举行的一个送别仪式，把做熟后的小米饭装进瓦罐里，由家族里辈分最高的那个人依次率领着族人以及旁系亲属一路往西给亡者指路送行，好把死者的灵魂送往西天。乡里一般的丧葬风俗都是一个上午泼七次。老人反复地这么嘱说，让他感觉心里很悲伤。这是他送老人回家的第一天，老人的精神气儿也还行。他掏好了炉子，把它点燃，屋子里很暖和了。老人开始让他走，公事忙，你回去歇着，到时候别太累了你。他经过这些日子的折腾，眼睛也真的不停地打瞌睡了。但是老人的话他还是不懂，用懵懂的眼光去看老人——娘，说的话都是什么意思？

我被他的母亲生命里最后一天发生的事情深深地感动了，睁大眼睛竖起耳朵迫切地想听他接着说下去。

——他并没有回家，就在那个晚上，他的娘就不行了，凌晨一点左右，他的娘要了口吃的，也就是鸡蛋汤，睡下。就在他一转身的时候，他的小外甥女喊他，舅，你看俺姥娘是怎么了？他再附身去看时，老人已经闭了眼睛，没有气息了。他说他看了好久，他的母亲都再也没有动一下。这时家里人才想到给老人穿衣……说到这里他不说了，戛然而止。把脸全部地面向我们，眼光却是模糊而出神，仿佛在回忆着他的娘。突然他要求说："车就在这里停了吧。"他要下车，他这次回家不是回家，五七三十五，今天是他娘上五七坟的日子，他从这里下车，直接就穿过那片田野到他的母亲的坟上去了。

全身黑衣的他，上身穿了一件黑色的羽绒服，下面一条普通斜纹的黑裤子，唯独崭新刺眼的是脚下那双只有特殊日子才穿的白鞋子，它们在我面前一闪，随他下了车。在一阵短暂的宁静之后，女售票员望着他还没有完全消失的背影说，老人88岁了，也算是喜丧了。老人在他家治病接近一年多，都是他跑前跑后照顾，大小便失禁的时候，都是他抱着老人然后让家属换，也算是尽了孝了。他也有高血压，有心脏病。那时他刚退休，如果不退休，还不知道怎么个累法呢。

在一个陡峭的山坡上，汽车笨重地喘着粗气，朝前方驶去，路边的白杨树上，我又一次发现了一大团一大团用树枝架起的黑色的喜鹊窝。平常，我在进出乡村的时候已经无数次发现过它们了。在高高的白杨树的树冠上，都有一只喜鹊飞来飞去地守候着自己的家。喜鹊也和我们人类一样，不管飞出去多远，也是还要飞回来的。不论生活多苦，都有坚强存在，鸟类也是如此，上天给它们一根树枝，就有它们的家园，就有它们的生存之地。我这样想着，脑海里浮现出一片茅屋，一座孤坟，黑衣白鞋包裹着的他——那个奔向亡母的儿子，始终不曾有眼泪流过，但我却能够感觉到，他在回忆亡母的笑容里，深藏着对逝去母亲的怀恋，深藏着对生死离别的无奈。我仿佛感受到那颗因激动而急速跳动着的心脏。他是这样急切地投向他的母亲，可他的母亲却再也不能向他张开母亲的怀抱……

　　汽车继续向前方开去，它们在延绵的地平线上默默地来来往往，破旧的它们在我的心头略显沉重，就仿佛肩头压上了一副无形的担子，如果真的有这样一副担子，那么它们一头是城市，一头应该就是山乡了，在它们之间，总有一条血脉亲情不能割断，需要各种方式的联结和沟通。而这些来往奔波的车辆正是联结和沟通这条血脉亲情的纽带，只要这份血脉亲情不曾失落，那么它们就要默默地永远地承载下去，承载下去，在岁月的风尘里，见证一件又一件事物的新生或者死亡。

天堂无电话

不知道，天堂里有没有电话。就在今天，早上，站在窗前凭空远眺，背后传来手机信息的滴答声，拿过来翻开一看，是网通公司的一则服务消息：明天是父亲节，发送某个号码至另一个号码，可以制定祝福父亲的语音信息或歌曲播放，祝父亲在父亲节里身体健康并永远快乐！更有那广告性的殷勤鼓动：快点击发送吧，指尖一点，父亲便收到作为儿女的你的美好的祝福了……

托着手机的手，下意识地，用指尖去按信息所提示的号码，但，就在将要触动的一刹那，指尖一下僵住了——我没有对方的发送号码，我已经没有了父亲，他远在天堂，今生今世，都永远收不到女儿的信息了。

父亲是一九四七年参加革命的，受爷爷的影响，十四岁就参了军。后来，在各种战役中表现英勇顽强，不久被保送到山东某校学文化知识，毕业后随之转业地方，响应号召来到一个边远山区支援教育工作。历任小学校长，公社公安员，乡镇副书记，农机局副局长。父亲写有一手好字，文章写得也漂亮，但父亲从没涉及过文学，他的文章大都是公文。他在会议上发言的稿子，很少让秘书写，有时是靠嘴功，洋洋万言不用稿。有时是自己写，为一篇调查报告熬到深夜。父亲一生朴素，为人耿直，在"文革"的最困难时期，也还是那么乐观坚强，保持着严肃认真的军人风度，父亲把它看成至高无上的人格尊严。

父亲生前，家里没有电话，那时候，电话还没有走进平民百姓家中，母亲有什么要紧的事儿通知儿女，父亲便用单位里唯一一部黑色的老式座机手摇半天，通过好几个机转才能与远在城里的我们联系，而父亲打给我们的电话这端，也是单位或学校里很少的几部办公电话，有时是保卫科，有时是办公室。有时父亲把电话打通了，我们却不在。那时我在上学，每隔十天半月便盼望着父亲的电话，每当接到父亲的电话，我都十分兴奋，大概父亲也感觉到了我的开心，便每隔半月二十天，准时在早上上班的时候给我打一次电话。

参加工作后，有一次和母亲拌嘴，不服母亲的责备一气之下跑回远离家乡的工作单位，我刚进办公室，父亲的电话便打了过来，我向同事嘟嘟嘴，负气转身离去，不接父亲的电话。后来我才知道，父亲那天在办公室坐了一个下午，一遍遍拨打我们单位的电话，直到看守电话的同事忍不住告诉父亲，说我故意不接电话他才离开。我那次的赌气，让父亲心头沉重了好些日子，从此父亲的电话，也破天荒地从一个月给我打两次，到一周打一次。随着年纪的增长，父亲的声音也比以前更充满了慈爱。那些电话，有父亲对我们的殷殷期待，有他对我们的依依深情。曾经在一个冬天，父亲到远离乡镇驻地的乡下蹲点，村庄上没有电话，父亲只好步行十几里到附近邻县的一个镇上邮局，托人打电话给我，那个人在电话里还叫错了我的名字，致使我没有及时得到同事传来的信息。

后来，因父母工作调动，举家搬进城里，偶尔，父亲也使用新单位的电话给我们打一个电话，但不久父亲离休，单位的电话父亲也不再用。退休后的父亲经常在母亲的唠叨和催促下到儿女家转转。我住的地方离他们近，父亲更是常来常往。那时候，因我女儿小，我工作又忙，父母不放心，怕孩子在我身边照顾不周，便经常骑自行车，往返四五里路来我们家，按节令不时送些孩子的衣服、零食，刮风下雨也不间断。

女儿三岁时入托，我在学校工作，适逢"六一"学生汇演，我忙前忙后给学生整理演出用具，到了中午还没有忙完。便忽略了回家接女儿，抱着一种侥幸，以为爱人会有时间接她。然而黄昏我转回家门，发现父亲坐在院中门槛前的梧桐树下，女儿则坐在屋里的沙发上，小嘴翘着，也不搭理我，明显表现出对我的抗议式冷漠。父亲抱怨说，早上我女儿就没有吃饱，下午他到幼儿园去看孩子，正好看到女儿在那里哭闹，问老师才知道，中午家里没有人来接她，所以委屈得哭了一下午了。从那次后，父亲回家就和母亲念叨，应该安一部电话，电话安上了，家里大事小情都通气，我不回家接孩子，他们也可以知晓了。

有一段时间，我很盼望看到父亲和母亲的身影。父亲来，总能帮我收拾一些零乱的东西，母亲则帮我洗一下女儿的衣服。父亲出门，自行车的后架上很少载母亲，两人一般都是一前一后缓慢地步行。父亲那辆车，是五六十年代的老"国防"，车身粗壮，结实得很，父亲非常喜爱它，一有时间就擦拭。父亲骑车很呆板，缓慢、认真，脚踏之下，一点都现不出风驰电掣的节奏，尤其显出那辆自行车的笨重。

父亲病后一个时期，自己骑不了自行车，便推着车子到我家来探望。当时，谁也没有想到父亲已经身染重疴，体力锐减，大家都以为父亲推车行走是在身体锻炼。不到半年，父亲病发住院，在病榻上辗转一年后去世，告别了那段既难分难舍，又疼苦难捱的日子。父亲在最后的几天里，经常梦呓般地念叨：不要因工作忙忘记接孩子，不要把家事看的太轻……昏睡着的父亲，竟然能够感觉坐在身旁的我的存在，竟然能够一遍遍向我作临终嘱咐。全家人非常惊愕，痛哭难抑，齐放悲声。

父亲生前，全家上下除了小妹因业务需要安装了电话，其他几家都没有安，更不用说使用手机。手机在那时候是那么时髦亮眼，走在街头满人群里细找，也只能找到几部砖头一样笨重的"大哥大"，机主在路人艳羡的注目下举着它，每每是极为夸张的语气和动作。

父亲梦寐以求的电话，于他去世的第二年，安装在他经常伏身写字的桌子上，第三年二姐和我家也相继安装了电话，随之，各种各样的手机也进入了我们所有的家庭，每人手上都有一部或两部手机，不管走到哪里都发出"滴滴答答"。闲暇的时候，随时可以给母亲打个电话，以排解母亲孤单之忧。平常给朋友互通电话及信息，或找知己作情绪发泄，煲电话粥。最常见的，是办公室的那群白领，一边办公，一边翻看手机信息，把游戏当作想念和问候；嘴角挂着会意的笑容。有同事和我说过，早晨的早点可以没有，手机电话一时一刻停机也万万不能。在家如此，在单位更是如此，那些为业务、为请示、为下达批示而来的电话，一天不下几十个，你越是想清静闲适一下，那些电话就越是不断，就连那以前最美好的弦铃感受，也成了鸦语鸹声。

而明天就是父亲节了，掌心托着手机，我却找不到发往父亲的号码——天堂里没有电话。朴素一生的父亲，再也不能享受网络的便捷，科技再发达，也不会替我联结一个天堂号码，将我对父亲的思念送达。我只有怀着虔诚，仰望碧空蓝天，默默地祈祷，用这种方式向父亲表达问候，送去女儿深切的缅怀与祝福！

天堂之上，没有电话，便也没有如人世间那来来往往的烦忧和嘈杂。然而天堂之下，却有我对父亲的深深怀念，一种无以为报，无法表达的愧疚。我陷入其中，整整一个早上，泪溢两颊。

梦里又是清明雨

淅淅沥沥地,天空又扬起了蒙蒙细雨,早春的雨,然后,在每一个多雨的夜晚,梦里枕畔上便开满了许多的小花,黄色的如星星一样细碎的花,而那些梦中的鲜花,它只生长在故乡,开放在清明时节。我行走在低浅的摇曳着的花丛里,手里怀里揣满了那些花儿,每当这个时候,我总能听见一个慈爱的声音在喊:"敏儿——!"我转回头去寻找——那束黄色的鲜花是我要献给父亲的。

之后的一个早晨,仍是细雨霏霏,门铃声响,打开门,见母亲气喘吁吁地站在门口,头上围着的一方纱巾,尚沾着细密晶莹的雨珠。我近来的封闭式的生活被她察觉了,于是经常这样突然地来又匆匆地走,带着几千个几万个不放心。母亲深谙我的脾性,所以不多言语。此刻她审视地上下打量着我,从带来的布包里掏出一把鸡蛋,又掏出一把,共十几个,五颜六色地在玻璃茶几上滚动,这才轻轻地说:"清明节了。"

是清明节了吗?回头翻看墙上的日历,果然是的。我们的祖先为纪念亡者而记取的这个节令,总是有特殊的天气烘托的,"清明时节雨纷纷",泪滴一般的细雨,给原本清新宁静的春天糅进了一层沉郁。每当这个时候,我都会想起遥远的故乡。此时的故乡,草木并不葱茏，景色亦不优美，但一片贫瘠的土地上，有我情真意切的乡人，还有背靠青山长眠故土的亲人。正因如此，它使我无论身在何地，终不能扯断那如丝如缕的乡情。

父亲去世已有十四年了，用他自己的话说，是走了，回家了。几十年的戎马生涯，转入地方工作后又是几十年的辛劳奔波，远离故乡漂泊一生的父亲刚刚离休，便带着一身的疲惫和病痛永远地走了。按照习俗，每年的这个日子，我都应该回去看望他的，这是父亲生前的愿望，虽然他不曾直说过；跪拜在他的墓前烧一束纸钱，这也不是父亲生前所信奉的。然而十几年里，有好几个这样的日子，我却不得不匆匆错过，要考试，要加班，要迎接检查，还要……干什么呢？反正，错过了。这使我于心不安。于是，在后来的每一个多雨的日子里，梦里便会有一种重复的情境出现。我梦见自己站在一片故乡的山地上，身后是那些漫山遍野的灿烂的山花，黄色的如星星一样晶莹闪烁的花；梦见父亲爱怜的呼唤和期待的面容。

上世纪九十年代的那个春天，天空也是细雨淅沥，我回故乡为父亲扫墓，那是父亲去世后的第一个清明节。父亲的墓地在故乡的一座山坡上，那座山叫北山，山脚和山顶青石裸露，只有半山腰处有一点瘠薄的土壤，栽种着并不茂盛的果树和庄稼。就是这样的一个地方，父亲却念念不忘，在他病重的时候一再嘱咐，万一不行了，千万要记得把他送回故乡。

顺着坎坷的小路往前走，远远便看到了那座山。山顶上，有崭新的大理石开采的痕迹，以那个痕迹为目标，就会走到父亲安息的地方。

我低着头，一心只顾往山上爬，我急切地想奔到父亲的身边。就在我抬头向前张望的时候，满坡的金黄一下映入我的眼帘。在这些梯形的山地里、小路旁，在这样一个细雨纷飞的日子里，它带了一种忧郁的神情迎接着我，就在我抬头的一刹那，我深深地喜爱上了它那浅黄的、如深冬里的腊梅一样的花朵，它生长在那样一片瘠薄的土壤里，在没有青草野花的陪衬下，我叫不出它们的名字，我把它叫作女儿花。

　　在父亲的墓旁，我尽情地流着悲伤的泪水，唯有这种方式才能宣泄失去亲人的痛苦。为了掩饰自己的懦弱，我走进密密的花丛里，掐下一朵放在拢起的掌心，我发现它的玲珑的花瓣里也含了一颗晶莹的水珠，我不知道那究竟是它的泪水还是来自空中飘洒着的细雨，它只是一朵平凡的花啊！然而，当我的指尖轻轻触摸到它娇嫩的花瓣的时候，它在我的面前忽然变得具有灵性起来，我仿佛觉得，它已在这里等待了我很久、很久。和生命里至亲至爱的人作永诀，那种撕心裂肺的时刻，或许它早就知晓，人间的喜怒哀乐，悲欢离合，它早就知道，它只是不会去说，这便使我没有珍惜和亲人在一起的欢乐时光。我一直以为自己会永远地陪伴在父亲的身边，是父亲不离不弃永不失散的女儿，但是等我翻然彻悟的时候，父亲已经远去，只留伤悲给尚存在世的我们。眼前的花儿有知，所以，它守望在这片故土，只等我去走近，然后在我必经的路上，用沉郁的美丽给我一丝无语的安慰。

　　那一刻，我跪拜在父亲的墓前，我的怀里因捧了它而溢满了清香的气息。我忽然觉得，它能帮我找回失去的某些东西，它能在我最感伤的时候聆听我的诉说。从那时起，我便把它当成生命里的另一部分，让它成为我生命的寄托：当我为父亲扫墓归来的时候，它能替我长久地守候在父亲的身旁，就像我们调皮地环绕在父亲的膝下，使远离家人的父亲不再寂寞。

　　在那些日子里，我也曾经千里迢迢把它采回家来，默默地放入父亲生前最喜欢的那只笔筒里，掬上一捧清洌的水。笔墨纸砚已随父亲去了，笔筒由母亲留下来作为纪念。我所做的这些，除了母亲谁都不会知道，或许连母亲都不懂得我那一刻的复杂心情。她不知我手里捧着的那支花束从何而来，不知我无言的举动不仅是为了纪念父亲，同时也在寻求着一种解脱，解脱生活里一切的沉重与无奈。所有这些，除了远在天堂的父亲，便只有我和那束花儿知晓。花虽无语，它却能够替代我的思想，将我的思念传达给我的父亲，将我的心事向父亲诉说，不管何时何地，父亲都是我心中永远的一份爱，一座山。

也就是在那个春天之后，在每一个多雨的天气里，它的浅黄色的花朵便会出现在我的睡梦里，我经常梦见自己躬身在故乡梯形的山地上，采撷着那黄色的星星一样细碎的鲜花，梦见父亲爱怜的呼唤和期待的面容，醒来后泣不成声。逝者长已矣，生者常思思，又是一年清明至，绵绵春雨愁情时。清明雨，总是在人伤神无奈的时候不期而至，细线一样柔软的它们，却能够利箭一般穿透我们的心田，让思念挟着雨珠，让鲜花沾满泪水……

陪读的母亲

我居住的学校附近，总有一些普通居民腾空他们的多余房屋，然后打出广告出租，不久，新生入学的时候，就会有一些陪读的学生家长住进去。以前，我是很不注意这些事情的，甚至有点儿不理解他们，我觉得孩子不过是在读中学，而他们却在这里陪读，如果孩子上了大学，到了更远的地方读书，难道他们也要跟着去陪读吗？后来我发现，事情远非我想象的那么简单。那些陪读的家长，都有各自不同的故事，从这些故事里，我感受到了生活里的艰辛与欢喜。

学校共有两个院落，我们习惯了把它叫作南院北院，两院之间隔了一箭之地。那时候，南院和北院中间的空地还没有进行改造，中间的地面是高出凸起的，于是就有了两条路，一条路在凸起的地面之下，一条路在凸起的地面之上。我们这里是山区，地面总有些高低不平的现象。上面的一条道路的路边，住有当地的几户人家，为了收入，他们把几间低矮简陋的房屋腾空出来，面朝街道打通了进出的门窗，然后租给那些陪读的新生家长们。

时间往前推移，大概是十几年前的一个秋天，正值新一届学生入校不久，通向校园的路边新开了一家美容理发店。那间房屋也不过十几平方米，却被租住人——一位年轻的女人，将原本就狭窄的房屋隔成两半，一半是墙壁上贴了很大一面镜子、中间摆了一个卧椅的理发室，一半仅安了一张床，那是她和孩子的卧室，中间拉了一条被染发水玷污了的布帘，这便成了她与孩子生活和工作的安身之所。

从来都是蓄长发的，因为发质本身也不是太好，所以一向不舍得理发。什么染烫、拉直之类，凡是有损发质的所谓美发，从来都是予以拒之。我是习惯了绾发，不管头发长得多长，一年四季都用一根特制的发夹高高绾起，绾起的发髻便显得干净利落。这样一来，我所谓的理发，便成了只让理发师修剪一下刘海儿，或者把太长的发梢去掉一些，横过剪刀三下两下就可以了，简单到我自己都能操作。因而那些大美容院美发店，我是不必去的，因为简单，那家新开的理发店，才成了我偶尔光顾的场所。

第一次，我是奔着她的招牌去的，去了一看，结果大吃一惊。那么狭窄的地方，怎么能够天长日久地居住呢？当我对这个理发室有了进一步的了解，我也更加确定，门外牌子上写的什么"美容美发室"的字眼，其实不过就是一个幌子，她这个理发室，从简陋的小屋到简单的理发工具，能够理发就已经很不错了，美容项目是绝对做不了的。我打量着她的屋内摆设，一股浓烈的染发水的气味充斥了狭小的空间。尽管这样，她的小店还是很红火的，因为挨着学校，理发价格又便宜，很多男生都喜欢来这里理发，这是她收入的一大部分。

通过接触，我知道了她是一位陪读的母亲，三十八九岁，面容姣好，身材瘦削单薄，目光里更是带了几分浅浅的愁容。我进去的时候，理发店里还有几个学生，拥挤在门口的一个长凳上，我探头屋内，发现时而布帘掀动，才知道小屋的另一半安了一张大床，床的边沿上，依靠着一个穿了校服的十五六岁的学生，我想，那就是她的儿子。

渐渐知道了她的故事。这是一个单亲母亲，家在一个贫困的小山村，有两个孩子，一儿一女，儿子在本校读高一，女儿还在乡下读小学。她来陪读的原因，不是由于对儿子的溺爱，而是想养活一个家和两个孩子，还有孩子们高昂的学杂费用，以陪读的形式进城是找工作的理由。我在等待理发的时间里，有时就带了一本杂志去看，反正待着也是浪费时间。有一次把杂志落在她的理发室，再过些日子去时，她已经把那本杂志翻得边缘卷起，不堪入目。当然，她也熟读了里面的内容，比我更细致地反复品味了文章里的人物和故事，我坐下来剪发时，她就把在杂志上读过的内容讲给我听。

一直担心着，母亲和儿子，一起拥挤在这样狭窄的小屋里，并且母亲的顾客，以及屋外马路上的人来车往，嘈杂不安，是否会给她的儿子带来负面影响？还有严寒的冬天，因为屋子的狭小，他们只能用一只蜂窝煤炉取暖，炎热的夏天，她只能用一台很小的风扇吹去屋内的闷热。那个儿子，在这样的环境下是怎样安心读书的？所幸的是，她儿子的学习成绩一直不错，就在她租住陪读的第三年，高中毕业的儿子考上了北方某个大学，接到大学通知书的那一刻，她躲着儿子哭成了泪人。那几天，她把理发室关了门，从此再没见到过她。她去了哪里，我不知道，现在她的样子，我也已经记不清了，只记得她淡淡的愁容。

我庆幸她离开时，就已经把儿子上大学的学费攒够了。他们可以收破烂，可以卖小吃，可以在学校附近开一个裰补破衣为生的小铺。现在我只要出门，依然能看到这样的小屋，并且陪读的，大多是母亲。她们少言寡语，只是埋头做着自己的事情。我每天早上的小吃，便是从这些小屋里购得，而更多的人是坐在小屋以外矮矮的桌前条凳上吃早餐的。他们中间有附近的民工，有学校的教师，有读书的学生。有一次我裙子的拉链坏了，找了一位替人补旧衣的小铺,那位陪读母亲只收了两元钱,就为我换好已坏的拉链,并且固定了裙子上的一个纽扣。

　　我经常和朋友说,南院到北院的路,那是一条开花的路,学生们从那里怀着一定的目标和向往进来,又从那里带着理想走出。在这样一条开花的路上,有过一些这样的母亲,为让儿女安心读书,在贫困的日子里,付出期待和辛苦。日子就像流水,在指缝间悄然流过,转瞬,新学期又要来临,那空出的狭窄的出租屋里,不久又有陪读的母亲住了进去。对于她们来说,只要能够挣得孩子们的学费,再苦再累,也心甘情愿,是值得的。她们的到来,给这个街道带来了一些繁华,带来了一些暖意,也带给人们一些感动和思索。

一把豆角

习惯了在一个早晨到市场里买菜，因为这个时候的青菜又便宜又新鲜。唯独有一次，我不是在早上而是选择了一个下午，因为家里再也找不出可以付厨的东西了。这是一个七月的天气，毒烈的太阳蒸烤着大地，到处热浪滚滚。我虽然戴了凉帽，又是刚从家里出来，却仍然受不了流火的蒸炙，还没走到菜市场，我就开始到处打量，看附近有没有卖菜的小贩，我想，如果附近有卖菜的小贩，最好是马上买了来，赶紧回家，炎热的天气，使我再也顾不得青菜的鲜嫩与否。

在离我最近的地方，我看到一个卖青菜的小贩，是一个五十多岁的农村妇女。她蹲在离市场较远的马路边上，面前摆放了三堆青菜，一堆是西红柿，一堆是大葱，另一堆是豆角。我连忙走过去，眼睛紧紧地盯住了豆角，想买。然而我刚刚蹲下，便又起来——因为面前摆放的那一小堆豆角，实在是不太鲜嫩。豆角不大，豆粒却是鼓鼓的，看来已经长到了一定的程度，有些老了。

她看我站起来，忙说那豆角不老，不老，一边说，一边用手在豆角上划拉着，可能是想把嫩一点的豆角往堆上拢。可是，她越是这样拢，那些老豆角越是显露出来，我很是失望，不由抬起了脚。

我是真的要走了，就在离她的不远的地方，也有人在卖豆角，堆大，并且豆角长得更嫩更好。

我刚要转身离开，不料她站起来拽住我的衣角，说，还是买我的吧，我的豆角可以贱卖给你，这些，我不要太多的钱，你只给我一元钱就行，一元钱全拿走吧。可是，她的那些豆角，就算是五角钱全让我拿走，我也不会要的，豆角太老，又那么多的残损，更不新鲜，我买了来，又怎么能做得出好菜呢？一向讲究生活质量的我，毫不犹豫地想马上走掉。

她看我并没有让便宜打动，又急忙说，家里有病人，她需要这些钱。她说，她的老伴三年前得了肝硬化，花了许多的钱也没能治好，现在已经只剩三四个月的时间了。"他现在需要药物养着，一天得花二十多块钱才能保证不断药。"她的声音逐渐低了下去。

肝病啊？我惊了一下。然而她好像并没有看到，仍然对我说着她老伴的病情，说着说着，眼泪湿润了眼眶。你的儿女们呢？我问。她说，儿子出门打工去了，女儿虽然嫁人了，但还经常帮她下地种庄稼、栽果树、摘桃子。儿子女儿每月给她一些钱，她用这些钱，加上卖菜的钱，维持老伴的药物治疗。

她说，为了给老伴治病，她什么都种过，种菜，种果树，一旦鲜果和青菜下来，就拿到集市上卖掉。她的家里却是很少吃菜的，特别是今年的青菜贵了，他们更舍不得吃。只要能换钱。庄稼人，只能靠地里长的换个钱呀。眼前的这些菜，是她头天晚上摘下的，今天一大早推着车子赶十几里的山路来城里卖。她指着身边一个空着的筐子，说，那里面，原来是一筐桃的，现在也卖完了，如果在乡下，这么多的桃子是卖不掉的。又说，等再把剩下的菜卖完，她就能回家了，给她老伴做饭。他不能照顾自己，田地里的活都不能干，她说。

我相信她的话，她很瘦，瘦到只有一副骨架的样子。她坦然地向人倾诉得肝病的老伴，她大概并不知道这个病是会传染的，如果她继续这样说，她的菜很难顺利地卖掉。

我终于买下了她的豆角，我发现，那些豆角不但老，而且上面的泥土也非常多，我下了很大的工夫去洗它，一直揉洗得外皮发绿，才把它们掰成一寸一段。菜做出来，一样的好。豆角老了，里面的豆却是很绵很香的。这一元钱的豆角，我足足炒了三盘，吃了三顿。而她，还有她的老伴，会因那一元钱，而延续一些治疗，减少一些病痛吗？我不知道。我为她担心着，更为她祝福着。

山里的亲戚

因为在学校居住，一到高考前夕，家里就电话不断，无不是同学、朋友还有亲戚，向我打听高考情况，诉说孩子在学校及家中的表现。极大的压力使孩子性格有所反常，为把一时的苦恼倾吐出来，则把我当做了最佳倾诉的对象。就连一个过去从不上门的山里亲戚，一天早上也来到我家，并且郑重地携了他的妻子。

他穿着山里人平时很少穿的那种廉价皮鞋，不合时宜的西装热得他大汗淋漓；他的妻子是我羡慕的那种黝黑而健壮的女人。大概是因为第一次上门，两夫妻找了许久才找到我家的新址，知道我搬了新家，又匆匆从校门前的小买部里买来一扎啤酒。这是山里人平常出门的最高礼物，也是一种习俗，给新搬家的亲戚"温锅"。

其实就是不买啤酒，他也不是空手而来。他还从家里带来了新鲜的泡菜，净了皮的花生仁，和一大叠的农家煎饼。可是他们却还仿佛道不尽的歉意，说也没有什么好东西带给我们，其实，山里人的日子本来就是从包谷酒、腌菜缸的岁月里过来的。我不胜感激！我知道，山里人不喜欢穿皮鞋，也并不喜欢穿西装，他们的日子很散漫，一身白衣黑裤顶着一头的太阳，随意撒在崎岖山道或者陡峭的坡地上，天马行空，自由自在，山里人有山里人的秉性。

布谷一叫，坡地里到处都是忙碌的身影，等长空一阵雁鸣，火红的辣子金黄的包谷就挂上了屋檐——山里人的日子紧张而有规律。他们习惯了青绿的山，以及山间天空白纱般的云彩，房瓦上冉冉升起的淡蓝的轻烟，湿润的石板路，黄昏的桥、小溪还有木车，一切都那么静谧，那么淳朴，还有一点寂寞。

生活在山里的山里人只能是我向往的一种境界，我知道，"山歌响在林间，牧笛横在牛背"这样幽雅而清奇的岁月，虽然诗意但并不真的生活在山里人的生活里。

山里人对他们的儿女是百般的爱惜，他们为了孩子上学读书，会一粒米也不遗漏地播种收获，一分钱也不乱花地拼命积攒。等孩子终于长大了，读书了，高考了，山里人才揣着收获而来的喜悦和积攒的钱币到城里打探孩子的学习成绩。

在我们家，每年都有这样的亲戚从乡下而来，或者提前几个星期，或者提前几个月。但是，在高考钟声敲响之际，站在学校门前马路上的却不见了我的乡下亲戚，也都不是这些山里人。

然而，乡下的亲戚却是我教育孩子的楷模。

乡下来的亲戚里有我的表婶、表叔、表姨或表哥，我的父母不是乡下人，可他们的父母辈们就曾经是乡下人，他们的根就在山里，在乡下，在农村。母亲说，山里人啊，相比来讲比城里人淳朴，城里人比山里人冷漠。我希望山里人能有城里人的现代，也期望城里人能有山里人的那份殷殷亲情。

半个包子的幸福

早上,从外面回来,把刚买的早点放在桌上,苇眼睛看都不看,说,你知道什么是最幸福的感受？哦哦,他在卖关子,我知道,但我不答,只是看着他笑。在一起生活十多年了,关于"半个包子的幸福"故事,他早就给我说过不下百遍。果然,一边吃饭,下文来了。

苇小时候是在乡下度过的,从出生到初中毕业。他的父亲在镇里教书,母亲一个人在家劳动,奶奶又长年有病,每年分配到的粮食加上父亲微薄的工资,所有的收入加起来只能勉强维持生活,因此小时的他,家里很贫穷。有一次,在外工作的父亲托人捎回一个皮包。那个皮包的样子到现在还在他眼前晃动：灰色的暗纹,有点像皮革,但又不是,上面写有"为人民服务"的字样,提在手里很气派,很漂亮,在当时怕是最时尚的了。每次看到机关干部下乡,无一不是手提着它。那个皮包父亲在平常是舍不得用的。

谁会知道,他从此的"幸福感受"就在那个皮包里呢。那天,父亲让人捎回那个包来,他就知道那个包里有好东西呢。来人是父亲的同事,他对老远迎上去的母亲说,嫂子,这是我们主任让我捎回来的东西呢,里面可能是吃的,你快看看,还热乎着,快让孩子们吃吧。母亲接过皮包,手触到的地方是包底,那里似乎是柔软而温暖的。等送走客人,母亲拿起皮包伸手掏去,原来包里还套有一个粗布包,兄妹四个全都围着那个布包去看,包是热的,似乎有香味流溢出来。他一眼认出,这是母亲给父亲捎东西时用的粗布包。母亲把父亲捎来的布包打开一看,里边是四个手掌样大小的大包子,精心捏成的周边的花褶,鼓起的包子肚,那个细那个白,在很少吃过细面的他的眼里,有玻璃般透明的软滑细腻的感觉。看着那四个包子,他的眼睛顿时瞪得跟包子一样精神。

按照母亲的习惯,先将那四个包子进行了分配:一个给了前院的大爷爷和大奶奶,一个给了后院的四爷爷四奶奶,剩下的两个才轮到他们兄妹四个分享。可两个包子,四个兄妹怎么分?精明的母亲把两个包子拿进了厨房,不一会儿出来,两个包子已成四个,每一"个"都只有一半,把个肉馅绽露出来,香气诱人。原来,母亲用刀把包子从中间平分了,这样,他们四兄妹每人就都有了一半包子了。

这半个包子拿在手上,苇不舍得吃,用眼睛看呀看,鼻子闻呀闻的,就像欣赏一件艺术珍品。苇说,知道那包子是什么馅的吗?肉和豆角,还有很香的葱花姜的味道,再闻,竟然闻到一种与众不同的味道,那味道一下下刺激着他的味蕾。奶奶因为气喘生病,整天吃药打针,父亲每隔一段时间必须买一些价格很贵的针药。长期以来,母亲天天做玉米棒子粥。就是偶尔包一回包子,也是用自己地里种的大白菜,地瓜面加开水烫了,和成面包成包子。有时连大白菜都没有,凡是菜,都剁细了掺上一些,加上一小勺油就算是包子馅了。因而,这个父亲从学校捎回来的包子,使他觉得仿佛是从天上掉下,更使他觉得,天底下最美的食物也莫过于手里的这个包子了。

包子拿在手里,哥哥举着包子出去吃了,两个妹妹还小,等他看够了那包子，吮够了那包子的香味，便开始小心翼翼地吃起来，生怕漏掉每一丝味道。吃着吃着，他突然想起母亲，便跑到厨房里，把那半块包子推到母亲嘴边，给正在烙地瓜煎饼的母亲咬了一口，才将手里的半个包子吞噬干净。看着儿子狼吞虎咽的样子，母亲有些心酸，眼里流出不易察觉的泪。那年他只有十几岁，但那半个包子的味道从此便种在了心里。他说，还有什么时候比那年吃包子的感受更幸福呢？

过节的时候我们回家，有时也在饭桌上回忆当年吃包子的情景，关于那四个包子的故事全家人记忆犹新。那包子的肉馅，据家人回忆，里面除了多半的豆角，其他的应该是很少的一点猪肉。那里面的肉真的与众不同，据他的判断，那是变了味的猪肉做成的，如果搁到现在，那包子大概应该既卖不出去，也是根本没人吃的。谁家要是卖这样的包子，那买卖早就砸了锅了。然而从那时起，他开始喜欢吃包子，只要是包子，不管有馅没馅，看着包子的样子，就觉得肚子里的馋虫被激活了。但是不论怎么吃，再也没有吃到当年那样香的包子，更没有吃出当年的感受。

半个包子，就这样成了苇的"最幸福的感受"。最幸福的感受，其实就是在根本没有想到的情况下意外得到了，除了老人们常说的"人饿饭香"，还有一个就是困难时候亲人间的分享，那一时刻的幸福，是一个人悄悄"独享"所不能体验到的。

梨园旧事

朋友出差，带回来一袋梨子，专门给我送来几只。梨子不大，摆在手上不盈一握，吃在口中也不过如此，但那颜色却令人由衷地喜欢，那是一种清纯透明的橙黄。当朋友告诉了我它的产地，便更加觉得它熟稔可爱了。手上的这只梨子，原来产自我的故乡，故乡盛产梨子！

在故乡小村的西北坡，种着几十棵梨树，村里人称作梨行，据说是我的祖父辈们种下的。春天，梨花开放，淡淡的清香弥漫整个村庄；梨花凋谢时，花瓣在春风里纷纷扬扬，如晴天里的飞雪，很是壮观。花落尽，绿油油的叶子生长出来，树上果实累累，树下浓荫匝地，便成了人们夏日乘凉的好去处。每当傍晚，左邻右舍的婶子大娘们手摇一柄芭蕉扇，臂弯里抱着小孩子，悠闲自得地坐在树下乘凉，直到月挂树梢才渐散去……

我小的时候很活泼，从来不甘寂寞，每天晚上都要随大人去梨行乘凉。三婶的两个儿子特别淘，专挑人多的地方绕来转去，太讨人厌，大人便喊大皮二皮，并佯装追着去打。三婶见了，非但不生气，还笑眯眯地一脸得意，一边护着怀里乱扭的二皮，一边唱着歌谣："小小子儿，坐门墩儿，哭着喊着娶媳妇儿，娶媳妇做什么？

点灯说话儿,吹灯做伴儿,早上起来梳小辫儿……"这样唱着唱着,二皮便会在三婶的怀抱里平静下来,沉沉地睡去……

"七岁八岁狗也嫌",大人们常把这句话挂在嘴边。那年我还小,不足以调皮出什么花样来,却偏偏好跟在生性顽皮的孩子后面凑热闹,便经常遭到大人的嫌弃。为笼络我们不淘气,大人们就给我们讲一些故事。尤其是快言快语的二婶,她口舌灵巧,肚里笑话又多,逸闻趣事到了她的嘴里,尽管已经无人不晓,仍然能够令人发笑。

最好笑的是关于大奶奶的故事。据说,大奶奶原本计划年内给小叔娶亲的,然而不久小叔却参了军。大年三十,大奶奶家的门楣上挂了块"光荣军属"的彩匾,红烛点燃,院里院外照得通明耀眼,让人好不羡慕。她家的门坎儿几乎要被媒人踩破。大奶奶难以应付,就请了一位晓文解字的老先生,代写一封家书给小叔寄去,问要不要定下一个。孝顺的小叔马上回了信:找媳妇可以,模样怎么样由家里相看就是,但个头不能矮了,必须是一米六的中等个。大奶奶不识字,拿着小叔的信掂来量去,最终又找了那位先生读给她听。偏偏那位先生老眼昏花,把一米六中间的"米"字给念错了,一米六念成了一十六。大奶奶听完信,自然是万分高兴,如获至宝地将小叔的信揣回家去,收在枕下。

不久,又有媒人上门提亲,大奶奶便将小叔信上讲的条件一一摆开:"订是要订的,只是我儿嘱咐了,女方最好是一十六米的中等个。"那个媒婆听后认为不难,胸有成竹地乍着小脚走了。可是,日子一天天过去了,却是等不来可靠的消息,媒婆也不再登门。大奶奶心里着急,大街上碰见了,逮住一个质问,那媒婆满腹委屈地说:"脚指甲都跑肿了,却怎么也找不出个一十六米的来,问谁谁都够不到!"大奶奶急了,赶忙说:"实在找不到一十六米的,找个一十五米的总可以罢?"

故事讲到此处,乘凉的人就都大笑起来。我不明白大奶奶所说的一十六米究竟有什么错,就摇着二婶追问,而此时二婶自己早已笑得坐到地下去了,不能回答我的问话,就又跑去问母亲,母亲就说:"一十六米的媳妇哪里找去?比我们家的房子都高了!"大家更加哄笑起来。

多少年后,村里年长的老人有些已经作古,村西的梨树却依然活着,但也苍老了,一枝一杈都透着岁月的沧桑。听村人说,春天梨花仍然开得密实,只是很少挂果了,我问为什么不砍了,重新栽上其他的果树呢?人们愕然,说,那可是你们的爷爷们种下的。

时至今天,岁月如流水般逝去,然而关于梨行的那些童年往事,却深深地印刻在脑海里,挥之不去……

第二辑　博爱如叶

枫叶书签

县里下发了"爱心捐赠书籍"协议书,捐赠的书籍是适合中小学生阅读的读物,捐赠的对象主要是小学生和初中生。赠送书籍,鼓励他们好好学习,让爱心走入他们的内心。作为一名"爱心计划"的志愿者,我参与捐赠之后书籍的整理工作,为这些书籍分类、编号,通过整理使这些书显得整洁,不再是纷乱不堪的感觉。

周六下午,我再次去单位加班,桌上地下摆满了书籍。我一本本地翻看,不时在登记簿上做一些记录。遇到一本精彩的书,便低头兀自阅读,翻阅到书页中间的部分,一个小纸片从里面飘了出来。我弯腰捡起,拿在手里仔细地去看,原来是一张小小的书签,在两寸宽、四寸长的青稞纸上,端正地贴着一枚彤红的五角枫叶,并且用塑胶膜做了些简单的密封。

书页里还夹着一封信,上面写着:我是从农村出来的,上学时,同学们都在看课外书,但我们乡下的孩子买不起书,上初中那年,语文老师把家里的书拿来给我读,并且送给我一本冰心散文集。它像小橘灯一样照亮了我,至现在我还铭记在心。更重要的是,为了让这本书美观起来,老师还在里面夹了一枚枫叶书签,从此,不管走到哪里,我都把它带在身边。这枚枫叶书签看似是崭新的,其实我已携带它二十几年了。

  我把这枚书签夹在新的散文集里捐出去，希望孩子们能够看到它，并收藏起来，让他们知道，读书是一件多么幸福的事。爱心不是施舍，而是一种神圣的责任。也许这些孩子的生活不至于窘困，不至于学业无法完成，但我们所做的，是尽我们的一些心力，给他们提供一些便利的条件。我相信，用行动诠释着什么是爱，这种方式就如汇成大海的溪流，力量是巨大无穷的……

  多么精致的一枚书签啊！面对这饱含厚意的文字我感动万分，依依不舍地把书签放回书页里，然后继续着我的工作。我想不久，它们就会全部分发到那些贫困的山村学校，会有一个孩子在读书时看到它。它像一个爱心符号，照亮一个孩子的目光。

一束玫瑰正芬芳

"三八"节,县里举办一个演讲活动,评委名单上照例点了我的名字。中午就餐时,听到这样一个故事,是一位女教师,三十几岁的年纪,一头短发剪得精明利落——县、市、省各级公认的骨干教师。

那是一个寒风萧瑟的下午,完成一天教学任务的她,给了学生一个放学令,怀着莫大的轻松回到了家。吃过晚饭,想出门散步,就在打开房门的一瞬,她惊了一下:一个抱着书包的男孩子蜷缩在她家门口,看上去是那样的招人爱怜。兴许时间已经很长了,坐在门口的他,一双小手冻得通红,浑身瑟瑟发抖。

她仔细一看,原来是班里公认的那名调皮生。打架,骂人,有时还逃课。不容多想,她拉起孩子就往屋里走。但是,他推开了,低头抽噎着说:"老师,我能住在你家里吗?我……能叫你一声妈妈吗?我不想回家。"孩子那泪眼楚楚的话,使她听得呆了,顿时,泪水模糊了她的双眼,一把将孩子拉入怀中。

是什么让孩子失去温馨的爱抚,失去对家的依恋呢?后来,经过了解她才知道,孩子的父母因为生活上的琐事经常大吵大闹,甚至大打出手,以至孩子不愿回家,厌恶回家。

这件小事让她陷入深思。她发现自己在传授孩子知识上是成功者，但在抚慰孩子的心灵上做得还远远不够。同时也认识到，发现孩子内心思想，帮助他们走出低谷，提醒家长构筑一个和谐家庭，给予学生一份和谐的爱，是使他们健康成长的必要条件，也是她义不容辞的义务。

从此，她的眼里多了一份发现忧愁的目光，在家访时就多了一些关于"家"的课题。她在传授孩子知识的同时，也在悄悄关注他们眼中的异样，让不和谐的音符消失在萌芽状态。

课下，她主动和学生们做游戏，开心玩笑；学生病了，她嘘寒问暖，带他们去医院；每逢过节，她总要把住校的学生接到家里，让他们感受家庭的气氛。

从此，她的假期少了，家访多了，关心学生，爱护心灵，成了她对每一个学生的责任，她要让学生们在爱的关怀下健康成长，增长知识，活跃思维，陶冶情操，升华思想；她要用爱筑成一个学生快乐成长的台阶，让他们感受奥妙无穷的生活与自然之美。

又是一个灿烂的春日，在公园的小路上，她正悠闲地散步，忽然，一股清香飘然入鼻，一回头，一个幸福的三口之家站在了她的面前——年轻的父母、天真烂漫的孩子。那个孩子的手中，举着一束很大的鲜花，面对着她笑得那么开心、甜蜜，那表情，仿佛是刚收到一件天使的礼物，又好像是找回了一件失去已久的玩具。哦，那不就是曾经躲在她家门口，要叫她妈妈的那个孩子吗？

孩子的父母感谢她，正是她的多次走访，使他们最终懂得了孩子的需求，他们终于认识到错误，重新找回建立温馨之家的夫妻和谐，使孩子不再回避这个曾经冷漠无情的家，不再厌恶这个只有争吵没有丝毫安详的家。而这一切，都来自一名普通教师的爱，爱孩子的心……

面对找回家的温暖的孩子，她会心地笑了。

家，一个再普通不过的字眼，却代表着一份永远化不开的浓浓深情，它是人生挡风遮雨的栖息地，是滋润心灵的沃土，是天真孩子的乐园，也是远行游子的依恋，白发老人停泊的港湾。有这样的爱的家里不必是高朋满座、金碧辉煌，一个平常院落，三两和睦身影，几朵开心笑颜，就构成了一户朴实人家，殷殷真情里，恰似人间天堂，甜蜜怡人中，自有生机盎然。

"爱到深处方见美。"一个家庭的和美，一张可爱的笑脸，浓缩的不止一份亲情；鼓励一下，扶助一把，就能组成坚强的集体，一个和谐的社会，一片温暖的热土！面对那位教师，我由衷地敬佩。演讲结束，我迈上舞台，走到等待颁奖的普通女教师面前，在扩音器里轻声和唱"长大后我就成了你"的深情旋律里，为她献上了一束芬芳的玫瑰……

老师，我会想你的

做了十年的熟悉又热爱的工作，突然有一天有人通知你要走了，是什么心情？

高中毕业，我选择了报考幼师，那是我非常喜欢的，因为我的母亲当年就是学的幼儿教育，从小耳濡目染，对幼儿教育事业情有独钟。两年后，我如愿分配在县第一中学，学校有个规模大而且通过省级验收的幼儿园。然而，领导并没有安排我去幼儿园工作，而是把我安排到校图书室。图书室在幼儿园的隔壁，每天听着墙内传来孩子们甜甜的背儿歌的声音，和老师们弹起的欢快的琴声，有时候忍不住就走进去，看孩子们上课学习做游戏。

去得多了，孩子们都把我当作老师，教师们也很热情。我的专长是舞蹈，节假日，幼儿园里的老师们在排练节目的时候，有的动作表达得不太优美准确，有时候就在一起切磋一下，和她们关系处得很融洽。那年的"六一"，为赶排一批参加县里组织的一台少儿晚会，天天加班加点，老师们累得不行，有的嗓子都喊哑了。领导知道后，决定把我调入幼儿园，我高兴地跳了起来，从此，我开始了每天和孩子们在一起的日子。在我的心目中，那是阳光下最神圣的职业。

我担任的是园里的舞蹈教师，每天教他们唱歌、跳舞，教他们认知。我教古诗《悯农》："锄禾日当午，汗滴禾下土，谁知盘中餐，粒粒皆辛苦。"在活动的延伸中，我让孩子们画一幅"锄禾图"，以加深对诗句的理解，激发他们创造美的欲望。我根据这首诗编成舞蹈，通过艺术的手法再现劳动场面，进入情境，这深深地吸引了孩子们，一个个沉浸在一种美的境界中。正如当年一个朋友说的，我很适合做幼儿教师。十年里，我参加过省级幼儿教育讲课比赛，取得过全市幼儿教师七项技能比赛的第一名。后又经幼儿管理专业大专函授，领导任命我为园长。

如鱼得水，是我热爱幼教工作的原因之一。那时候，我曾经写下了许多的教育心得，发表在《幼教园地》《幼儿教育》等多家刊物上。"编织星星，采撷阳光，将祝福化作流云，将信念系在线上，我为孩子们一路护航……"（《风筝》）。和孩子们在一起，我感到无比的快乐，因为那份快乐，我付出了一个教师应该付出的一切。

那时候，园里共有四百多个幼儿，二十几个教师，教师人手少，我只好一边教课，一边抓管理，有时候累得吃不下饭去。有一位保育员，非常朴实，能干，我们俩同带一个班，每天，她做完了自己的事情，还要帮我端水，买饭。她很注重形象，头上的长发高盘着，穿着干净利落，从不让它们零乱。她让我感动的是，当看到我忙不过来，饭都吃不上的时候，手里便托着一个茶杯，跟在我的身后，话不多，只说一句：喝点水，润润嗓子吧。每天如此。

后来，我的嗓子坏了，说话失音，治疗了好几年不见好转，最后不得不用手势和人交流，把我的家人吓坏了，因为我小时候曾经哑过，他们很怕听到我那种嘶哑的声音。在此之前，我还得过一次心肌病，刚参加工作的时候就治疗了几个月。我母亲便动员我转到另一个岗位去，我没有答应。等有一天，我的病因一次感冒再次诱发的时候，我母亲不得不找到学校领导，硬是把我调走了，而且一走,就是直接调离了教育部门。

我走的时候正是春天,阳光明媚,正带领孩子们在户外做角色游戏。我们每人头上戴了一个大头饰,我的角色是大灰狼,孩子们扮饰的则是小小鸡。大家相互追逐着,满院子里都是我们欢快的笑声。

那一天,单位里的一个领导找到我,知道我已经接到调令,我要调走了。尽管我早就知道这一天会来到,但是那一刻,我还是愣住了,像被什么重捶了一下,脑海一片空白,耳边嗡嗡作响,莫名的泪水流下脸颊。那群天真的孩子们,他们正扮演着可爱的"小鸡"呢。看到我流泪,一起围向我这"大灰狼",紧紧地拥着我,老师,你不能走,你还要和我们一起做游戏呢!

最使我不能忘却的是,一个平时最腼腆最不爱说话、身体还有残疾的孩子,这时候悄悄地挤到我面前,用那只残疾的手拉住我的衣襟:老师,你不要走,你走了,我会想你的。

然而,我还是走了。临走的时候,我围着整个院子转了一圈,这里有我亲手种下的向日葵,尽管是在还比较寒冷的早春,但是它们已经长出细嫩的幼芽了;还有一片片小小的花池,那时我们刚刚翻开土层,准备和全园的老师在里面种下各种花草;还有被孩子们的小手磨得铮亮的滑梯、转椅……我一边打量一边流泪。它们对我来说太熟悉了。我不知道,我是在用这种方式向那所熟悉的小院告别向孩子们告别吗?向我所热爱着的事业告别吗?那天,是我流泪最多的一天,那个春天,是我永远难忘的一个春天。

"老师,我会想你的!"好几年过去了,我一直记着这句话,以及那个身有残疾的孩子,工作累了烦了,我就会想起和孩子们在一起的那些日子。

想起郭风的一首幼儿散文:"向日葵,我为什么喜欢你呢?我喜欢你向着太阳开放自己的花朵,我喜欢你长得比玉蜀黍还高大,挺直地站立在我们的院子里。我喜欢你,你的花朵好像也和太阳一样,能够放射出金色的光芒。"

如向日葵一般可爱的孩子们,你们现在都在哪里呢?都好吗?你们知道不知道?我也会想你们的,一直都想!

风居住的天堂

轻轻打开一个网页,那是一个人的QQ空间,万籁俱静,这个时候的夜晚,所有花香和鸟鸣都隐在黎明前了,耳畔只回响着一首首悲凉曲子,以及一篇篇日志,上面浸满了作者的泪水和忧伤。就在这个未名的凌晨时分,一位逝去不久的优秀的文学爱好者,与一位日本新生代的优秀钢琴女作家一起,以一首《风居住的街道》打动着我的心弦。

刹那间,惋惜、忧伤,伴随着凄楚的音乐,占据了心灵所有的空间。一遍遍听来,眼前仿佛又回到去年的五月,罹难生命,呜咽山河,疼痛在心头层层迭起,泪水在脸上肆意流淌,伤痛在肌肤上深深撕裂。一年了,一年了,曾经的废墟之上,是否还弥漫着无边的惆怅,曾经的沃野之上,是否还布满渗血的疼伤?

你,还有你。我已叫不出你们的名字,这并不代表遗忘,这是因为,无论我怎样呼唤你们的名字,也是天人相隔,那些被悲痛榨干了的泪水,那颗被突然的悲伤悸动的心脏,再也不能承受一个个被后来追加的名字,在我的心里,你们本就是一塑群体的雕像,背负一袭望眼欲穿的无底黑暗,你们是一些那样可爱的生命,你们是一些那样可敬的英雄,我记住了你们的事迹,记住了你们所付出的一切，记住了你们年轻如花朵的笑靥和面庞，还要记住些什么呢？

那里，你们曾经的家乡，曾经开满鲜花的街道，已经变成风居住的地方，生命里的任何过往，除了悲痛还有忧伤，听不到一丝歌声和花开的曼妙。废墟之上，已经是一片零落的断壁残垣，有风从那里经过，有雨在那里飘落，有花在那里自由开放，有歌声和凄美的曲调，在那里，扬起日复一日无尽的感伤。

还记得吗？那里曾经是一条繁华的街道，那些站在路边上的树木，亦是春天绽绿，秋天泛黄，在我的印象里，那里是一个三季青碧，四季有花的地方，一定不会覆盖积雪花霜。清晨是孩子们的时刻，如花般的身影，就是那样蹦跳着欢快着前往。你听到了吗？你看到了吗？你们的前面，可曾有大人与你为伴？你的父亲母亲，可曾牵了一双双小手，亲自把你送到学校，然后回首致意，与可爱稚气的你们说声再见，你是他们掌心的宝，心头的肉呀。

还记得吗？那条曾经繁华的街道，在那个清早，你那么亮那么亮地和家人打过招呼，你开着车，或者骑着自行车，亦或者骑着摩托车去上班。你还年轻，充满青春和韶华的你，浑身有一股朝气。那盛开的玫瑰有多美丽，你就有多美丽，那青天的朝阳有多绚烂，你的生命就有多绚烂。你还没有结婚。你结婚了。你有个可爱的妻子和孩子。你挺拔的身躯，你秀气的面庞，写着青春韶华这几个字，你应该是乐观地生活着，阳光普照的心里全然是无忧无虑。你是那么令人骄傲的一个群体。

那一天，我在睡梦里收到那个信息，几个字眼映入我的眼帘：地震，汶川。从那刻起，泪水洗着我的面庞，我上网，你们，那些曾经鲜活的人们，已经再也找不见了。那一刻，没有人知道你们被掩埋在哪里，没有人知道你们在哪一块楼板之下，更没有人知道你们的名字，就是呼喊一声，那也好呀。然而，呼喊能让你们听见么？担忧能使你们安然么？哀伤能令你们醒来么？

我只知道，那一刻，是谁从天而降，以一当十，以十当百，以百当万，奋力挖刨着每一个可望生还的角落，汗水浸透了他们的绿色军装，渴了，喝一口随身带来的水，饿了，吃一点干粮，困了，就在废墟边上打个盹，石块擦伤了他们的脸庞，压伤了他们的脚背，险情威胁着他们的生命，这一切，都在那一刻，变得无所谓了。

你还记得吗？年轻的你，都没有当过父亲，却那么小心翼翼地抱起失去父母的婴儿，背着他越岭翻山，宽厚的脊背，成了孩子的摇篮。记得吗？你刚刚当上一个孩子的母亲，奶水都还不足，就把失去母亲的孩子紧搂在怀，曾经那么腼腆的你，旁若无人地撩开饱满的胸怀，给饥饿中的婴儿喂奶，你低头关注的神情，将我深深打动。你是一个优秀的母亲，你暖意的心怀，让我想起土地，河流，想起潺缓的小溪，想起希望和温暖的阳光，在灾难面前，你用仁慈的母爱，拨开蒙在心头的云幛。

还记得吗？你在最初的一刻，山摇地动，有人本能地跑了，而你坚定地守护着你的讲台，孩子们在教室里，你有什么理由自己逃生呢？你张开了自己的双臂，你本能地伏下并不宽阔的身躯，你用血肉和骨骼，给他们撑起一片狭窄的生还空间。还记得吗？那天下午，你有自己的孩子也在那里读书，你的家人也在受到天崩地陷的威胁，你有机会逃出险情，有责任解救自己的亲人。然而你却选择了用生命掩护自己的学生。"他咬着牙，拼命撑住课桌，如同一只护卫小鸡的母鸡；他的身下蜷缩着四个幸存的学生，而他张开守护翅膀的身躯定格为永恒。"

你是优秀的人民教师谭千秋吧？或者是袁文婷、吴忠洪、王敏、张米亚、周汝兰，这不是你，还有你，那再是谁呢？"你的声音是草际间的一抹青翠，你的眼神是鹅卵石间的一汪涟漪……我就是那一朵最幸运的蒲公英"，生前，你是班级几十个孩子喜欢的老师，死后，你令十三亿人民爱戴敬佩。那个瞬间，定格了一个人民教师永远的守护姿势，那个瞬间，挺起了伟哉中华的民族之魂。

我记得你，当危难来临之时，你没有逃避，你跟着绿色军装的亲人，以志愿者的身份投入到抢险的队伍，你是来旅游的吧？那些名山大川本来是你首选的风景，却在那一刻成了最隐患的险区，那些飞沙走石的场面，多亏有你的记录，让我们目睹了什么叫作惨烈，什么叫作绝望和危难时刻，也同时，你领略了祖国版图上的一角，那个被称为天府之国的地方，怎样由鸟语花香，顷刻之间倾斜、倒塌、变成废墟的整个过程。那些照片，你是含着眼泪拍摄的，那些纪实，你是带着颤抖写下的，有多少次，泪水飞溅上手里的镜头。

在那一刻，我还注意到你，当所有险情都已经排除，再也不会有生命迹象出现，你站在那片废墟之上，泪流满面，那片倒塌的楼房之下，没有人知道你的儿子去了哪里，没有人看到他在哪一个方向，在抢救的队伍里，你是第一个投入进去，最后一个离开，因为你从此再也看不到自己的儿子。才七岁的孩子，那么小那么小，花儿一般的生命，就此天人相隔。在危难面前都没有哭过的你，却在最后的撤离中哭了，以痛作泪，以泪泣血。

如今，那个繁华的街道还有吗？那些如花的笑脸还在吗？那些亲切的面孔，还能站在三尺讲台，领诵郎朗的读书之声吗？人世间，那里已经成了一片废墟，然而我却相信，在天堂，那里还是一条繁华的街道，有风来去，有花飘香。那里住着花朵一样自由的孩子，风一样自由的他们的亲人，以及亲切的老师和陌生的同乡。在我们的眼里，不过是一片空茫，然而在那个天上街道，有花散香，有风居住，有爱长存，那里只有祝福，是一个没有痛苦、平等相处、无忧无虑的快乐天堂。

轻轻走进你的空间，凄婉的乐曲里，我记住了你的名字——冯翔，一个失去爱子感情细腻的年轻父亲，为了工作，你一次又一次地面对采访，给人讲解，揭开尚未愈合的伤疤，让你的心不停地流血,让你的疼无法痊愈。你想选择,但你无法选择,你想忘却,你又难以忘却,你想快乐,你又不能快乐,你想幸福,可你怎样幸福?"我们望不见故乡,只望得见悲伤……"于是,想起儿子,你选择了风居住的天堂,给冰冷地下的爱子全部的父爱和温暖。

"那一世,我翻遍十万大山,不为修来世,只为路中能与你相遇。那一瞬,我飞升成仙,不为长生,只为佑你平安喜乐……"在你的空间,在你的博客里,在朋友给你的悼文中,这样的留言随处可见,除了你,谁再配得上这样令人惋惜的祈祷和祝愿?有时候,生命虽然结束,那份爱却在永恒和继续;有时候,我们用坚强为一个人送行,用微笑为他祈祷和祭奠,而不是在后来的日子里,以泪水记忆,用悲伤串联。让我们用浅浅的诗行,写下对逝者的深深怀念,以及对未来的希望瞩望。在这多情的五月,让我们在心里,种下一株美丽丁香,红尘花开,芳布天堂。

别了少年心

翻动旧时的相册，一张照片映入眼帘，是曾经驻过太阳的颜色，然后历经了岁月的沧桑吧，这张照片已经开始焦脆泛黄。照片上笑吟吟地，并排站着三个花季少年，年纪也只不过十一二岁。除了自己，其他两位的名字我已经记不清了，但无须怀疑，她们是我当年最要好的两位同学。我打量着这张照片，仿佛打量猛然走到眼前的少年的自己，岁月在我的心里有如失而复得，徐徐而来的记忆在脑海里渐渐清晰，再次让我感受到当年的快乐。

仔细端视，那三个少年的长长的发辫上，均有个什么东西别在上面，隐隐约约地，闪亮着。哦，记起来了，那是少年时期当地小姑娘们最喜欢的发卡呢。那发卡在当时的商店里是最流行的商品，五角或六角一个。但我少年的发辫上别着的，并不是那些正宗的商品，而是我们自己动手加工而成的。用一块小铁片，七剪八剪，弯成发夹的模样，然后再缠绕上花红柳绿各种颜色的塑料皮筋，皮筋上再编结花的斑点，一只美丽的发卡就做了出来。将它别在头顶上，那样鲜艳那样美丽，一点都不比商店里买来的逊色。那些花花绿绿的皮筋二分钱一根，三四根就能够缠好一个，铁片是从旧废品里淘来的，这样仅用一二角钱，便能用上美丽的发卡了。小小发卡带给我们的最大享受，是发现自己的心灵手巧，是肯定自己的聪明好学，还有便是创造的快乐与满足。

最是美丽少年心，应该就是我们那个时代年少的写照。现在的花季少女们，再也不会自己动手去完成一件足以令她们骄傲的美丽的事情了。她们头上佩戴的流行的饰物是买来的，时尚的衣衫价格高昂。她们衣袂飘飘招摇过市，身后背着的华丽的包里露出 mp3 的耳线一端。繁重的学业，拔高的考试分数，攀比虚荣的心态，父母快节奏的工作压力带给他们的精神影响，使他们常常在大人们以为他们最为快乐的时刻流露出心中的最不快乐。他们看似条件优越轻松愉快其实深陷单调、孤独、索然的生活，经常让我觉得，他们流露出的烦恼也许是真的。他们让人到中年的我们，时常感觉到我们的少年时代，虽然物质贫乏，但是不乏身心的轻松愉悦。

恰同学少年，照片上的我们笑吟吟地。童心，是那么弥足珍贵。那是一个最没有功利、最没有负担、最活泼爱美的时代。我一直认为，能够拥有一份朴素的美，一份简单的生活，才是人生最大的快乐，人的一生所谓的安宁幸福也不过如此。

香雪兰

有一段时间，我对香雪兰十分钟爱，每年都在花市买上几盆，但由于不懂生长规律，也是由于不太珍惜，每当花开过后，就把开败的草叶拔去，空的花盆放置久了，怕拥挤的办公室太占地方，迟疑过后被我搁置墙角。我买过黄色、白色的香雪兰，两种不同的颜色，都没逃出被我冷落的处境。

然而，香雪兰的花实在香得特殊，在所有的花里，尤为突出的印象，就是香雪兰的圣洁，以致每当看到白花，都会想起它来，心中念念不忘。几年前的夏天，单位一位同事内退，临行之前把一只空盆送给了我，并嘱咐我要好好保管这盆"花"，因为它不是空的，是一盆幽香典雅的香雪兰。她让我等到小麦播种之时开始浇水、施肥，不久就会生长出青葱的叶和花来。

接过同事留下的花盆，我对它格外怜惜起来，那份郑重的叮嘱响在耳旁，我仿佛又看到同事幽幽的目光。我把花盆放在家中的阳台上，一到秋天就开始浇水，第三天的早晨，我发现空的花盆里冒出尖尖嫩芽来，乳白的小芽笔直地往外探着头脑，像初生的婴儿，懵懂着，试图探寻这个陌生的世界。

我在花盆下垫上新托盘，为花盆换上新装。每天都要打开一次窗，让温暖的阳光和新鲜空气透进来，阳光照耀，新绿的花草现出生机的模样。它们呼吸着，生长着，碧绿如茵。当目光划过秋天的栏栅，冬季也姗姗到来，香雪兰的叶子已经修长起来，婀娜可爱，我用竹签为它们插上标杆，使它们不致疏懒得伏倒在花盆的背上。我常注视着它，心底里十分甜蜜，也很恬静。

水样的光阴，伴着香雪兰一天天长大，终于在春节之前，开出几朵浅黄的花，花以白色为主，蕊是黄颜色的，垂垂缄默的样子略显羞赧。惊喜中，打电话给原来的主人，她说，那盆香雪兰，就是这样的颜色，她是生命的延续，是延续就不会嬗变，语气里很有些愉悦，与她一起分享，我更加喜欢起来。

香雪兰，它的颜色是不会变的，变的是它今天的叶和花，花和叶都不是当初的了，这才是一个生命的轮回，旧的生命在它的芽苞里睡着，新的生命才刚刚开始。它苦行，宁静，矜其华彩，面对奇赏，也无动于衷。一次又一次地挟花香在人间旅行。我饱享着它的纯洁、诗意、典雅，目光交汇的瞬间，一缕花香沁入心底。

面对香雪兰，我顾影自耀，心头多了些安稳。毕竟，是它让我懂得了珍视，懂得了对生活的满足，远离后悔和贪婪，在你没有失去什么的时候就去爱惜。珍惜是对心灵的负责，是一切美好事物的源泉。心灵有了珍惜，你才会充实无悔，心灵有了坦然，你才会昂扬快乐。及时地做每一件事，及时地爱可爱的人，及时地感恩和回报，及时地生活和快乐，每一分、每一秒，才不会给自己留下终生的遗恨。

后来，又有朋友来看我，手里端了一盆花，原来又是一盆香雪兰。而我，已有了几盆，都是同事留下的那盆繁殖而生。常有人进我的家，然后指着它们，你要这些空花盆做什么？我笑而不答，谁能想到花盆的底下，隐藏着一个等待花开的秘密呢？寒风如刀，却是它们，刀刀有情，吹开了冬天的笑容。想起数年前一幕，我期待它也播种它，日日不息，等待花开的一刻，与人分享。

　　大概是在前年，送我香雪兰的朋友，去了海南过冬，在那里她学会了收获芒果、香蕉，学会一刀切开一枚新鲜的椰子，还学会了在大海里游泳，穿花花绿绿窄小的泳装。她写下长长的几封信，寄了一张漂亮的明信片给最好的朋友，道过一声祝福后溺水而亡。我很怕听到这样的消息，很怕这种突发的消息，成为生命不可承受之重。我静静地坐在花前，长时间的沉默。我几乎忘记了眼前这个叫作冬天的季节。

　　今年元旦之前，办公室调整，人员撤并，几个同事先后离开，去了其他岗位，我把香雪兰分株，一人分给她们一盆，好给大家留个念想。不记得，那天是否圣诞节。那几天，办公室里很乱。走的，要走，来的，要来。临走的人，各自拿走自己的东西。新来的同事，在摆弄笨重的桌子，扔弃旧物。尽管香雪兰，一蓬洁白，媚眼如丝，却再没有人关注。所有的叶片，都在往着一个方向倾斜，仿佛花亦有情，对面，是同事用过的旧桌。或许，这就是生命的慈悲。

　　人间浮世，聚散随缘，花也开也败，层生不穷。而今又是深冬，坐在我的书房望向阳台，我能看到那些花盆。它们曾是那么空，闲过一夏，尔后一秋。当你走近就会发觉，"空"的花盆里有小小的生命。它仿佛是一片沙滩，一个小岛，茂密森林，灌木白沙。我不再相信，作为森林的种种传说。我已准备，把一切浪漫埋进土壤。灵魂不死，它总有一种方式，蜿蜒如河，生长着，延续着，撑起记忆的木筏。

美丽鸡尾草

她每年都要写宣传报道,因为单位要考核,要作为工作成绩来奖惩。为了发稿,许多同事都在找路子。她的路子不宽,但几年来稿件往复,意外认识了他。他在北京一杂志社工作,对她的帮助不是很大。对她来说,如果有些人是路,他只能算座桥,桥很窄,也很高,人多的时候,她就可能给"挤"得"掉"下来。

那一次,为了节省稿子在路上的时间,于是发传真给他,电话打过去三次,一直没有联系上,后来联系上了,却是在家里,仍然带了苦笑:"你单位有没有上网?家里能不能上网?"

关于网络,她很陌生,单位和家里都不曾上网。"你平时写作,就不用电脑?"他连问三遍。"用的。""那就上网吧。"几乎是命令。哦哦,她爽快地答应着,迟迟地一拖再拖。

四月份,终于上了网,正是SARS猖狂的时候。有那么几天,他很少出门,便当了她的网络教师。首先帮她申请了电子信箱,通过它来发送稿件。时下流行提速,火车提速,政府部门办公提速,都与她无关。但E-mail却从此与她有关了,鼠标一点,便越过了万水千山。

接下来,他要求看她的文章,她正没处炫耀,便寄去给他。他看了；说，不如你去个地方，可以放手地去写。她说哪里？他说"bbs"。不明白，她摇头，他说他知道。

尽管不明白，她还是去了。他推荐给她一大把在线选稿的论坛。她发出了第一个帖子。"要灌水的哟？"他的每一句话都让她晕头转向。

"哦，怎么发帖、回帖？"

"不要着急，我会慢慢告诉你的。"他不厌其烦，频频发来消息。她却感到，他仿佛在拽着她的耳朵大声地喊。从此渐渐地学会了一些电脑知识，可以自由发帖，会一点点修改功能，不用他指导也行了。

SARS过去，"老师"也要工作了，再没有时间辅导学生，从此就联系得少了。偶尔发一封电子邮件，动漫，画片，歌曲，有时候除了主题连内容都没有，她说你也太吝啬了。但每次看到信，回头照样兴高采烈，因为自己寄给他的更少，本就不吃亏的。

去外地出差的路上，偶尔发现一株鸡尾草，他打电话告诉她，那是他们家乡常见的一种草。知道吗？他说，小时候，他的妈妈最喜欢用这种花草来编织草戒。那是一种什么样的草戒啊，他绘声绘色地对她说，串在手指上，闪耀着钻石的光华，你信不信，它们比钻石还漂亮！

钻戒，钻戒？提起它们，他的语气霎时沉重了起来。他在信箱里，或电话中，开始向她述说一段埋藏很久的心事，那是他从不示人的。由此知道了他的女友，前一个和后一个，都很漂亮的。前一个提得多一些，每每提起来，言语里全是初恋情节，浸漫着深深的感伤。这样的日子，断断续续、散散漫漫，掺杂着说不清的烦躁焦灼，于匆忙烦忧中转眼过去。

在这一年里，她的小说散文空前地发表了许多。他也撰写了大量研究性论文或经济类大稿，各大网站都有转帖。对于他的情况，她也一直关注着，病了；在外地出差；调动工作；因为文章揭露时弊触及个人利益而被人恐吓……"不要紧吧？"想好了的问话，尽量不流露出担心模样。他回答得也轻松极致："不要紧的哦，后脑勺长着眼睛呢！"于是，本来很牵挂的，却无缘由地大笑起来。

这样的友谊，直到今年的春节。旧历的腊月，他要回老家探亲，发信息过来，21号的火车。"三年没有回家了，想家了吧？"她故意逗他伤感。"你再说，你再说我就要流泪了。"哈！他们大笑。没有声音的，因为信息里不会听到，更不会看到。

坐了两天的火车，大概是到了。承欢在父母的膝下，应该是很快乐的吧。年三十的早上，他发来信息，说一年了，看到父母，感怀中总想写点什么。她说，她也想写点什么。他说，写吧。写吧，她说。

一年了，怎么过来的，有过风吧？有过雨吧？一年了，盘点一下自己的生活也好。然而，仿佛，一切的一切，点点滴滴，都随风飘去，随时光而去了，没有留下任何的印迹。

拜年的电话不断，他的手机也总是忙音。

"在做什么呢？"

"在外面呢，看汽车。"

"北京那么多汽车你没有看够？"

"不同啊，在北京想家，在家想北京啊。"

他的家在红军时期的革命老区，那里人们的生活还很清苦。曾经听他抒情般地慨叹：那一片人亲土亲山亲水亲的红土地哟！

随着时间的渐进，他们的联系开始日渐减少，激将法似的，他说一定要她拿出最好的文章。她不停地写着被他戏称"小女人"的文字，排遣着心中的孤独，宣泄着不可言说的内心的忧伤。而在那个喧嚣繁华的都市里，他也在匆匆忙忙地奔波着。他说，他要挣够用以买房的近百万元来建立他理想中的小巢。心在旅途，三十四岁的他，至今还是一个北漂。

他说，人，总有来有去，只要大家生活得快乐，只要他们彼此想念着，放弃不是坏事，背负太重会消磨他们的精力啊，他们还要保持足够的力量去迎接新生活呢！

一别多年，之后的这个春天，她收到他从故乡寄来的一包鸡尾草的种子，她在几个小小的花盆里种下了几十棵鸡尾草。天气一天比一天暖了，和风细雨里，她相信它们总有一天会生长出来，到时候，她也会用它们编出美丽的草戒，等她把它戴在手上，那时候，湮灭在记忆中的往事又会美好如初了。

陌生的朋友

写下这个题目,自己也觉得好笑,既然是朋友,怎么又陌生了?如果在十多年前,我也许没有这许多的想法,更不会用缅怀的文字将它记录下来。十多年前的我还带着稍稍有一点的冷僻,在一些人眼里那个属于清高之类的表情,常挂在我的脸上。但是,仅仅十几年的工夫,我就彻底改变了,或许是年龄增长的缘故,或许是周围环境和时事造就使然。

1989年的那个冬天,省教委举办了一个幼儿教师培训班,我作为园长带队参加了这个培训班,住进山工大的学生公寓。在那将近一个月的时间里,听课、游园、购物,时间安排得紧张而又充实。其间,碰面或没碰过面只熟悉名字的教师很多,但半个多月过去了,我只记住了她们那明眸皓齿的面庞和灿烂的笑容,至于她们姓甚名谁,地址单位,不等在我脑海里打一个转儿,便随风而逝,忘得一干二净了。

培训期间的学习生活安排得既生动又活泼,时间仿佛过得很快。就在临结束的前两天,班里的情况突然有了些变化:有两堂课是谈《幼儿园教育课程改革》的,授课老师是沈阳师范大学的一位专门研究学前教育的教授,因天气骤变沿途下起了大雪,教授不能如期到达。她迟来的同时我们也只好迟走一天，而第三天就是我们国家传统的节日"小年"了，大家的情绪有点焦躁。此次培训班去的大部分都是年轻女性，家里都有年幼的孩子，而孩子大都被寄放在父母和保姆家里了。当时我的女儿才三岁，临行前专门托付给了婆婆，因为想女儿，这三天便成了度日如年的三天。

为了消解大家的这种情绪，组织单位专门为培训班加开了几堂舞蹈课。舞蹈课是幼儿教师最基本的一项技能，通过多年的教学实践，大家都深感"黔驴技穷"，过去在学校里学来的那点舞蹈知识已基本上透支，现在的我们最渴求补充艺术"给养"了。组织者真是摸准了我们的心理脉搏，一听上舞蹈课大家果然来了精神。

同宿舍住着的是一个潍坊女孩，师范毕业刚做了半年的幼儿教师，因为身体较胖，看似很简单的舞蹈动作她学起来却非常吃力，每次休息的时候我都发现她累得气喘吁吁、大汗淋漓。尽管这样她仍然跟不上节拍，学了一整天，三个舞蹈一个也不能完整地表演下来，她急得差点要哭了。

下课后，她请我给她辅导动作。这好办！我说。于是我给她从晚上七点一气"辅导"到十点半，因为我知道在"辅导"别人的同时也是给自己提供一个熟练长进的机会。第二天依旧如此，但宿舍里已由两人逐渐增加到一屋子人，大家拥挤在一起又唱又跳，直到汗流浃背方肯罢休。那一天，我们谁也不提想家的事，我们在济南市民热烈的鞭炮声中度过了一个难忘的小年。

培训班终于结束了，分别的时候，我和那个女孩已经很要好了，她恋恋不舍地说希望回家后我们能继续保持联系，并留下了自己单位的地址，一再要求我给她写信，我爽快地答应，但是回家后由于种种原因，渐渐地就把这事搁下了，再后来连她留给我的通讯地址也弄丢了。我答应她的事却失约了，我违背了自己的诺言，一封信也没有给她写过。

没写信的原因，还是因为她在我的心目中仍属陌生的朋友之列，我那时也许这样想，大家萍水相逢，还够不上经常通信的地步。不知当初我是不是也给她留下了通讯地址，如果留下的话，她也不曾给我来过信，也就是说或许她在我们分别之后也产生了和我同样的想法。

光阴荏苒，十几年倏忽而过，于匆忙烦忧中，生活单调得近于板结，我已不记得她的姓名，她的模样，不知她是否已经结婚嫁人（好像那时她正在谈着恋爱），或由幸福的新娘做了年轻温柔的母亲，时常想起她。

对于朋友之间的友谊，近几年却不是这样。因为工作的关系和出于同样的喜好，颇有一些要好的朋友往来，一旦结识了，就绝不会忘记，时间久了不见便念念于怀。无论工作多忙，应酬多多，时间再紧，也记得写一封信或打一个电话做一下问候。对待从没谋面的朋友也是如此，书信也许不写，但每逢重大节日总不忘寄一枚祝福的贺卡；手机也时常准备开着，冷不丁收个短信什么的，简短的几句问候、祝福、鼓励，不仅文笔精彩，读来总让人深深地感动着，感动着！

天地之大，人海茫茫，举目四望，朋友毕竟还是很少。现在我终于明白，人生虽然苦短，但是只要生命不息，往前的路就仍然漫长，在这漫长的岁月里，牵挂他人同样被他人牵挂，扶携他人同样被他人扶携，祝福他人同样被他人祝福——所有这些，无不是朋友之间由陌生到熟悉到信任的一个过程，这种纯洁的没有任何利欲索求的美好的情愫，即是一种心灵的慰藉也是一种精神的富足，真正的友情便是凭了这么一点一滴的积累逐渐厚实起来的。

落雪时刻的祝福

生活中，最让人感到温馨的话语，莫过于别人对自己的一个由衷祝福，我因此珍惜那祝福里的每一次感动！

生命，真的是需要这样的祝福，它不仅给你带来心灵的慰藉，延续友谊，它还暗示着吉祥，使人生充满了情趣。更甚至，在每一个美好的祝福里，你都仿佛看到一张可爱的面容，不管对方是你熟悉的，还是不熟悉的。他们在遥远的另一边，在你不知道的一个地方，与你一样平凡地生活着。当那一声祝福而至，你便仿佛觉得，他们从庞大的人群里向你走来，真实而美丽地站在了你的身旁。

当那一声祝福到来，你不能不去想象，此刻的他们，是否一如你的兄弟姐妹，正深切地关注着你，关怀着你。这时的你，就会有一种温暖涌上心头，寂寞的你，便不再孤单！

譬如昨夜，晚上九点钟的时候，一个朋友惊喜地从网上发来信息，说西安下雪了！他就居住西安。然后他对我说，这是西安的第一场雪啊，等着，我要给你看雪！哦，在这样漆黑的夜晚，在那样遥远的地方，他竟突发奇想给我看雪。我纳闷着，手指敲打着键盘，耐心地等待。

我以为，他给我的，定是某些图片，漂亮而有关雪的，并且，伴随我的想象，那些美丽的图片，早已在我的脑海里一幕幕展现：在那蔚蓝色的天空下，那些六角形的花瓣，飘然的，从天而降，硕大而夸张。于是，洁白的，有着厚厚的积雪的地面上，中央，便有了一个可爱的小雪人，胖胖的身体，四肢省略，一袭晶莹剔透的雪裳。头大，眼睛笑着，戴了小红塑料桶的帽子，匹诺曹式的长鼻子，红红的，以胡萝卜代替。

就这么想着，嘴角禁不住上翘，我不由开心地笑了。

不一会儿，他给我发来邮件。我登录信箱，熟练地点击，下载，在桌面上打开。原来是一幅照片，高耸的楼房，略有些格局，远远的窗户，大多是黑的，只有一家亮着灯光，透明瓦亮，让人感到静谧而温馨——现实中，并没有什么跳动的精灵，没有棉花糖一样洁白臃肿的小雪人，也没有匹诺曹式的红萝卜鼻子。照片是他刚刚用数码相机拍摄的，目标是一个普通的居民区，角度从二层楼出发，那是他家的位置。

"祝你幸福！"附言里，他这样写道。

短短的几个字，在我的心底掀起阵阵波涛，我的眼眶湿润了。

从照片上，我没有看到雪花的舞蹈，大概它们的舞姿，都被那刺眼的光束遮住了。但是，我已经感受到了他的喜悦，接纳了他的祝福，并同样因此而喜悦而幸福着，这已足够！

而今天早上，起床后，拉开垂地的纱窗，蓦地，一片白光刺花了眼睛。原来，我们这里也下雪了！我满怀了惊讶，我看到了雪花的舞蹈，漫天遍野，飘飘洒洒。出得门去，小心地行走在路上。路边，绿的冬青，灰的瓦顶，到处托出洁白的花絮，悠然玲珑。我想起他，想起他的图片，想起红鼻子的小雪人……在那雪的洁白世界里，有一种激情在我心底涌动。我张开怀抱，我想在雪地里奔跑……

我还想起小时候，也是这样寒冷的冬天，我们躺在温暖的被窝里，本来不想起床，可禁不住母亲的吆喝。早上，六七点钟，总是在这个时候，为了读书，妈妈早早打发我们上学。一小盆的馄饨，一人一碗，喝完了上路。那是前天晚上姐姐剁好馅，母亲在灯下包的，早晨把它们下到锅里煮熟，屋子里飘满了馄饨的浓香。

当我们拉开屋门的时候，这才惊喜地发现，那积雪的路面，都已让父母打扫得干干净净了，从门前一直通到大路。下雪真好，每当这个时候，我都是深吸一口气——那样清洌的空气，不由你不深吸一口，然后，神清气爽地蹦跳着上路！

踏在干爽无雪的路上，一边走，一边感动，父母真好，当父母的儿女真好！在人生坎坷的道路上，有他们为我们清扫着路障，并为我们踏上滑而泥泞的道路之时，当心着我们脚下的摔倒、跌疼，真好！

唯一不能使我们得到的，是父母那深情的祝福，谁听到过，父母给儿女的祝福？从来没有。父母不会在你孤独的时候祝福你，不会在你迷惘的时候祝福你，不会在你跌倒的时候祝福你。因为那些祝福，早已深藏在父母每一句叮咛里了，而那些叮咛，从我们咿呀学语，蹒跚学步的时候，已然开始。

从那一声声的叮嘱里，我们触到了父母心底的疼，我们感到了父母的担忧。那是怎样一种无穷无尽的担忧呵！只要有心，我们随时可以看到，它在父母的无眠之夜里，在秋天旋起的第一片落叶里，在天空落下的第一场寒雨里，在我们渐行渐远的脚步声里。它在父母的碗中、枕边，在我们渐渐长大，他们行将枯竭的岁月中……

因而，行走在泥泞道路上的我们，才有得到祝福一样美好的心情，得到叮咛的我们，才有感到那份比祝福更动人的温情。它与我们的生命同在，令我们沉醉、缅怀、思念终生！

而今夜，雪仍在无声地下着，在这温馨而静谧的夜晚，我燃起几支玉兰花的香烛，在氤氲着玉兰花香的书桌旁，静静地，一个人，打开电脑，心怀感恩地写下这些文字，发表在网上，在爱与被爱的温暖气息里，冬天，已不再寒冷……

寄养猫

家里出现了一只寄养猫,这是母亲在电话里说的。那天我一个人回家,"喵"的一声它又来了,一扭头,我发现了它,它躲在大门角的最里层,把头一探一探地向屋子里张望。此时它也发现了我,它的目光正好与我惊讶的目光相迎上,我的陌生让它略微地惊恐,便使劲把身体挤向一个夹道。就是那只猫!母亲说,看见没?这就是我在电话里和你说的那只猫。

原来,那是前面邻居家的猫,那家的独生儿子是个哑巴,因喜欢动物就养了一只猫。是一只母猫。春天里,那只猫发情,四周的人家能听到那只猫孤独求偶的鸣叫,凄厉的,在那微微的春寒与有些颤动的风声里,听来十分悸心的。整个院子里只有那样一只猫,大家都私下里以为它不会找到伴侣了,然而不久它就怀孕,四个月后便生出三只小猫,光秃秃的身子,不可爱。主人有时不在家,小猫吃不饱,老猫就领着小猫们到处寻找食吃,躲在门角的便是其中之一,我发现它的背上有豹皮一样的栗花,眼睛眯出一股孩童一般的稚气。

母亲提起小猫,便对那只老猫赞赏不已。母亲说那只老猫把这小猫偷偷带到大门角旁,眼瞅火炉旁边有母亲吃饭撒下的饭渣,便把小猫的身体朝食物边推，然后自己跳上墙头跑了，小猫就这样留在母亲的院子里，并被母亲发现。大概是营养不良的原因，母亲说那小猫长得丑，第一眼真的有些不喜欢。前几天二姐回家，看到小猫也这样惊奇。二姐不喜欢动物，如果吃饭时有动物在身边走动就吃不下饭去。我也是不喜欢，原因是我怕，小时候家里曾养过一只小花猫，把几团肉球一样的东西留在我的床上而猫却永远不见了。从此我看到它们就想起那团小肉球，于是从此也便"怕"它们了。"怕"是有多种因素的。我不能说恶心之类的话，因为它们也是一种生命。但"怕"是心理作用，是连我自己都阻挡不了的，尽管它们的模样是那样的温柔。

我不敢看向母亲手指的方向，竖起耳朵听了几下它的叫声。母亲却眉飞色舞地向我讲述这只猫的来历。母亲的院里不乏动物，左邻右舍领养的动物时常溜进母亲小院。有时候，母亲看到它们饿，就嚼一点食物扔过去，这样它们就感恩一般时常光顾了。我倒是在电话里嘱咐过母亲，不要太接近那些动物，说它们身上很脏的，说不定还有细菌。母亲也答应着，但看到它们饿的样子，还是忍不住喂食。动物和人一样，或者说和人并不一样，只要看到那个人对它好，它对那个人就十分亲近。于是母亲便得到这些可爱的小动物们的尊敬。每天若无其事地来来往往。母亲说那只大猫好可爱，当小猫到我家吃食并长时间不归时，大猫就会跑来寻找。它站在我家院门的墙头上，左瞅右瞧过后，当它不能发现小猫时，就发出"喵"的一声呼唤，然后这叫声断断续续，直到把小猫唤走。那小猫吃惯了我母亲喂的食，竟渐渐生出不想离去的念头。知道我母亲都是喂它什么吗？开始母亲嚼了馒头喂它，它不吃，母亲转而把小妹买给她的鲜虾仁取出来，一只一只掺和馒头嚼了再喂，猫儿是最喜欢吃腥的食物的，当然也就吃上瘾，渐渐生出长期居住的念头。当大猫再来呼唤时，小猫就躲进大门角的一个夹道里，并使劲朝夹道里挤去。大猫看不到小猫，就"喵呜喵呜"使劲叫，母亲听得听不下去了，才站在门口朝那个夹道一指，大猫也便把头转向那个它自己并不能发现的夹道，当着实看到小猫后，大猫才放心了一般，悄悄地静静地，迈着盈盈的步子跑走了。

  有一次小猫在半夜里叫，可能是想进屋里来，母亲有夜晚失眠的毛病，听不得异样的动静。这样叫了几次，母亲不得不让邻居捎话给前院的主人，让他们把小猫抱走。这样，小猫就有好久不再来。当小猫不再来时，母亲就打电话，说那只小猫不知道怎么样了。母亲一个人在家里居住，我听到母亲这样的电话，心里便有些酸，就想马上回到家里一趟，陪一陪母亲，但我能在母亲身边呆多久呢？一直到那只小猫重新出现在母亲的院子里，母亲兴奋地找出虾仁喂食，我才放心地离开。等小猫再来时，我也就不再干涉，不再提养动物不太卫生的话。母亲在电话里提到小猫，就像提到自己的家庭成员一样，有时也让我大为吃醋，但与能够给母亲驱散孤寂相比，我却不及那只小猫。儿女再好不在身边也是枉然，谁能与母亲聊天说话解闷做伴？哪怕只是一个身影一声"喵呜"呢，那也会驱散母亲身边那些长久的孤独与沉寂啊。

  每次回家，我都对母亲的小院恋恋不舍，还有那只猫，看到它我心里便会产生愧疚，总是在默默地想，当我不在母亲身边的时候，这只小猫或许就是母亲说话的目标，是它容纳了年迈的母亲的絮叨，这使我不能不感激那只小猫。我唯一的做法就是，到超市，不断去买新鲜的虾仁给母亲送去，让母亲喂那只寄养猫。从母亲那里出来，在邻居的房檐上，我发现了那只猫，不远处还有一只更大的猫远远对它召唤着，那就是猫妈妈了，只见它"喵"了一声，那只小猫便飞快地跳上墙沿着门角跑过去，偎到它妈妈的身旁……它们竟然在我眼里渐渐美丽起来。

  我看到这样的情景眼睛就湿润了，脚步沉重到不能自拔，从母亲那里出来，我紧握着脚踏车的车把，在走与不走间思量。其实每次去看母亲，我都用不着急于回家的。正这样在小巷里徘徊着，母亲"呼"的一声打开了大门，朝我撵来。母亲总是这样，每次都在我走出小巷的时候再追出很远。母亲把一只大布包塞到我的怀里，再转而挂到我的车把上，布包里盛满了我最喜欢吃的东西。秋风轻轻掀动着母亲额前的一缕白发，正午的阳光扑面包围着母亲慈祥的微笑，母亲的笑容是满足而又舒展着的。角门口有一株粉色月季，一团一簇地开了，每一簇都似团圆着的一家子人家，风来一摇，我闻到了她们的花香，便又陷入深深地感伤了。

幸福的刺猬

那年，我们还在一所旧的平房里居住，房子狭窄，门窗低矮，采光也不太好，不过，门前有个院子，扯一道铁丝，随时可以晾晒衣物，便觉非常满足了。院外是片大的空地，经左邻右舍的开垦，周边围起一道竹做的篱笆，竟成了几块菜地。谷雨过后，翻土播种，从春暖花开到霜雪初降，一直青叶葱茏，倒也十分有趣。

豌豆爬上竹架的时候，天热起来，抱着女儿在院子里乘凉至深夜，一阵倦意袭来，刚想进屋休息，却意外发现了两只刺猬，呆头呆脑地依偎在我的脚边。我自然是惊得大跳起来，差点把女儿摔到地下。那是两只幼年的刺猬，身体很小，连那蓬蓬的针芒也算进去，才有握起的拳头那么大，甚是让人怜爱。从此，小院里便经常有它们的身影出没。开始，我还以为它们是来找吃的东西，可我实在不知道它们以什么为食，终于没有拿给它们。没有主人的殷勤款待，它们也不计较，依旧旁若无人地往来，在昏暗的角落里追逐或者玩耍。

刺猬的模样长得很怪，豆粒儿圆的小眼睛，嘴巴尖尖上翘着，显得调皮可爱，可浑身上下却长满了硬邦邦的刺儿，再看又像穿戴铠甲的武士了，我是不敢靠前的，总觉那刺随时都可能扎了过来，一边想一边仿佛手心手背都在发麻，越看越胆怯了。尤其是两只刺猬在一起的时候，总替它们担心，生怕它们被彼此身上的锋芒伤害。实际上，那两只刺猬都是一直形影不离的，却从没把对方伤害过。我观察了它们许久，每次它们都是一前一后，踮着轻快的碎步，旁若无人地跑来跑去，兀自玩耍。它们肩并着肩，头并着头，虽然刺与刺相抵，却从没流露出唯恐被对方刺伤而欲拉开距离的意思。在频繁的接触中，那一蓬看去尖锐锋利的刺，倒仿佛成了它们的温柔的手臂，是用来表达相互的抚慰和爱意的。这让我感到了某种慰藉——原来它们并不和人类想象的那样，因刺生怨，生恨，最终两败俱伤。

有一次，一只刺猬单独来，它径直走向一个角落。那个角落也曾经是块小的菜地，菜地的边沿还种有一棵手臂粗的杨树。我们搬来的时候嫌它太单调了些，便想把它改造成一片小小的花园，又听说有树的地方是不长东西的，因为遮阳，长不健壮，所以就没有及时地种上花去。

却是不然，不久的日子里，那个角落渐渐生长出一片绿油油的青草，还有几棵野生的鸡冠花不知什么时候也生长出来，十分招人喜爱。夏天的角落，它们生长得更加茂盛，青草之上，鸡冠花的顶端已经冒出火红的鸡冠，吸引了蝴蝶飞舞，草虫在里面驻扎，绿色或赭色的蚂蚱倏地飞起飞落；秋天的晚上，有蟋蟀在里面欢快地鸣唱……这样闲散自由的地方，于那两只刺猬来说，的确是个觅食和掩身的好去处，我无数次看到它们在那里快乐地追逐，简直有点乐不思蜀。

可是，就在那些天里，那个小小的角落，恰巧被我们拔去杂草和开败的鸡冠花用砖块垫平了，为的是让那棵杨树更好地生长。我看到那只刺猬闷闷地站在那里，站在那个曾经长满青草的地方——它们曾经的乐园，仿佛在回忆杂草时期的过去。望着那只正在伤感的刺猬，我们为自己的失误而后悔不迭。

这时候，我的女儿出来，把一只洗衣盆扣在了它的身上。我没有阻拦，因为我知道女儿并没有恶意，她只是想和它多玩一会儿，或者多玩一晚，明天就放它走。并且，那只刺猬也很温顺地待在铁盆下面，不发一点声音。

听不到它的声息，女儿便有些急了，生怕它会孤单死去，于是便用小手掀开那只铁盆。我们看到它依然呆呆地立在铁盆中间，小眼睛调皮地一闪一闪，不跑也不动，露出一点都不惊慌的样子。然而第二天早上，我们起床出门，掀开铁盆，刺猬却不见了。铁盆还是原来的样子反扣着，地面上也没有刨挖的痕迹。正在我们以为它出了意外而伤心不已的时候，第二天的傍晚，那只刺猬却又出现在我们的小院里了。刺猬的悄然遁迹给我们留下了一个很大的疑问，我们猜测是另一只刺猬"搭救"了它，至于"搭救"的方式，追根问底，请教了好些朋友都说不知，直到现在还是谜一样困扰着我们。

冬去春来。又是一年的初夏，晚上，我一个人在家里洗衣，洗完后，当我起身打开路灯，正准备朝院子里泼出一大盆的洗衣水的时候，我再次发现了那两只刺猬，不，还有一只小不点儿，懵懵懂懂地跟在那两只刺猬的身后，它们正顺着大门的墙脚朝院内的灯光奔来……

这刺猬一家，一定是从菜园子里出来的，曾经有人说看见过，并嚷着捉去杀了吃，我们非常担心，因此，刺猬到我们家里来的事一直不敢对外人说，怕果真被馋嘴的人循着脚迹逮去杀掉。这个秘密一直保守到我们搬了新家，老房拆除，园子荒废，旧址上建起一座六层的楼房，如今，那三只或更多的刺猬无处藏身，早已不知去向。

或许就是因为那对可爱的刺猬的缘故，在生活中，我和丈夫也经常拌嘴吵架，也有过摔盆砸碗发牢骚的时候，但无论怎么吵怎么闹，两人就像约定好了似的，手指尖指着对方的鼻子，却绝口不说那句夫妻吵架最经典也最伤及情感的话：

你你你——这日子……我们就像一对容不下对方的刺猬！

因为，在我们的心目中，那原本就是一对幸福的刺猬。

那些鸟巢

是在晚归的车上看到那些鸟儿以及那些高悬在空中的鸟窝儿的，太阳西沉，三五个人坐在公共汽车上，心里是往常没有过的清冷。车子在旷野里行驶，急于回家，总觉得开动得慢如蜗牛，眼睛焦急地转向窗外。这时候，一只鸟儿从眼前飞过去，几乎擦着了车窗。那灵巧的身体从低处蓦地飞起，很快就消失在高处的一个什么地方，看不见了。瞬间，又一只鸟儿被汽车的轰鸣惊起，也贴着田野里干枯而立的玉米秆仓皇而飞。

它那惊悚的身影一下子将我的目光吸引，抬头看，原来是前方不远处的一棵路沿树，高而挺拔的枝头上端立着一个巨大的鸟窝儿。正是这个鸟窝儿，将这对忙碌觅食的鸟儿收拢了去。这晚归的鸟儿，本是匆忙却又无拘亦无束的，从晨起到黄昏，和忙碌奔波一天的人类一样，在这寂冷的冬天，黄昏来临之前，急切地回到自己温暖的家中，寻找一份身体的栖息和心灵的安宁。

那些鸟窝儿，像极了拢在一起的一只硕大的筐篮，虽然是用黑黑的枝枝条条插成，然而每一枝的摆放里都让人感到它们的小心翼翼。正是这样的小心翼翼、一丝不苟，才最终使那些鸟窝编结得细密而精致，就如同我们紧紧缠绕的日子，在时光的打磨中过得缓慢而悠长。这使得那些鸟窝儿，能够在这苍白的冬季，在这毫无遮拦的裸露的树桠上，看似虚松，而实际上经得住风的摇撼和雨的侵袭。正是这些鸟窝儿，给了那些鸟儿从头至尾的温暖和庇护。

黄昏渐深的天光里，一眼便认得出，那是喜鹊！

沂蒙山区的大地上树多，尤以钻天杨为最。常住山区，徒步行走在山野里的你或许不觉，但是，一旦坐进大的或小的汽车，怀着复杂的心情从满目青灰色的城市走向旷野，走向田野，走向那些高而挺拔的树木，目光遥遥地透过车窗，让村舍、茅屋、田垄、沟壑一路闪过，那些笔挺的高大的树木会一下映入眼帘。夏天，有着青葱油亮的叶片的树冠张扬着，有了它们，当盛夏的天空洒下白茫i茫火热的骄阳的时候，顷刻便会被那些青翠浓密的叶片蔽遮成浓浓的阴凉。而冬天，它们的枝干笔直参天，纤瘦修长，所有的枝杈都在这样的纤瘦里一览无余，如茅盾先生笔下礼赞的战士，透出铁一般的骨气与刚强。

是这样再次邂逅那些精灵般的喜鹊的，在这样的季节，在这样的白杨树上，是最容易发现喜鹊的窝儿的。这些久住北方的留鸟，常年栖居在山区、平原的田野、河岸或村庄，很少结成大群，多成对或三四只一起活动在较为空旷的地方。春天二三月份，大地回暖，树叶生发，此刻，它们也进入了繁殖期，就要开始搭建鸟巢了。那些看似头脑简单却不失聪慧的鸟儿，从这时开始了每天的早出晚归，它们捡拾长短粗细不等的树枝，等待有朝一日将它们一根根编结起来。巢多建在高大的树杈上，用许多枯枝搭成，上面还搭有防止漏雨的盖子，做工精巧，工程之大，令人赞赏。在经年累月不断维护中，那些美丽的鸟窝，也许五年，也许十年，只要人类不去伤害，不去砍伐，就不会轻易损坏，持续着一代代幼鹊的生息繁衍。等雏鸟问世，老鸟还要带领着它们的子女学习飞翔、寻食以及如何对付敌害等技能，经过了炎热的夏天和繁殖过程中的辛苦劳动，它们开始一天天显得疲惫起来，少于长时间的飞行了。与人类、动物界的其他物种相比，喜鹊是一个弱者。

  我仿佛很久没有见到那些喜鹊了，我知道，是自己整天忙于生活，疲于工作，按照一种机械的生活轨迹行走，把美丽的它们忽略了。什么时候，我习惯了到那些干净却缺乏野性的城市园林里散步，习惯了去欣赏那些过于夸张的各种树木呆板的造型，却忘了，那些喜鹊对这些是不喜欢的。它们不喜欢城市里的喧嚣，不喜欢刻意留下一半树冠的矮小的树木，更不会在我们的马路、厂房周围构筑它们的理想家园。城市的繁华与它们无关，窄小、龌龊、拥挤、充满争斗的地方亦与它们无关。它们的生活习性注定了喜欢树，那树却是要高大参天的。那些树，种植在田野、河岸，种植在山冈、沟畔，种植在远离所有带给它们伤害的地方。当我们遥望那些树木时，那些树木中间的一棵或两棵，便会看到那些鸟窝儿，那些经了它们的智慧全力编结的鸟窝儿，此刻在我们的眼中，会是一个什么样的风景？它们的窝儿，或者我们叫作鸟巢，或者，称作鸟儿的家。

  我小的时候，是在一个乡镇大院里度过的，院里盖有几排房子，每排房子的前面都种上了杨树，而那些高高的杨树上面，就筑着几个硕大的鸟巢。我记得曾经观察过喜鹊筑巢，本想用实地观察记录下它们筑巢的全部过程，然而没有成功。早上，一只喜鹊嘴里衔了一根树枝，母亲说："看啊，那只喜鹊就要搭窝儿了！"我和小妹急忙去看。俗话说，"上帝为每只笨鸟都准备了矮树枝"，但喜鹊永远不会甘于停留在那些矮树枝上的。只见它衔着那根树枝，在几棵杨树梢头不停地飞来飞去，好像非常迟疑的样子，母亲告诉我们，那是喜鹊在寻找最佳筑巢的树枝呢。可是一直等到日落黄昏，那只喜鹊也没有筑成自己的窝儿，我们的头颅却是又累又乏再也抬不起来了。之后我们就把这个事情给忘记了，等到第二天还是第三天，一个无意的抬头动作，突然就有了惊喜的发现：不知什么时候，那只喜鹊已经把它的窝儿，牢牢地搭筑在一棵钻天杨的树梢上了。

后来我们知道，喜鹊筑巢是从不随随便便的，它们除了要选择宁静的环境外，还要选择粗细差不多的树枝，一根根衔到一个隐秘处，最后还要三根粗细一样的树枝，做筑巢的第一步，"三足鼎立"，结实而不变形，是喜鹊筑巢最大的特点。就是受了喜鹊筑巢的启发，我们人类建筑师在现代建筑当中才开始使用网状钢筋来坚固多变的墙体，并被称作"鸟巢式建筑"。喜鹊筑巢还启示我们只要努力去做，上帝也一样会眷顾我们。它还告诉我们，从良善出发，爱护一切生灵，与它们结为友好邻邦，和睦相处。喜鹊杂食性，它的成长主要靠捕食庄稼、树叶上的蝗虫、蝼蛄以及地老虎、金龟甲、蛾类幼虫，它们真的是我们人类最好的朋友。正是那些可爱的生灵，给我们带来的不止是无边的想象，还有我们人类本能中没有的经验和智慧。

不仅如此，喜鹊还是深受中国人民喜爱的一种吉祥鸟，在中国百姓的心目中，它们预示着喜事来临和百姓生活里的福禄吉祥，是人类最好的朋友。我们家乡有句俗话是"喜鹊叫，喜事到"，说的就是那些鸟窝儿的主人们呢！在民间传诵的"七夕夜"牛郎织女鹊桥会里，喜鹊便毫不相让地化为成人之美的代名词。喜鹊登梅，又是剪纸艺术家最喜爱的艺术造型之一，剪纸艺术家们对它们进一步描画剪出，使它们更具活泼灵动，栩栩如生，再衬以枝头上的傲雪红梅，这就更接近了民间传说中的美好化身。

我始终深深地喜爱着那些美丽的精灵一般的鸟儿，我甚至认为那些鸟巢，当受到我们人类的仰望。

一树繁花

下了班，把所有的文件归档后，我迈着轻松的步伐回家。马路上，我总能与一对拾破烂的夫妇相遇，不是迎面而来，而是在我心无旁骛、专注地走向某个路口的时候，他们正巧在那里慢慢地挪动。往往是，一辆沉沉的木板车，车把和绳索重重地负荷在一个人的身上，而另一个，则跟在这一个的身旁，不紧不慢，依依相随。相跟着的大多是那个女人，怀里抱着一只京巴狗，毛色白，有些脏。但她脸上的表情告诉我，她是那么爱怜着。

那对夫妇有五十多岁的模样，头上发间隐约能见几缕华发。两人都很瘦，衣着和皮肤上不同程度地有些乱和脏，但是两人的面孔上，都分别挂了一种简单透明的喜悦。同出同归，是很恩爱的样子。那架木板车是他们盛载破烂的运输工具。车把上挂有一个油亮的皮包，皮包里有个干净的布袋，布袋里盛放着他们一天的水和干粮。他们就是靠了这些水和干粮，在整座小城角角落落不停地流动。

那条京巴狗，是在他们的收留下，才结束了那么久的流浪生活。都说狗通人性，在它的眼里、心里，或者能够感觉他们的一颗温暖博爱的心吧？京巴看起来很快乐！在他们捡拾破烂的时候，那只白毛京巴便跟在他们的左右，奔跑出老远，再回来，往往复复，远远近近地玩耍。

喜欢收拾旧物,每每收拾一拢,便沉沉地提着它,下楼卖了。所卖的钱虽然不多,那也够一包盐或几瓶醋了。更重要的是,我由此认识了这对捡收破烂的夫妇。他们也很友好地信任着我,与我家长里短拉着呱儿。他说,他们有一个很好很优秀的儿子,从小,儿子学习成绩就很好,儿子,是他们一辈子的骄傲。他们用捡破烂的钱供他读书到现在,也是不得已的事。

他原本有一份做临时工的工作,在一家木器厂。这份工作虽然收入微薄,但还能足以让她和所有居住在城镇边缘的每一个家庭主妇一样,丈夫在外工作,而她们则只管悠闲地呆在家里,洗衣、做饭,照管孩子和四分责任田。城市的不断发展扩建,把附近几乎所有的良田吞噬一尽,村里只好象征性地一家分得几分田地,用以种些青菜萝卜之类。四分地的收入,根本不能打点三口之家的用度。

那份临时工作本来就不能够做久,一次意外事故的发生,更加速了他失去工作的机会。那次意外使他差点失去一只手。手伤指残,他只好回家,伤好后,无论做什么工作都不如意,生活开始越来越拮据下去。而在那时,儿子的学费也逐渐高昂起来。最后掂来量去,他们决定以收捡破烂为生。但,不管多脏多累,勤奋好学的儿子一直都是他们的期望,儿子的懂事和出众,令他们自豪且骄傲,这种骄傲一次次化作激励他们走向街头捡拾破烂的勇气。几年以后,儿子的学习一路绿灯,顺水顺舟地考上大学,如今已经是在校连读的研究生了。

收破烂的工作是卑微的,然而在外人面前,他从不自卑,一直觉得,自己是以特殊的劳动,把爱汇成了河流,滋养着他的家庭,虽然,微小的收入支撑着清浅的日子,但它承载着全家人的希望,还有儿子的理想。一生何求?

她说起她的家,更是满面的幸福。

与其他民居相比,她的家与别人的没有什么两样,他们用勤劳收获,积下的钱款,除了供儿子读书,其他的都用在了整理房子上。五间房屋,粉墙红瓦。院角除了堆满等待处理的破烂,满院里都种着青菜和花。爱美是女人的天性,而那些美丽的花更是她从年轻时候就喜欢的。门口是一棵石榴树,窗下是一个架子,下面是一墩蔷薇花,花枝四面里攀腾着,绕啊绕地,绕过那棵石榴树,奔向屋顶去了,那么高的枝头上,擎举着一朵朵的花,渐渐地开了,是那种玫瑰样鲜艳的红,远远看去,染亮了大半个院落……

　　多么温馨的一个家,尽管是那样贫寒着。她的话,不由使我心里也安谧起来,只觉心头热热的,像喝下一碗浓烈的酒,辣出泪,酸酸甜甜的……日子是人过的,再苦,再累,又算得了什么?只要两人相亲相爱,天在,地在,你在,我在,往前的路就是再怎么坎坷,也会走出一路繁花……

　　四季循环,走过一个爱的生活,创造一种更多爱的生活。这对儿在别人眼里看来那么卑微的夫妇,他们温暖的家,将要走上社会成为栋梁的儿子,不就是那一树茂茂盛盛的繁花?

你的眼睛，在想什么

这些日子，电脑坏了，在维修的时间里，身体又不太好，家务便做得少了，有闲的时间，除了喜欢读的书照样翻看，便是躺向床里蒙头大睡，睡醒之后，再到阳台望着蓝天白云发一会儿呆。

在外人看来，这个习惯有多怪异我不知道，但我知道这并不是一个好习惯。至少在人多的时候我并不敢表现出来：两眼怔怔地盯住一件物品或者一个角落不动，呆滞如鱼的眼睛，是很不美丽的。然而我却不能自控，我自己也并不能够轻易察觉。只是我总觉得在这淡淡的神往、渴望以及美丽的忧伤里，得到一份心灵的悠远安详。

十几年前，我的这个习惯被一个只有五岁大点的孩子发现了，她那时正依偎在我的膝盖上大吃特吃一大把的菠萝豆，一边往嘴里放一边抬头频频看我，然后用稚嫩的很纳闷的语气问：老师，你的眼睛在想什么？

我的眼睛在想什么？于是我便怔了一下：心想这孩子，哪有眼睛在想什么的道理？我被孩子天真的问话逗笑了。

然后我又认真、严肃地想了一下，最终是不再笑了。

其实，有时候我真的不知道自己的眼睛在想什么。这样的问话因为出自一个孩子，姑且我就这样沿着孩子的思路去深思一下吧。

除了孩子，一般人都是认为"想"自心出的，心里在想什么，心里到底在做怎么个想法？总以为这样的概念才是正常的，而唯独，当我第一次，突然意识到用"你的眼睛在想什么"这一疑问去询问一个人时，便觉得，这也许是对的。眼睛在想什么的问题还真的比"心"里在想什么表达得更婉转真切呢。

突然想到的眼睛，或者最典型的眼睛，是《红楼梦》里那些形形色色的人物的眼睛。是二十多年前，我还在上初中，把同学的一本《红楼梦》带回家去看。当翻到《红楼梦》里金陵十二钗中林黛玉的绣像插图时，仅仅扫过一眼，便感觉三魂四魄都让黛玉那"似喜非喜含情目"摄了去了。再读《红楼梦》一章一节，不由更从心底里流淌出说不尽多少愁怨的深深的哀伤，仿佛宝黛的不幸就已然发生在自己身上，倒让自己的眼睛比那黛玉更紧蹙了几分。

特别在看过越剧《红楼梦》里王文娟演绎的林黛玉的眼神，当用充满惆怅与忧愁，充满清高与不凡，充满矜持与羞涩，用黯然神伤，忧心忡忡，忧形于色来认识了真切的"黛玉"之后，让我完全理解了人们所说的"眼睛是心灵的窗户"这句名言了。正是模仿的年龄，于是戏剧般地将书中所有的情节在脑海里上演，而立于书本之外的我，俨然就是黛玉的泪眼模样了。

再读下去，还有第三十回"龄官画蔷"中这样写的："只见这女孩子眉蹙春山，眼颦秋水，面薄腰纤，袅袅婷婷，大有林黛玉之态……"

心在想什么，眼睛就会流露出什么，丝毫不可能完全被你暂时伪装的心态全部遮掩。因此当那个五岁大点的孩子问我"老师你的眼睛在想什么"时，我便也开始用这句话问向我身边的熟悉的朋友或好友："嗯，看你的眼睛，你的眼睛在想什么？"于是他们便会一愣，然后会心地一笑。不用作答，他们一定知道，我已经看出他们的确用深思的眼睛想着什么了。于是更多地意外地发现，除我之外，用"眼睛想什么"的好友或朋友竟然还有一些，虽然不多，但是毕竟还是有的，我有了一种仿佛寻找到同类的感觉。

当我确定能从眼睛里看出一个人的失意或者得志，悲伤或者愉悦的时候，其实那时的年龄还是很小的，和那个一眼看出我的忧伤的孩子年龄差不多。那时候我父亲母亲经常被列入一个名单，然后点名排班然后再搬了铺盖带着我的妹妹到县城参加某个学习班。学习的时间并不个体限定，有时一个月两个月，甚至三个月不见父母归还家门，我和二姐留在家里艰难度日。因为父母带走的不仅是爱的庇护和温馨，还带走了能够培养我们茁壮成长的阳光——我们的胆量。

我和二姐整天除了上学就是回到家里再不出门。二姐的胆子也是出奇的小。那些日子的晚上我都会在重复做着一些噩梦，总在做梦，梦见疯了的女人抢着抱我，梦见坟墓里的墓砖流着黏稠的白浆（我曾经看到学校里的学生帮队里挖坟墓并搬弄过那样的墓砖，所以记在心里了），梦见骷髅突然出现在我的脚下，梦见一切能够把我惊吓得哭不出声音的东西。我无数次用不睡觉来拒绝夜晚的来临，以点着小煤油灯不然我就不睡来相要挟。

布谷鸟的声音现在来说应该是最美丽的鸟儿的声音了吧？不！在那些日子里，当夜晚来临我经常听到它们的叫声，它们的叫声在我的心里是那么的恐惧。直到现在我都没有勇气去见见它们的样子，直到现在我都不敢回忆那时梦境的惊骇，就连看到许多文章赞美它们时，我的耳边都会蓦然隐约响起它们的鸣叫，仍然带有令人惊悚的"森然"。

从那时候，我的眼睛里开始带着一丝忧伤。我怕世间所有能够引起我惊骇的事物。我怕亲人的离别，我看多了父母眼中的忧伤，我眼睛里的忧伤也寸寸地增长，直到一丝一丝淡淡地永远地定格在里面。

如果说，上小学时我的忧伤来自我的父母，那么上中学时我的忧伤就是来自我的一场病中的失语。

　　那时候我的母亲还年轻，我至今记得她吃力地躬着身子背我求医的模样。在病中，我不能够上学，我的母亲便让我读书，从学校借来十几本书供我学习，母亲读幼师的课本成了我的喜爱幼儿教育的最初的启蒙。那上面有安徒生童话，有许多的童话民间故事，然后我再读保尔，读欧阳海，读雷锋。我从此一天比一天坚强，我的心开始一天比一天善良，我更在一天比一天充满幻想或充满美好的理想中痛苦着自己——因为我失语不能用语言和人交流。我生活在一个有声的世界，却不能用声音表达自己的愿望，这是不是人生最大的悲哀？！

　　我开始为自己想一条道路，想自己的未来，想得累了我就写出来，我写到有一天我能否抛弃自己不再读书写字，有一天我突然离家出走不再回来，再也不看父母的难过伤心不看他们暗淡的眼神，写到写不出任何理由抛弃自己，然后暗自悄悄流泪。我的眼睛开始静静地面向一个角落发呆，我在想或努力去想自己的前程的时候，想自己怎么才能和正常人一样歌声嘹亮美丽如初的时候，我的眼睛充满了忧伤。

　　那年我才十三岁，眼睛里却因此有了那样的眼神——冥思苦想地怀了淡淡的忧伤，直到我病中失语的病况得到好转并完全痊愈，这样的眼神才渐渐地少了。但这样的眼神已然深深地形成了一种习惯，并影响了我的一生。

　　其实这样的眼神除了让人感觉很忧伤之外，在外人看来，还有漠不关心，麻木不仁。我不喜欢太注意某种事物的发展，不喜欢太执著于一件事情，不太讲究吃穿用饰，不太和人一争长短。尤其能够不和人争执的决不和人争执，在很多时候我表现的是忍让为先。或者如我的同事说过我的"善良""心好"，就是人太不通气儿了,"太不通气儿"在我们这里是反应迟钝的意思,一根筋。倘若有人说句什么不好听的话,机灵的人一听就懂了,狠狠地白上他们一眼——好一句讽刺而又冷利的刻薄话。

然而到了我这里,就什么也不是了,我只会,用漠然的或者微笑的表情面对着她(他),我的心根本没有听懂他们说的话,因为我的眼睛原本就没有"看"到这个人的嘴巴。

曾经给一个朋友发信息,朋友说,你的信息对于我,是一把无情的剑,言下之意是我的语言严重地刺中了他。我说你看不到我的眼睛,如果看得到我的眼睛,你当会知道我的眼睛里存着怎样一片忧伤的海,它能够,能够深深地、深深地,海水一样将你淹没、淹没……

爱情与酒杯

前几天去外地出差，不期然遇上旧日女友，便相约在一起"坐坐"。和她一起前来"坐坐"的还有她的一男一女两个朋友。男的二十几岁的样子，细高的个儿，面目清秀如书生，感觉举止略为随意了些，便以为应该是她的男友了，于是嘴角含了洞察天机的诡笑，附在耳边悄声问她。她迟疑了一下，回答说不是，嘴上很干脆，目光里却升起一层淡淡的忧悒了。

我们要了简单的菜：一盘青椒肉丝，一盘香菇，一盘酱茄子，还有一盆热气腾腾的白菜饨肘子。一扎啤酒被"书生"包下了，红酒却是她要喝的。

尽管是在白天，因为天气阴暗，小间里也开着一盏日光灯，很柔和的橘黄色，将每个人笼罩了。我看不见自己，却能够欣赏她的面容：明眸低垂，双手交叉地握着，很自然地抵在颌下，定格着，那是一种优雅而妩媚的姿势。

无须自己动手，服务小姐轻快地来了，先为在座的每个人斟酒。轮到我这里时，我忙把酒杯往桌子上扣下。这个动作是从一个朋友那里学来的。不知哪一年了，曾经醉过一次，吐了一地，忘记是谁帮着收拾的了。朋友知道后便叮嘱说，在那种场合，你如果不想喝或不能喝，只须把酒杯倒扣下，这样就没有人再劝你了，这是规矩呀。然而酒杯刚刚翻过，女友就笑了，她一边端起自己的那杯酒，一边就笑出声来，说恋爱过吗？你好像没有恋爱过，所以也没有失恋过。一语中的，我惊讶地瞪大了眼睛，连连摇头含混地说不是啊。她说失恋过的人哪，就不会把酒杯倒扣着了。

于是她开始给我讲自己的故事。她的故事其实很简单。

在读大学的时候，她曾经与同系的一个男孩相恋过，后来因为分配工作等原因痛苦地分手了，现在已成为了陌路人。参加工作以后，她又爱上了一个男人，是她公司里的一个同事，只是那个男人是个有妇之夫，他们费了很大的周折才能够结婚，结婚以后，由于性格不合，由口角上升到天天吵闹，最后只好忍痛分手，女友为了忘记那段感情，只身一人远走他乡。

说到这里她开始喝酒，故事讲完了，几杯酒也喝进去了，她的脸上开始泛起一层醉人的红润。她说，以前自己也是滴酒不沾的，也是曾经和我一样倒扣过酒杯的，然后是没有声音的苦笑。

她说，爱情就像空酒杯，把它扣在那里，说明你想爱而不敢爱，由此才把爱情拒之心门之外，由此才不会受到伤害。立起的酒杯是用来盛装心事的，你仔细观察一下，它多么像我们一双拢起的手呀。那手如捧物状，捧起的手，是不是在渴望着什么呢？

我不知道。只是看到她的眼睫渐渐沉重了。

晚上回到家里，看到酒柜里摆着的红酒，便拿起来倒了半杯，托至眼前，酒香味纯，荡漾着浓浓的玫瑰色彩，竟然真的想沾唇了。蓦然想起流水般逝去的日子，想起那个曾经疼惜地教你倒扣酒杯的人，时光已过去多少年了，却仍然忘不掉那前尘往事。眼眶潮湿，竟有泪花潸然化作了秋雨。

在你生命中，还有什么能够让你一回回放下又一次次拾起的呢？面对杯底里殷红的残迹，我一时间思绪迷离。想起女友那苦涩的笑容,直至结束,空的酒杯依然举在她的手上,晶莹地闪着透明的光泽……不谈相思,记忆却韧如蒲草,那天,泪水成了她对已逝爱情的唯一诠释。

纸上的爱情

光阴荏苒，转眼又到了新春佳节，市面上到处摆满了大红的剪纸，清早或傍晚，下班的路上，就有买剪纸的人从你身边匆匆而过。各种花样或简或繁，鲜艳夺目，顿时给你带来新年的喜庆与红火。

真正喜欢剪纸，大概是从小时候过年开始。那时候，过新年，家里没有可摆设的东西，但又想让屋子焕然一新，有一种新年的气氛。春节临近，母亲从集市上买来红纸，带领我和姐姐剪窗花，母亲的手很巧，剪出的窗花各式各样。母亲有一本上幼儿师范时发的剪纸书，上面的剪纸粗犷、朴实，有着浓厚的生活气息，我和姐姐非常喜欢它，常拿它当作教材，没事的时候学着剪。但那时的剪纸，毕竟还是不多的。

岁月不再，现在的过年已经不像从前了，过年时不但有好吃、好玩、好穿的可买，商店里的年货琳琅满目，大红的剪纸也越来越受到百姓的喜爱。在我国农村，每逢喜庆佳节、新婚嫁娶、婴孩满月、生日寿辰、乔迁新居，都可看到丰富多彩的剪纸。有贴在窗户上的"窗花""格子花"，贴在门楣上的"门符"、"吊笺"，贴在房屋顶棚上的"团花""角花"……凡是与生活息息相关的人物、动物、花草、鸟蝶，都会在一把神奇的剪刀下展现得栩栩如生、情趣盎然。

2001年春节我去了一趟故乡陕北，一走进黄土地，便让那些大红的剪纸吸引了。陕北人豪爽粗犷，喜欢红火热闹，逢年过节几乎家家窑洞上都贴窗花，那大红的剪纸贴在农家喜庆的窗户上，就仿佛把火红的日子贴在了心头上。喝一口自家酿的高粱老酒，醉眼蒙眬地吼几声令年轻人耳热心跳的信天游，或敲起彪悍的安塞腰鼓，那一刻，整个村子便在欢快的鼓乐声里舞蹈起来，震颤起来，就连那阳光氤氲着的二月天都陶醉了！

"任他二月春风好，剪出垂杨恐不如。"陕北高原的窑洞内，早春二月的阳光下，是最适宜剪纸的天气了，靠窗一张土炕上，是最适宜剪纸的位置了。在陕北，哪家的女子不会剪纸？哪家门窗没贴过红彤彤映照日月的喜花呢？"北风那个吹，雪花那个飘，风天那个雪地，年来到！"大年三十，贫寒的土炕边，美丽无瑕的农家女儿轻盈地盘坐上面，一条乌黑的麻花辫一甩，辫结上的红头绳扬起未落，一对喜气洋洋的大红窗花已剪了出来——这是小时候在舞剧《白毛女》里看到的情节。

童年的时候，院里有一个刘姐姐，就是因为她的几幅漂亮的剪纸，使家乡的一位小伙子与她深深相爱，心甘情愿地嫁给了他，过着清淡的日子，却举案齐眉，恩爱有加，少年的我虽然觉得不可思议，然而，从此却固执地认为，剪纸的女子是最美的，她们剪出的纸花是最动情的，是最给人魂牵梦萦、天老地荒的感觉的。

她们从女孩儿剪成姑娘，又从姑娘剪成了媳妇、婆婆。她们剪出牛羊，剪出花草，剪出祝福，剪出吉祥，剪出生活中、心底里最美最朴实的东西。一双手磨得粗糙满布沧桑，一幅幅剪纸却妙趣横生丰韵犹然。剪纸是她们的一份钟爱，是她们追求美好生活的婉转表达。剪个古代仕女，能剪得她凝眸含情莲步依依怨恨萦绕；剪一对鸳鸯戏水，能使得一个痴情女子由满头青丝等到白发苍苍——天若有情天亦老！

记得一位剪纸艺术家说过这样的话：剪纸不是属于女子的，但是剪纸使这些女子懂得了生活；剪纸里的日月，因渗入她们的青春而变的甜蜜，剪纸里的爱情，因含蓄才使它成为永恒！

沸水里开花

夏天来了，炎热的天气总会使人焦渴。去女友处小坐，面前各摆一杯茶，精巧的紫砂茶具，轻柔的沏茶动作，淡绿的茶心里，点缀着一朵洁白的菊花。于是想，她从前是不大喝茶的。果然，她说，是从三年前的那个时候，才喜欢上了喝它，一个人的时候便冲上一杯，给自己。

当热水器的水流如注，在杯底溅起旋转的浪花的时候，不知为什么，那些翻滚着的叶片总会一次次打动她。于是就想，那是几经烤炙而出的茶叶吗？抑或是茶树不死的灵魂，它以优美的姿态翩跹舞蹈着，旋转着，并且全部朝着一个方向，仿佛心有所归。这使她惊奇起来，便想，那个方向，是否也曾有过那么一棵树，与它毗邻而生，在春天的细风里摇曳生姿，在冬天的冰雪里相偎取暖，仿如它前世的伴侣。

本不爱喝茶的，却突然地，对茶开始钟情起来，因为那个方向的旋舞，因为心底里的那株伴侣树，更因为他。

如果不是铭记那个六月，那个曾经花开的心事；如果不是铭记那句话，那句人在旅途偶然道出的安慰；如果不是一发不可收拾的仰慕，目光灼热之处看到他的深沉大度……那个盛夏还会给她带来什么呢？她还会静静地为自己冲上一杯茶，慢慢品味它久违的清香或苦涩吗？

都说，茶，在沸水里开花，便是生命的再生了。她说，只此一杯茶，便温润了一粒相思树的种子，在她心底的某个角落，悄悄萌芽——因为，他便喜欢喝茶。

他是福建人，久居茶都，从小出入茶馆水榭，便深谙了一方茶道。曾有多少次与她侃侃而谈，无茶不成话题，譬如，铁观音怎样成为"茶中之王"，譬如，什么样的水才能冲得好一壶上等茶，偶尔一个电话，也必是，刚刚在与同事喝茶，那给人千般诱惑的功夫茶。她喜欢听他品茶悟禅，朗朗笑语里，怎么就有一种感觉，五百前相熟的爽快与和谐。

也由此，之后的每个夏日午后或者秋天的黄昏，她都喜欢悄悄为自己泡上一杯茶，带着几分调皮几分好奇，无论是花茶、绿茶、红茶，品着它，那份原本苍白单调的生活，便在她的眼里生动起来，鲜活起来，丰富起来，苦也罢，涩也罢，都令她回味无穷。她就那么幸福地回味着，就像回味他曾给她的那份温暖与包容，脉脉无语中，就把皑皑白雪封存的那颗心田渐渐融化了。

从此开始将他牵挂起来。俗话说，"女人的心，雨做的云"。当那份不为人知的牵挂从心底旋起又落下，有如秋天里一枚飘飞的落叶的时候，她很怕，人海茫茫，世事沧桑，再也找不到心灵的归宿了，正如她在夏日午后或者秋天的黄昏，特意为自己冲泡的那杯茶，渐渐失去鲜活的颜色。

春天就这么走了，夏天就这么来了，时光就这么远了，人心就这么淡了。岁月流转，当思念如幽灵一般在她心房里游走，当满怀的心事再不能有所寄托，当她终于为自己泡上一壶功夫茶，然后幽幽地坐下，静静地想他……

此时的她，已经学会了寂静日子里的独自品茗，哪怕是再苦一些。"天心月在杯中圆",在想念的时光里,在或浓或淡或香或涩的茶水中,她学会了慢慢品味那份别样的人生滋味。她还喜欢喝干燥了的花,菊花、玫瑰……她说看它们在沸水里慢慢鲜活,就如生命里开花,在她面前暗示出某种人生的禅意。

听完她的故事,我黯然神伤,理解,因为同是女人。在这样一个阳光朗朗的早上,她给了我某种久违的感觉,是什么让我静如止水的心境起了涟漪,是茶,还是她?我知道,经过了那样一场刻骨铭心的感情波折,那份思念如何让她割舍?当爱的翅翼围卷你的时候,谁不屈服于它?然而,爱虽给你加冕,也会将你钉在十字架上,再摇动你心头上的每一个疼痛的关节。

茶过三盏,她扬起头,说,尽管这样,却还仍然觉得,茶虽苦,但苦中有香,味虽涩,可涩中犹甜。而我却想,时光漠漠,人生苦短,曾经得到或失去的,何止是一份牵挂,身在旅途,有多少追求不是千回百折、坚忍不拔?人生如茶,就如那干燥了的菊花茶,只有在沸水里才能开花。

第七个美丽的日子

冬天过去，雪渐渐融化，春风拂动，那些洁净的美得令人心颤的花儿很快就要开放。每年的这个季节，每每想起它们，那些过早开放的或凋谢了的花儿，我的内心都几乎不敢触碰。

岁月的迁徙，或许很容易使人们淡忘一些事情，就像现在，已经没有人知道，曾经的我，与这些花儿有过一种什么样的约定，而这个约定，又与一个只有七八岁的小男孩有关。当岁月轮回，冰层开裂的时候，这个珍藏在我心底里的回忆，便从遥远的地方涉水而来，重现在我的眼前。

那年，我十八岁。十八岁的青春本应晴朗无云，一场病却如阴霾当头压来，遮掩了明亮如洗的天空。我得的是病毒性心肌炎，是在一场感冒中突然发病病倒的。在此之前，我已经在县直医院住过一个多月的院了，从十二月份到新年底，父亲才把我从医院里接出来，到他工作的这个乡镇医院里治疗，我的家就住在这里。对我来说，这里是我的半个故乡。在这里，我可以打破院规，打完点滴后回家住上一晚。

早上，空气最是清新的时候。从家里到目的地，得穿过一条弯曲的小路，几近融化的雪地小路，有座弓形的小桥横越中间，整体的青石结构,光滑的栏杆,桥的下面也没有什么流水潺潺。路边各种着一排柳树,在和煦的风里,柳苞还不曾见,柳枝开始光润柔软。

我踩踏着那些残雪,从这条小路一直朝前走,目的地是小路尽头的那家乡镇医院。每天早晨,是例行公事的查房。

海儿是我们最小的病友,七岁的样子,在我们病房里,他是年龄最小的一个,有一张圆圆的苹果脸,两颊整天红红的,因为皮肤的嫩白,更衬托出那小脸上的红晕。因他的天真可爱,医生护士都喜欢他,同时,为他的病惋惜:"白血病啊!"

开始,我不知道他的病情,只觉得他很活泼,很可爱,还很漂亮。所以笑着疼爱地看他,目光不由自主地追逐着他的小巧的身影。他叫着我"姐姐",大方得一点羞涩都没有。在我打点滴时,他靠拢过来,看着我的手背,比床高不了多少的他,知道把眉毛倒挂起来,脸上布满了怜悯,很是替我痛苦的样子,"嘶嘶"地替我吹气。他的善解人意,更加让人觉得乖巧可爱。

他每天都在打点滴,有时一挂就是一天,他都一动不动,最后实在支持不住了,便喊着自己的手臂发麻,泪水从委屈的小脸上滑落,渗入洁白的枕头里去。而每次,只要他先打完,总会跳下床跑到我的床前,看我的手背,眼神里是我读得懂的问候:"痛不痛?"或者爬到我的床头边上,翻找他喜欢的小故事书。

他上过一年级,认得不少的字。只是,好像没有读书的习惯,用手随意地翻过一遍,他就缠着让我去读。我素来不喜欢朗读,面对他的请求,只好一页页轻轻翻动,低低念给他听。

"海儿——"在我给他"讲书"时,他的母亲便这样亲昵地叫他。年轻的母亲,无时无刻不在做着手上的活计,有时是绣鞋垫,有时是捻彩线,有时在一旁埋头纳鞋底。怕他缠我,不时停下手里的工作制止。他的父亲,则是一个手工匠,会编竹器,会编筐,用绵槐和荆条编篓。

医院的南面有座山，从东边的小院门走出去，只几步的路程。山不高，盘旋着一圈圈修着梯田，土地是很瘠薄的，斑驳的荒草刺破雪被一片片地绽露出来。这里是山区，当年曾经是抗日战争的根据地，作为曾经的后方医院，这家医院在上个世纪六十年代医疗设施就已很先进了。

山脚下，海儿从我身后跑上来，他跑得有些气喘，棉袄内的脖颈上的血管一跳一跳的，小脸越发显得红润，其实这都是典型的病兆。山上生长着一种茅草，在雪被下，很豪气，很有点刺破青天的样子。我领着海儿，沿着山路慢慢朝上爬。山地里，除了草，还有黑色的干枯了的地瓜秧在缠绕，那是去秋收割时留下的痕迹。

在一块向阳的地方，我们发现几蓬压在冰冷泥土下的蒲公英，青青的叶瓣已经钻出了地面，叶心里低矮地卧着两三个花骨朵。我们原以为是看不到任何植物的，等发现它们，海儿开心极了，他兴高采烈地跳跃着，使劲拍着手掌呼喊，并与我约定，等春天来了，这些蒲公英的花都开放了，再把它们摘下来，做成花环挂在病房的床头。他认真地反复问我"好不好？"直到我回答"好"，他才又开心地笑了。

从那天起，我们每天找时间到山上去，尽管海儿的父母和我的父母不同意，我们也要去，我们两个手拉着手，他拉着我，我拽着他，都那么虚弱地喘着气，都是因为打了过量的激素而略显虚胖。父母们怕我们累，可医生觉得，散步或许对我们有好处。因为医生的话，我们可以有更多的理由站到那个山顶上去，找更多的蒲公英花。那些蒲公英也仿佛在我们的注目下，从泥土里一点点钻出，又一天天长大起来。

这时的我经过四个多月的治疗，身体已经恢复正常，我可以不用中途休息，一口气爬上那座小山去。然而就在这些日子里，海儿却再也不能跳跃起来，到了四月份，海儿显得非常虚弱，尽管还坚持要到山上走走，身体明显不如从前。海儿的母亲已经做不下任何针线，海儿的父亲在病房里游走。

在打点滴时海儿吃力地叫我："姐姐，去看咱们的花吧。"

"好的。"

"姐姐，它们什么时候才完全开放呢？"

"快了，再有一个星期吧。"

"一个星期是多长时间？"

"一个星期，就是七天呀，是七个美丽的日子呢！"

海儿说："姐姐，记着我们的约定哦，等花儿全开了，我们再摘下来，把它们编成花篮。"

"记着的。"我笑着回答。他的母亲也这样笑着回答他的话。整个病房里，几乎都知道了我们这个约定。

尽管海儿不再跟在我身后，我也会独自向那座山走去，看我们的花。我知道，再有一周，也就是到第七个美丽的日子，那些美丽的花们一定会全部开放，这是我带给海儿的最好的消息。当时间走到第四天时，海儿搬到另一间病房里去了，一天后又让他的伯伯和叔叔接回了家。

春天的花是经不起开的，没有等到第七个美丽的日子，满山上的蒲公英花就开了。我等不到海儿回来了，我要把那些美丽的蒲公英全部摘下来，趁花开正好时将它们编成一个花篮挂在海儿的床头。

春风已经吹遍了山野，低洼里，山坡上，无数细碎的野花已经悄然开放，这低浅的蒲公英花，几乎快要被那些纷乱的草花淹没，我再次走上山顶的时候，已经差点找不到它们的踪迹了。

一直到我出院，海儿都没有再回来。

几个月后，他的母亲来到我家，因为这段住院的日子，让两位母亲成了要好的朋友。他的母亲比在院里时面色好看了些，不再那样憔悴不堪。

她在我家的竹凳上坐下,深深地看了我一眼,然后才叹息着,和站在一边的我还有我的母亲说,海儿已经走了。他一直惦记着我们的约定,惦记着姐姐给他编的花篮。

很意外的,我和母亲都呆住了,心里猝不及防地震颤了一下。

海儿的死,对我们来说,在意料之中,却又是那么让人难以接受。小小的海儿,那么小的生命,他还没有长大,还没有读懂人生,怎么会就这样死去呢?

我流着泪,拿过一张画纸,努力追忆着,试图画一幅有关海儿的画像,可手颤抖着画不成;母亲则一边流泪,一边安慰海儿的母亲,心里则是非常的难过。

从那时起,直到一个又一个美丽的日子到来,我也没有再去采那些蒲公英的花。让它们自由自在地生长下去吧,一直生长到结出花籽,变成轻盈的花绒,让风把它们吹到很远很远的地方,吹到未来。

冥冥中,我觉得,在那个很远很远的地方,海儿,一个已经长大了的帅气的男孩,正静静地等候在那里,期待着,去实现一个没有实现的约定。

栀子花香

午后的清风,挟着一股淡淡的花香,在窗帘上若有若无地浮动。阳光温暖地照射进书房。我起身,循香而去,俯在初夏敞开的小窗上向外打量。窗外人影稀少,除了花香,空气里是潮润的味道。前后左右的住家皆开着面向阳台的小窗,但有花香,没见着花株,也没有发现谁家养花的地方。

周围少有的静谧令人惬意,车辆、人群在马路上无声地来往,阳光同样也拂照在那些车辆和人群的身上。一切是如初的祥和。人生同季节一样,虽然更迭,却仍岁月静好。

在我几经变换的书房里,也曾种过几盆栀子花,每到阳光拂来,洁白的花都开得很安静。我喜欢这样静谧的时刻,更喜欢那淡而流离的花香,一边享受着时光,一边安心得阅读,把日子过得健康而且自由。不图功成名就,只图个不为名利所累,知足常乐,内心安宁。

诗人杜甫也有"桃蹊李径年虽故,栀子红椒艳复殊"之句,也多希望温煦的阳光多多照射,担心肃杀的严霜早早到来,诗意之外,亦是有着无尽的人生感怀。

至于这花的形态,更是美得无可挑剔。它洁白无瑕,像哪个美丽的女孩,绾起的一束绢花。

一朵花,就能令你心旷神怡。一株花,就能让你周围的环境产生质的变化。

居家如此，办公室也断少不了它。记得那年的冬天，一位朋友经常给我写信，有时一月就有两封。她给我的信每一封都那么漂亮，每一封都用了不同的精美信纸，宛若在冬天触摸到的正午夏日，给人一种温馨的感觉。信封上，就有一股栀子花香。

后来，手写的信件渐少，改为发电子邮件，先是向同事学，再自己琢磨，目光跟随鼠标轻轻点击，一封 Email 便很轻松地发了出去。

在这之前，我并不知道邮箱里还备有精美的信纸，我更不会知道就是这些精美的信纸，给每个阅读者的心中，带去思念与欢喜。

曾经为了保存一些双方都需取的资料，我和一位朋友一起申请了一个公开的邮箱。而现在，好友已经病逝，我的心情过于沉重，已经好久没打开它了。

最后的一次打开，我看到里面有一些新的信件，有的是约稿，有的是朋友怀念她写的诗文。日子已经过去那么久，人们还在纪念着她。

明明知道，她已经去了，这些信件她不能看到也不可能回复，可人们还是坚持给她写信，不停地抒写心头的怀念，我怀着复杂的心情一一去读，那文字里的真情让我一次次感动。

想念一个人的时候，寂寞往往也不期而至，软弱的我，拒绝寂寞却总也拒绝不了怀念。

怀念就像每天晚上的月亮，只在升起落下间。

我常在这样的夜晚，打开邮箱，鬼使神差地写下一封无法落款的信件，让它如同白鸽一样飞向远方，本来寥无人迹的已发送里，便有了一个操作的痕迹。

这是我的又一种日记。

不知道，它是否能够把散乱的光阴收起，让它盛满祝福，充满诗意，使"思念"这个词语变得有了特殊的含意，这让无尽的怀念，根植在每个人的心里。

第三辑 信念如花

星光下的童年

坐在院中的树桠上看夜幕上的星星，月亮弯弯的不曾饱满，天幕像一匹金丝绒混天而挂，嵌了宝石的上面，纷繁而且璀璨。弯月便似游弋天幕上的小船，轻轻地移动着的云丝儿，在它周围变幻。

看星星时，多半是约一对要好的伙伴，树桠低矮，且攀附的地方是很小的。如若一群人凑在一起，那么就索性脱了鞋袜，找个有沙土的地方，小小的身躯靠在一起，把脚埋进潮湿的沙里，直到痒痒的散发出湿热。抬眼观天上的星星，一颗、一颗地数着，分辨哪颗是牛郎，哪颗是织女星。眼睛里流露出来的惊喜，是梦一般的纯净，一样的天真无邪。

到田野里看星星，一般是在大人的陪伴之下，一边收割庄稼一边指点星星，大人和小孩子不一样，大人智慧颇多，用手一指，天河星汉，就全部分辨出来了。每一颗星星都有一个美妙的神话故事，长辈的神话故事总是在劳动收工之后，在你感觉最为劳累的时候，才坐下，一边休息一边缓缓地对你讲述，观星星看天相，是休息的一部分，直到仰头看得眼睛发酸。

农家孩子的童年时候，没有不帮大人干活的，从小就会挖野菜，割麦子，会放羊放猪，把父母放工后收拾起来的家什勤快地扛在肩上，一路小跑洒下欢快的歌声。黄杨树上的喜鹊晚归去了，燕子都入了窝开始安歇，吃过晚饭，老祖母的童话故事也快要开始了。什么织女飞上天空，牛郎贬下人间，不用戏台，脑海里也能排得出一折咿咿呀呀的戏来。

童年的生活远比现在的孩子丰富，谁会以为它单调呢？起码可以想做什么就做什么，没有那么多樊篱约束。那时的孩子家里虽然没有电视，也没有电脑，却也不会沉迷于网络游戏，不用去某个地方戒掉网瘾，在听完年轻的父母严厉的训斥之后，再伤心委屈地哭泣。那时候的大人就是大人，孩子就是孩子，大人的活永远是做不完的，话是必须听的；孩子的事除了上学读书，其他的都各不相干，甚至不懂得什么叫逆反。

如若不是晚上，那么就可以发现，大树是棵老柳树，老柳树的旁边是一个杂花丛生的花坛，有明艳的夕颜花和水红的凤仙花渐次而开，所有的花草都在白天盛开成紫蓝色、粉红色、深红色，重重叠叠，像故事里的妖姬一般，有着虞美人的艳丽，眸光妖娆。而你的眼神却不在它身上，你的眼神在一只刚发现的花甲虫上。季节的花站在童年的门槛，从来不觉得时光匆促，兀自心伤。

只是想知道，天上到底有没有仙女，有没有牛郎，到底能不能展开长长的衣带，顺着风势向太空飘飞而去。变成一丝云，一团白絮，飞出一个最美丽的姿势。梦和神话的诱惑，就是一次次撒下美丽的种子，再一次次化作魔法的屏障，令你萦然于怀，却目不可视，将天地之间变得遥然无期。

那时候的梦，虽无期却是那么的美，那时候的美，虽虚幻却也不像一件易碎的瓷器。那时候的梦是一把梯子，它可以一直竖向天空，让童年的自己缘着梯子上去，探访一切未知的秘密。

点燃梦想的七彩

如果现在我说,阳光是七色的,那么今天的孩子一定会笑了,因为他们不太相信,我们那个时代的孩子,对于某些有关色彩的知识,真的只能从生活实践中得来。其实道理就是这样,科学告诉我们阳光的确是多颜色的,它有七个迥然不同的色调,每个色调都有明暗冷暖之分。只是我们童年的时候,并没有人知道这一科学的道理,只知道太阳的颜色是我们自己创造的。

我们不仅喜欢夜晚,天幕如钻,还钟情于可以欣赏大自然的白天,首先,它区别于夜晚的光线。夜晚,我们可以做一些仅属于少儿的游戏,而白天,我们可以在做完作业,做完父母交代的家务活后,和太阳捉一捉迷藏了。为了去改变炽白的太阳,我们去创造各种柔和的颜色,比如让为了遮阳而躲在树荫下的自己,透过花叶去看天上的太阳,此时叶片在阳光的照射下呈透明状态,阳光的绿色便出现了,绿色的太阳,漏进树梢,逐渐使空气变得清凉,风摇着浓密的树叶,也便摇着了太阳的光芒。

我们调皮的时候,会把饱满的树叶摘下来,用木锤将它们敲打成叶浆涂抹在脸上,炎炎盛夏带来的一脸的汗便会一扫而光,留下的是缕缕渗透的清凉。那时我们不知道这就是未来女子追求的"面膜"，如今每做一次面膜，就让人想起那时的清新叶浆来，那是我们发明的"叶浆面膜"吧？只是小小的面孔还不至于做什么美容，乡村的孩子，就是吃不饱穿不暖，也是一脸的红光，劳动锻炼了我们的体魄，让我们的目光里显示出饱满的神色。

红色的糖纸是最易改变阳光的工具，我们把吃剩的糖纸夹在课本里，兴致来时，把糖纸举在手里，面对阳光不厌其烦地照来照去，有的孩子说，这样像极了眼镜呢，英雄的飞行员就是戴了这样的眼镜，驾驶着银色的飞机飞上天空的。那个孩子是从城市某个学校转学到乡村来，懂的就是比我们乡下的孩子多。于是，我们就模仿飞行员的样子，为了玻璃眼镜，也为了童年的快乐，一再收藏玻璃糖纸，每吃一颗糖，阳光就会增加一分美丽，五颜六色的。

童年，的确是很可爱。我们对阳光的认识，也就是如此而来。不知道现在的孩子，有没有过认真地去喜欢阳光，研究阳光，有没有过我们这样自娱自乐的时光。时间一晃，三十几年过去了，现在的孩子太过于满足，太过于拥有更多的玩具。都说现在的孩子不知道珍惜，那是他们没有足以让他们珍惜的东西。我去过一个幼儿的家，屋子里摆满了玩具，孩子的母亲对我说，他对这些玩具也就是五分钟的热度，玩不过几天就对它们失去热情了，于是再买一些新的玩具。为了给新玩具腾地方，她要每隔几个月就到废品站卖掉一些，保证家里玩具的不断更替。连家长都如此啊，年幼的他们，何以懂得更珍惜的道理？生活条件好了，可安乐无忧的日子，也给孩子养成了不懂珍惜的习惯。

当我一个人散步在河边的沙滩上，当我面向早晨初升的太阳陷入沉思的时候，心里总会升起一个愿望，让现在的孩子认识生活的不易，也让那些年轻的父母知道，没有经过创造的童年，是不会有明天的创造的。培养孩子的智慧，先从孩子们珍惜玩具开始，先从他们学会创造开始。只有自己创造的快乐，才是真正的快乐，只有热爱创造的孩子，才有追求梦想的未来。

跳跃长大的童年

春天来了,风和日丽,阳光明媚,正是带着家人出外郊游的好日子。车子行驶在离家很远的小路上,到处是裸露着枝干的树木,梧桐、洋槐,更多的是柳,它们站在河边,站在山里人家的房前屋后,站在初春的暖风里,摇着似有若无的鹅黄羽纱,近处的田埂上,已经有小拳头般的野菜醒目地生发出来。

一道高高的黄土坡横在路边一侧,几个乡村少年穿着开怀的小袄,从黄土绵绵的坡顶上一滑而下,然后上去再滑下来,飞扬的尘土中,一个个嬉笑着翻滚成一团。那份纯真和欢乐一下子吸引了我,刹那间,一幕往事浮现在眼前。

是十分遥远的往事了。二十几年前,我也正当这样的一个少年,每当春风东渡,野菜初生的时候,便和小伙伴们相约着,每人胳膊挎着一只提篮,拿一把小剜刀,以挖野菜为名到山野里去,专门往有石坝有高坡的地方钻。

这样的地方,土地一般都比较瘠薄,野菜长势也不太好,但是,为了能够达到游戏的目的,还是挎着小篮子越跑越远。也不安心挑那点稀疏的野菜,而是在一米多高的石坝上站成一排,从那个石坝上一跃而下。

跳石坝时,要先鼓足一股劲,再深吸一口气,脚下不能绷得太紧,不然与地面接触时会震得脚疼,正确的姿势是双腿弯曲下蹲,两脚起跳离开石坝顺利跃下,石坝下面往往是松软的黄土或者青茸的草地,它们会把我们小小的身体轻轻地接住。在每次的跳高试验中,我们都是以成功告捷。

最早有人连半米都不敢跳的,后来越跳越勇。从高高的土坡上像滑滑梯一样滑落下去,也很好玩的,滑的次数多了,土坡上往往会留下一个斜斜的坡度和光滑的印记。不敢跳这个高度的,大部分都去滑土坡了,我就是其中的一个。

不敢跳石坝不等于不能跳高。那时有个游戏是跳皮筋,把一根四五米长的松紧带两头结起做成循环状,三人为一组,一场"剪子包袱锤"的竞争后,两个失败者面对面站着,将皮筋扯紧拉开置于脚脖,胜者先跳,跳得好的,能使皮筋在脚腕儿上交叉挽成各种花。

这是游戏的第一节。这一节跳过去,皮筋的高度加至腿肚子上,如果再跳得过去,再加高到腿弯处,加高到腰处,随着一节节加高,跳皮筋的游戏也便进入了高难度。跳石坝的游戏我们结束在初中二年级,而跳皮筋的游戏,却一直坚持到高中毕业,而我的成绩,是全校最好的。

跃过一个高度,从此便成了记忆最深的一个游戏。时至今天,每当我遭遇到人生困境时,就会想起这个童年的游戏,想着自己无论如何也不能从一米多高的石坝上一跃而下,却能在那么多的同学之中成为皮筋游戏的佼佼者,我会豁然开朗:我不能做到这一件事,那么另一件事我一定能做好。给自己寻找一个适合的高度,换个角度看人生,这就是我能够在各种残酷竞争中微笑而立淡然处之的秘诀。

盛开在掌心的花朵

我看到他坐在我的面前的时候,是真想喊他一声大伯的,但当我询问了他的年龄,被他的回答惊了一下,他才不过58岁,就已经华发早生,脸上现出饱经岁月的风霜。他是我们采访的第一个林场工人,宽大的手腕手背上青筋胀满,仿佛无言地告诉我,他有着不间断的劳动。他的工作是植树,养树,护树。他的面容沧桑,目光却是那样执著、坚定。

在后来的各地林场,我经常会看到这样一些人,他们从不主动和人讲话,坐在角落显得有些落寞。但是,他们一旦进了森林,就仿佛变成了快活的百灵,有山歌的吟唱,有愉悦的吆喝,山涧溪畔,到处活跃着他们矫捷的身影。

他们给我们讲解有关种树的经过,讲解各种各样的树种。再小的,或再大的树木,只要是在他们的管领地,都能说出那棵树的名字,种植的时间和年份,熟悉得就像自己的孩子。我从来不知道,原来林场里的每一棵树,都有自己的时代背景、身份证明和不平凡的经历。

巡山护林,对他们来说驾轻就熟,方圆几十里的情况都逃不过他们的眼睛。敏锐的目光,不放过一点蛛丝马迹,哪怕是一只小小的萤虫、飞蛾，也要看它是否威胁到树木，威胁到整个山林。他们守护那片林子，有如守护自己的家园，守护自己的阵地。他们虽然没有隐居文人那种饮月听风，枕石漱泉的风雅，但他们一年四季与森林为伴，与山雨为伍，与风涛共眠。

山林里是孤独的，孤独到只有自己的影子，以及各种风雨落叶的萧萧之声；吆喝是自己的，哼唱也是自己的，巡视时的脚步声也是自己的，唯有山对山的呼应，不是自己的。

只要进山，他们都要带着干粮，因为午饭、晚餐只能在山上解决。几棵葱，一包咸菜，几个馒头，一壶水，就是护林员的两餐；两只手、一张嘴、一双鹰眼就是护林员的装备。山里没有电时，他们用蜡烛照明，山里没有水时，他们取岩缝里的细泉饮用。遇到阴天下雨，就找个山洞躲躲。经常是星光作烛，雨水烧饭。他们在山上一住就是十年、八年，有的甚或几十年。几代人，代代相传。

由于山路遥远，任务特殊，他们几乎足不出山，山外的繁华，对他们来说十分陌生。倒是有些常客，松鼠、野兔，以及各种小动物，在身边活动，悄然注视着他们的一举一动。有的还跳上他们清冷的灶台，像一只林中的"哨兵"，窃窃窥探屋内主人的动静。若是被他们发现了，便会旋即从高处跳下，再从低处逃走，眨眼就看不见它们的踪影。

他们便会开心地笑了。他们把这些小动物，当做是自己的邻居。邻居来了，自当欢迎。有的小动物来的多了，就驻扎在他们的领地，像是那些通人性的狐子，陪着他们日升日落，度过漫长的林中日子。

每天朝着一个方向，每天巡视一片山林，每天要步行几十华里的路程。一路环绕下来，白天也就变成了晚上。

他们，有的我能叫得出名字，有的却不能叫出，因为，"他们"实在是太多太多了，在我国的南方、北方，无论走到哪个林场，都有他们坚守的身影。一座山林，要有两三个"他们"，才能调动起整个森林的防护任务,连绵百里的林场山头,要由他们轮班勘查,才能完成相当艰巨的守林护林工作。

据说,省里的电视台来采访过他们,市里的电视台也来采访过他们。他们有一个共同的特点,那就是,即使你从他们的身边走过,也未必一眼发现他们就在附近端坐,可他们却能用鹰般的眼睛捕捉到你,防止一切不轨之徒潜入山林。也许这就是他的生活,这里就是他的城堡。他一直在守护着,凝望着这片山。

他们守山护林,他们同时也播种育苗,植树造林,为林场增添更多的青绿新幽。他们中间有年过七旬的老人,有年富力强的中年人,也有朝气蓬勃的青年人。许多的年轻人,就是这样在漫长的护林工作中变成了中年人、老年人,一身尘土,岁月留给他们的是两脚泥巴,满面风霜。唯有枝头葱茏,果实飘香,野花烂漫,百鸟啼鸣,才是大自然给他们的丰厚馈赠。

是的,他们有一个共同的名字:护林员。或者,他们有个共同的身份:林场人。

有这么一段佳话,至今在林场职工中传颂着。六十年代初期,两个年轻的知青,他和她,同时分配到不同的林场,进行劳动锻炼。人生中意外相遇,使两人彼此产生了诚挚的感情。当知青返城的大潮来临,他们选择了留在林场,结婚过起了林业工人寻常的日子。他们的家具相当简陋,衣食匮乏,可他们的精神生活却异常富有。

不久他们有了自己的孩子,孩子随父母住在山上,十几岁了,不知道山外是什么模样,直到有一天走出山去,这才发现天地是这般广阔,人群是这般热闹,积木玩具是这般灵巧。好动的孩子,从此每月要下山一次,就是为看看山下的人、那些玩具、那些事物,以满足在山上不能满足的好奇心。

现在,这对夫妻已经年过六旬,他们的孩子也如山中的小鸟,展开翅膀飞出山外,他们依然坚守在那片属于自己管辖的山中,守护那片绿色如同守护自己的孩子。他们种植了一辈子树，有的树长大成材，绿冠擎天，可他们一辈子都没走出山里，不知道现代化交通的快捷，没用过高级家用电器，没喝过几元钱一瓶的纯净水，没赴过一次亲友豪华的晚宴。

还有一对佳偶，在嵩山林场，他们也是树木的种植者，山林的守护者。他们驻守在不同的山上，平日里只能"隔山相望"，倾听彼此的歌声，直到被一片片树林淹没。除此以外，每个月见不上几面。林场的职工都和他们开玩笑，说他们过着"牛郎织女"的婚姻生活，然而他们却微笑着对人们说，这里远离县城，人烟稀少，工作条件固然很艰苦，但漫山遍野的林子总得要有人来看护。不管多苦多累，他们都能支撑下去，无怨无悔。

他们拥有三个"家"，一个在此山，一个在彼山，还有一个，是孩子跟着爷爷奶奶住着的家，那才是享受天伦之乐的家，山下的家。孩子在慢慢长大，山里的生活艰苦这不怕，怕的是孩子没有学校就近读书。他们唯一的愿望就是让孩子和其他家庭的孩子一样，在优越的环境里学到更多的知识，在这个人才激烈竞争的时代，为孩子谋求发展的前景。

每到一个林场，我们都会看到，山上的树木茂密森森，绿盖擎天，这些树便是当年的林场职工亲手种植的，绿化是他们的追求，种树是他们的工作，每人每天，种多少株树，是他们必须完成的任务。山上土地瘠薄，水源缺乏，每种下一棵树，就要从山下运水来到山上，一瓢一舀浇灌到树下。

对他们来说，有三个时节是最令人欢欣的，一个是在春天，阳光温淡，万物生发，植物在这个时候播种，多能萌芽成活，不是吗？我们播种春天，让秋天的种子发芽。另一个时节是秋季。秋季植树，落叶后，树液基本停止流动，水分蒸发减少，树木易成活。这个时候种树，不会损伤一枝一叶。再一个时节是雨季，梅雨连绵，这个时候种树更容易生发繁殖。然而也就是这个时节，是最让人受累的时候，需要加大种树量不说，为了保证把树种活，还要忍着脚下一步一滑，在光秃的山上抢植抢种。我们所看到的那些林场，那些茂密的森林，几乎都是这样用人工镐刨锹挖，一株株种植出来的。

　　让他们把手伸出来，你几乎看不出哪双是老林场职工的手，哪双又是年轻人的手。满手心的老茧，都变成黄褐色的了。握着别人的手，手心里都没有感觉。是被荆棘扎烂了，是被铁锹磨破了，各种痕迹烙印在手掌，仿佛给我们讲述曾经的艰辛。对林场职工来说，这些老茧代表了一个历程，对我们来说，这些老茧代表的是一种诚挚，一种坚韧，一种力量。老茧如花，每一个手掌之上，都盛开着几朵。

草叶的生命

在我关注的所有生命中，除了和我同样的人类，还有我们脚下毫不起眼的小草。草绿无声，春来秋往，每当行走在熟悉的山乡小径上，面对连绵的土地、山峦，目光与山石沟壑交汇在一起的瞬间，那些轻轻荡漾着的生命，就会齐齐地映入我的眼眸，它们似水波般包裹着我，自那刷刷涌来的地方，向天而歌般地，铺成绿色的海洋。

草是一种这样的植物，该沉静的，从不喧闹，该豪放的，永远是那样挺直了腰杆。草棵如是，花叶也如是。无论是高昂着头，还是谦卑地垂着花束，都那么充满朝气，顺其自然。当春天，它们刚从地下钻出地面，剥离厚重封冻的泥土，脱离冬装，让大地浅了深了绿了的时候，我常怀了惊喜望向它们，追逐它们梦幻般的波浪。那一层层渐密渐深的浪涛，时或偕了轻轻扬起的风儿，轻轻地拂动，拂动得不留一丝儿痕迹，时或像调皮而放纵的顽童，将草叶摇动惊天，或许那就是它生命的律动，是献给所有生命的歌谣。

当夏天，大地一片蓬勃盎然，草们便躲藏于花叶的下面，把源源不断的养分供给花儿，把精力朝向最为美丽的一面。草儿是从来不计较与花争芳的，它们不开花时，是草，开了花，也是叫作草。草有时无名，沉默无声，若偶然让人知晓了名字，这才大感遗憾，惊叹原来这就是那般珍贵的——草药呀！是的是的，更多的草可以入药，它是经过神农品尝，并且进入洋洋 190 万字的《本草纲目》了的，1892 种草本，医方收集 11096 多个。入药的草是凡间的宠物，医治最多的是普通百姓。

秋天，草的生命近入枯竭，面临死亡的草仍是毫无惧色，它像往常一样坚挺不折，一任秋风劲扫和霜雪的击打。草叶的生命力，让人生出一种战胜命运的力量和勇气，让人生出美好生活的向往。草木无心，却同样有着高贵的荷香，开着高洁的兰花。有点滴的经历，有精彩的世界。草叶的生命何其短暂，一春一秋就是它的生命旅程。然而它那微小的花束，却从不曾空留叹息，而是粒粒饱满地留下结实的种子，经过了风，经过了雨，经过了无数欣赏它的眼睛，无数自它身边倏忽而过的小动物的携带，把另一种花开的日子，寄向更远的地方，再次进行繁衍新生。

风吹打过它，雨浇灌过它，贫瘠的山岩，也干涸过它，但它从未放弃过让生命再生的勇气，总是"野火烧不尽，春风吹又生"地展现在泥土中，山岩上，石缝里。更为奇特的景观，是在一个秋天的山里，下山的路上遇到一处被人废弃的老屋，草苫的房顶，灰瓦沿脊的狭缝里，竟然长出几蓬摇曳的荒草。主人已经搬走，不知道他们是否住进了城里，却把所有的往事，和老屋一起留在了这里。车过那座老屋时，院中早已找不到人迹，可不知怎么，我却从屋瓦缝中的草儿身上，看到老屋主人的影子。是年老了吧，这老屋。可是在当年，这是他们唯一的遮风挡雨之地。

屋后种地，屋前种树，树荫的底下长满了青青荒草……在山里与草相伴，温饱是不成问题的，他们喂鸡养鸭，他们上山放羊。草籽、坚果是鸡们的美食，无尽的草儿，是羊们的饲料。后来，他们有了孩子，孩子们长大了，进城了，他们也老了，于是抛弃了老屋和一院的树木，一地的黄草，抛弃了老屋后面的荒山，也抛弃了与之有关的记忆，跟孩子们去了。可是，谁说那片如画之山不是一片宝山呢？那片山如今成了国内外旅游胜地，成了无处不能入画的写生之地。屋瓦之上，秋风吹拂着草们孤独的叶梢，风中的它们摇啊摇，像在召唤着什么，令人感伤。草，仿佛是在召唤这里的旧主。

　　记得那个秋色无尽的早晨，霞光绚烂，我去另一个山沟里采风，我打开背在身上的画板，只顾描摹山岩上的皱披，无意中被一根横着的树枝绊了一下，脚下一滑，人就向那面山坡滚去，尽管我竭力保持身体仰躺的姿势，努力不使自己更加翻滚，但我还是顺着光滑的山石摔向沟底，最后轻轻地落在柔软的泥地上，原来是一丛厚厚的荒草托住了我。那一次是我迷路了，我陷在那片草丛中久久不肯离去。我亲昵地拥着身边那些软绵绵的草儿，感觉自己也化成了其中的一棵，从遥远的什么地方迁徙而来。

　　或许草是没有什么灵魂的，不过是我将它们生命化了，灵魂化了。和草那么近地一起呼吸，我才能够发现，草的生命有多么坚韧。不是吗？当冬天来临的时候，漫天下起无边的大雪，草叶被雪压在厚厚的雪被之下，然后慢慢腐朽，化成泥土，将它的灵魂赴远，只等春风吹而复生。其实，草真的是人类离不开的植物，无论是在山区，还是平原，或是土地更为广袤的地方，是草丰沃了泥土，净化了蓝天，护住了河流，养育了人类，只是不让我们知其所踪。化为春泥的草，才是我由衷敬佩的草，感恩的草。

　　印象里，草最洁净，再高贵的人，也愿与草为伍。《红楼梦》第八回写宝玉项上的玉，是"落草时衔下来的"。落草，原称婴儿的出生。满族女人临产时，将炕席卷起，压块石头和草在上面，将孩子生在里面。草不高贵，但当人们觉得自己尚且高贵的时候，也都不忘自己曾经落草为生，芸芸众生，一一相同。和我一样，想念着那一棵棵草，在它们身上寻找自己的影子，加以衡照而后自豪。当某些人正在追求人生大富大贵的时候，草却贫且无处发迹，充其量的拥有，是灌之以清泉一泓，只要一捧清粼的泉水就够，再也没有过多的奢望，没有过多的渴求，不用悲观，亦无须失望。它们虽然喜欢临水而居，但也从不因为生长在瘠土光岩上而生出怨愤。

　　草无言，无私，草不张扬。草不像树，绿叶如盖、摇曳多姿。草属于平凡一族，它只给我们许多的启示。美国诗人惠特曼有意选择了"草叶"这一既简单又复杂的意象，作为他的诗集的总名。草叶是生命力的象征，不论高山平地，不论地方宽窄，它都能扎根、生长。草叶又是发展的象征，它自发性地生长、繁殖，不需要人们的照料、栽培。草叶又是理想的、自由的象征，两者的意象是合二为一的。正由于此，我又爱上读鲍尔基·原野的文字，他的那本《草木精神》被我当做枕边书，读到如醉如痴，临睡前若不翻看一番，就觉得心里无处着落。他笔下的草木岂止是草，还有人类，有动物，有树叶，有玉米，有泥土，有高山，有大地，有憧憬，有向往，有可爱，有天真。植物和人类，草木和灵魂，在他眼里都是理想的化身，没有高贵，亦没有卑贱，有的只是出身。草就是草，草不超凡，但它的心田，它的精神，都是朝向泥土，却又令人仰视的，所以，才有了《草木精神》。

　　不知有多久没接近草了，昨天我们又结伴去了山里。我想在它还没枯黄的时候掐几节下来，用它挽成一个小小的花篮，让它满满地装了我的花去。深秋的时节，是没有多少花可采的，我便用相机拍摄，那浅笑的野菊花，浅紫的桔梗花，还有狗尾巴草。一边是夕阳的光辉，一边是草们的沉默。在乍寒还暖的秋日里，捕捉它们日升月起的岁月。沉默的草在我眼里，更像是在思索。思索让事物变得如此美好，就像从一个角度探访另一个角度，一个生命看待另一种生命一样。我探访的是草，草一枯一荣，就是一生。草不懂"路漫漫兮其修远"，它只管竞显生命！它只管面向黄沙！

公园里的风景

　　城市里的公园，无非是些花花草草，几棵大的绿树站立在碧青的草坪上，阳光给它们投下绿的影子，供累了的游人躺卧在地上休息。去公园，我本无心观赏周围的风景，却在那一刻，也无缘由地沉静下来，享受着绿荫过滤了的花香清风。绿的草坪是季节变幻之初最为鲜明的色彩，阴凉的树下更是初夏阳光给人的最大诱惑。

　　这是离我家乡很远的一个草坪。我累了，坐在草坪的一角，等待游览尚未归来的同伴。我想静静地闭一会儿眼睛，略微做一下休憩。然而这时候，耳畔却传来一个女性高亢的声音，在方言迭起的周围，她用标准的普通话讲着一个故事，确切地说，她正在翻念着一本书。

　　我侧耳细听，我想知道她到底读的是什么内容，让她身边的另外三人，默不作声地静静聆听。这仿佛是一个家庭，读书的女人，一个男人，一个小女孩，还有一个七八岁大的小男孩，他们四个人围绕在一起，大概也是趁假日出来游玩的一个家庭。

　　那本书托在她的手上，如果不是风吹过来，又吹过去，如果不是发梢拍打着我的耳根，我会听清她读的每一个字句。风还是不断地吹来，我终于听到了"文明……礼貌，比尔……"等等的内容。

男孩是沉不住气的，不时站起来，他身边有一棵柳树，不时地上去抱一抱，然后再看一眼读书的女人，低头倾听一会儿，再去抱一下柳树。男孩的眼睛上戴了一副玳瑁眼镜，有些年少的调皮和古板。他看似漠不关心，神情却始终贯注在女人手中的那本书上；女孩则老老实实地低头抚摸着地上的草丛，身体紧靠着那位读书的女性。

我走近了，侧耳细听他们的交谈，我想知道，女人到底读的是哪本书，她究竟读的是一个什么样的故事，在吸引着两个孩子的同时，也把我吸引而去？但始终没看清书的封面。她对面的男人也默不作声，任由她用高亢凝重的语气，如站立在讲台上一样画着准确的手势，用心地教导着那两个孩子，也仿佛在教导着他。

我终于弄明白了，她读的是一本小学生哲理故事，而故事的内容，应该是《机会就在你身边》，大意是一批耶鲁大学的应届毕业生，被导师带到华盛顿的国家实验室参观，少年比尔也在其中，这个普通孩子的每一个举动，都显示出与他人的与众不同，那就是比别人更懂礼节，讲礼貌。

我国是礼仪之邦，但近年来，很多家庭只顾对子女的溺爱，忽略了对孩子文明礼貌的教育，有些家庭竟把这些当做不"拘"小节来对待，使很大一部分孩子不懂礼貌，不能自然运用文明用语，有的孩子连起码的审美都没有，整个怪异的打扮，怪异的动作和语言，更谈不上优雅的行为和风度了。

每个父母都希望自己的宝宝是一个有礼貌、有教养的孩子，等孩子长大后成为一个受欢迎懂礼节的人。但是优雅的社交风度不会天生，需要从小培养，父母必须通过不懈的坚持，把良好的社交行为举止慢慢灌输给孩子。

最后，那位母亲竟然与孩子们做起一个游戏，那个游戏就演绎她刚读过的故事情节，父亲是那位校长，女孩是秘书，而男孩，则是比尔。游戏的结束也是她宣布的,那位母亲只用了铿锵有力的几句话:"礼貌是日常的行为活动,是人与人沟通的一种方式,它在尊敬对方的同时也尊敬自己,并且是让自信从此建立起来的开始。"

正午的天气热了起来,草坪上的树荫也渐渐减少,然而我仍觉着如沐清风,它在我的心头拽动着,摇成一串美丽动听的风铃。

时间不会等你

　　三十岁，她过生日时，朋友送给她一束鲜花，几朵深红的玫瑰，围绕着一朵百合，妍丽且非常醒目。她说，这朵百合花可真美！朋友说，在各种鲜花的簇拥下，它才显得最美。朋友又说：你知道一朵百合花的含义吗？它代表着你在我们心中的地位。她听后，心微微地一颤。

　　她在小时候，家里生活拮据，靠父亲在城里的工作维持，一个月省吃俭用也剩不下几个钱。后来上学了，母亲到村里的小卖铺里买了一支笔，一块橡皮，一本写字本。书包是母亲穿破的花褂子改成的，母亲的手虽然很灵巧，但也没有把书包上面的两个大补丁挡住。第一天上学，母亲从怀里掏出一个温热的熟鸡蛋塞在她的手里，母亲用慈爱的目光，一直送她到学校的门口。那时候，她是母亲唯一疼爱的女儿，日子虽然过得清苦但是很幸福。

　　后来，随着父亲单位的效益不好，生活的负担也愈来愈重，加上又有了一个弟弟，母亲再也无暇顾她。直到她大学毕业参加工作，有个男孩才对她说，她是他的唯一，她们在一起有永远说不完的话题。可是没有几年，他就厌倦了这种平凡的生活，终于辞职下海经商。经商的日子里，他每天出入各种豪华酒店，穿着她从不知道的名牌服装，潇洒地出现在小城的名流圈子里。流言飞快传入她的耳朵，他与某一老板的千金小姐一见钟情。带着心灵的伤害，她毫不犹豫地离开了他。

那段日子里，家是她疗养心灵的场所。母亲不会用语言安慰她，而是默默地用眼睛看着她，观察着她的一举一动，她的眼神里流溢出深深的慈爱和殷殷的鼓励。尽管母亲不去说，然而，她仿佛看透了她的心事，相信她最终会走出这段人生的灰暗低谷。

几个月后，她要离开这个伤心的地方，母亲没有任何阻拦。她一个人在列车的轰鸣下来到一个海滨城市，选择了与她专业对口的酒店管理专业。在新的工作环境里，她努力工作，调节好同事间的关系，结识了很多朋友，心情逐渐开朗。在业余时间，她把所学的专业和工作实际结合制定了一套新的酒店管理方案。一个月后，因为方案的成功运行，她从一名普通职员成为最年轻的经理。

这个世界上，爱人可以背叛你，朋友可能远离你，父母总有一天会离开你，但是你永远不可能弃自己而去，你要学会变疼痛和爱为成功的动力，用最淡的心事诠释最曲折的人生。因为时间只会向着勤奋的人，它永远都不会等你。

从生活低处出发

单位新搬了办公大楼，很排场，到处锃光瓦亮，纤尘不染。新年伊始，一身新装，加之崭新的办公环境，给心情带来一份喜悦。人们四处走动，相互拜访，领导如此，员工也是如此。虽然是在寒冷的冬季，天气也是十分作美，每天都是灿烂阳光——和谐的气氛，舒适的工作环境，美丽而愉悦的心情，加之天作之好的晴朗天气，对整个大楼的人员来说，正是一个良好的开端。

员工们十分庆幸，因为从此用不着天天打扫卫生，除了办公桌及贴身的地方，其他地面的清洁工作，都交由保洁公司的人员去做。单位与保洁公司签订了合同，一年付给他们一定的酬薪，就一切万事大吉了。在小城，保洁公司是一个新兴的职业，就业人员大都是下岗女工，由于曾经的失去，她们很认真地对待这份来之不易的工作，每个人的心里，都抱着满足生活的需求即可，难得有多高的要求。

来的是一位年轻的女姓，有三十几岁的样子。她来时，浑身轻便，车筐里就只有一只保温饭盒。她打扫楼道时，那只保温饭盒也会静静地呆在楼道的一个窗台上，她走，那个保温饭盒又被她装进车筐。从此之后，她那穿着红、黄、蓝三色的工作服，便成了整个大楼的一道风景。

　　我们从来没有问过她的名字，家在哪里，我们都不知道，在我们眼里，她并不陌生，但她和我们，总像是隔了一些心灵的距离。由于工作繁忙，大家的眼神很少在她身上落脚，更谈不上与她聊天谈心。在这里，她只不过孤单的一个。每天独来独往，悄无声息。就连平常的工作，也从不弄出一点声音。

　　这或许与她的性格有关。一看便知，她的性子温和，柔顺，一如她那齐肩的短发。据说发质柔顺的女人，一定是特好的那种性子。很久以前，我就用发质来判定一个女人，结果非常准确。我喜欢上了那种表面看来十分柔滑的发质，对她们的温顺赞叹不已。

　　过了许久，我们依然叫不出她的名字。不知道她的名字，是目前为止，还因为几乎没有人问过。问一问又有什么呢？就好比来了一位新员工，大家凑在一起总会有人向对方介绍，就是没有人介绍，也有上级领导，能那么准确地在某一个会议上，突然清楚地叫出新来同事的名字，这便提供了大家记住他或她的机会。

　　可她，就在我们中间，她的特有的穿着却告诉我们，也告诉她，她不是我们。

　　两年后，我离开了那个单位，再踏进那座办公大楼时，已经历时五载，一进门，拐进略为幽暗的走廊里，发现她正在和一个保洁员谈话，那位保洁员一口一个经理地叫着，露出仰慕的眼神。原来，她已成功地组建了自己的保洁公司，她的短发已经束起，仍然是干净利落，脸上再也没有挂着羞涩，从她的语气里，我更听出了一种对工作胸有成竹的果断。据说，她的公司年收入好几十万，安置了一百多个无业人员和下岗职工。在小城，她的名字早已被响亮地叫起，每一个领导的办公桌上，几乎都能看到她亲手印制的业务名片。

太阳每天都会升起

门口不远处，有一个水果摊，甘蔗粗壮，水果也非常新鲜，一律的饱圆、橙黄，在这寒冷的冬天，温暖如桔的太阳。靠果箱的摊位上支了一块牌子，上写各种水果可卖之外，还特别加上注解，什么水果吃了能消什么样的炎症，什么水果吃了能加什么样的营养，等等。

冬日的傍晚，出门从路边走过，昏黄的灯照下，有人正在买甘蔗。摊主一边与买者说话，一边握了刀削甘蔗皮。摊主个头不高，人很敦实，臂力不小，一根两米多长的甘蔗，在他手里只几下就把皮削光了，然后再放进一个专门榨汁的机器内，手摇摇把，噌噌几下就把一根甘蔗绞完，绞出的汁滴水不漏地流进一只事先安好的塑料袋中，买者付了钱，满意地提着那袋甘蔗汁走了。

听摊主与他们有一搭无一搭地聊天。从谈话中我知道，摊主是菏泽人，老家在农村乡下，因为家里穷，出外打工时跟人家学会卖水果，在这个小区门前摆摊已经有十年了。我一边挑甘蔗，一边问他，老家那么远，你住在哪里呢？他回答，自从到这城市来卖水果，就在郊外租房了。先是摆了很小的一个摊，后来摆得越来越大，就又买了一辆车，专门用来跑路和装运货。

果然，旁边有一辆白色的小货车，车上盛着一半橘子柚子等水果，水果下面还垫了一层新棉被。问他，他说是怕车板把水果颠坏了。又说，他已经在这个小区卖了十年的水果了。十年的时间，是怎么坚持下来的？我问他。最早是在城外租民房，等有了积蓄，进城租了一套八十平的楼房，至今也已住了五年了。他说完，冲我憨厚地笑。

天太晚，他大概是在收摊，我看到他开始把水果一样样向车厢里归拢。时间太晚了，女儿要睡了。他一边收拾一边对我说。我问他女儿在哪里呢？他指了指对面的一个水果摊。原来他的媳妇也在这里。他媳妇不动手，只是带着女儿陪着他。看起来，他的女儿有五岁多。怪不得，他说五年前才在城里租房住，那正是他娶妻成家的时间啊。

原汁原味的甘蔗买回家，我放进冰箱里存着，咳嗽时就拿出来喝一些，第二天喝没了再去买。就这样我喝了有一星期多。今天下楼再去买，发现所有的小摊都没出来。我站在街口，冷风簌簌袭来，想起昨天原是一个狂风加雪的天气，他，还有他们，一定是在家里躲风雪了。而他，在这样的天气，这样的时刻，也一定是陪着老婆孩子，将那一向空着的家里，掀起一阵阵的欢声笑语，收拾得暖意融融。

十年风雨过来，他有多少时光安身在家，并享受着居家的悠闲？大概不能。他经营的水果摊从最底下做起，风里来雨里去，至现在，虽然不曾看到他有多富裕，但毕竟买上了小货车，娶妻生女，对于他，这已经是很有意义了。不单是他，现世生活中，每个人都期待一种家庭的幸福快乐。

日出日落，对于一个热爱生活的人来说，是不重要的，重要的是你是不是在用心经营生活。记得一位智者说过，太阳只为那些勤奋并且热爱生活的人升起。只要心怀感恩充满希望，那么无论刮风下雨，冰雪寒霜，生活都会升起一轮崭新的太阳。

花开的信念

阳台上，种了好多花。有一天，花盆里竟然长出几棵草。有几次想拔掉，但忙起来就忘记了。直到小草长高，草茎的顶端，渐现出洁白的花蕊，一簇簇，如豆粒一般，凑上去闻闻，有淡淡的香。

相比盆花的艳丽，细碎的草花洁白静雅，像红花的点缀，又像绿叶的陪衬。我却叫不出它们的名字，只叫它们"小草花"，它们用卑微的生命，证明了自己的存在。

看到它，就想起一个女孩，十八九岁，在一家书店工作。因为喜欢买书，经常去那个书店，书店不大，图书也不是那么齐全，然而里面的图书，总会有我喜欢的，每天从那里路过，有时就停下脚步走进去，买几本喜爱的书放于案头。卖书的女孩，一副乡下女孩的打扮，举手投足，些微拘束，只是眼神里的表情，那么清纯无瑕。

书店规模小，工钱一定也不是多高，但她说，自从上班的那天起，就喜欢上了这个工作。每天只要不忙，她的手头总会摆着几本书，散文、小说，或者一些科教书，空暇的时候静静地读。听她说，高中毕业，因为几分之差高考落榜，这时候，父亲又查出患了癌症，花了许多的钱都没有治好。父亲去世后，母亲也病倒了，没有了经济来源，高考也只好放下，托了亲戚进城打工，准备自己挣学费，再回校复读。

可想而知,这个书店的工作于她是多么重要,不说工钱,单说这么多的书,近水楼台,以及那么多空闲的时间,对她来说已经够好,那些读书的时间,她再也不用一分一分地算,一秒一秒地计,而是拥有整个春夏秋冬。

柜台前面,我经常和她谈家常,她告诉我,她已和老板说好,再干三个月就回家复读,并许诺几年之后,一定要再回这个小城,用自己的智慧和劳动赚钱。信念,站立春天的心头,一如雨后春笋,锐意生长,这是一条开花的路啊,我欣赏地,送她一个赞许的微笑。

几年后,真的又遇到了她,不是在原来的小城,而是在省城一家大公司里,在她新购的房子里,她说自己升职了,也恋爱了,还把母亲接到城里。

生活中,有很多这样的女孩,在不为人知的日子里,努力寻求着自己的路,哪怕再苦,再累,都默默承受,乐观对待。因为她们坚信,胸怀信念的青春,总有一天,会迸发出璀璨的光辉。

每天,看到小草花,我都会想起那个卖书的女孩,有个声音分明在告诉我:我卑微,但是我要强,我生长,我向上。

另一种方式的花开

她原本是一个健康活泼的小女孩，出生时，正赶上春花烂漫的季节，那时候，母亲习惯带她到田野里去玩耍，采些花儿别在她的衣襟上。红衣绿裤，还有花儿在衣襟摇曳颤动。

她的家，自然是在乡下，父亲在一家纺织厂工作，人不多，也很不景气，工资自然也不高，生活时常拮据。就在这时，她突然得了小儿麻痹症。这种病说起来很可怕，不到几个月，她的两条腿就不能走路了，得别人扶着才能下地行走。这一年，她才三岁。

三岁的孩子，还不知道命运会给自己带来什么，是苦难还是迎头的折磨，她依旧那么喜欢笑，只要一点点开心事，就灿烂得不得了。父母抱她到处走，去治病，各省市的大医院都去过了，钱花了无数，但不见好。

因命运的多舛，长大的她，个头不如同龄姐妹高，腊样白的脸，是病态的模样。因为有病，她上学晚，尽管成绩优异，但她没能上高中，只上了本县的一家职业中专，毕业后，她在一家打印店工作，她会做网页，写一手好字，会剪纸。终于有一些积蓄后，买了一辆小小助力车。我见过她，一次在路上，看见她开车匆匆而过，坐在车里的她，身材娇小，瘦弱的胸膛挡住了背后的拐杖。

我知道她时，她已靠自己的能力开了家剪纸专卖店，柜台里摆着从外地进的刀具和宣纸，墙壁上贴有可爱的小猴子，栩栩如生的纸老虎。如今这个小店已经名声在外，她的作品已经卖到京城、海外，被剪纸爱好者们收藏。小店的墙壁上，悬挂着历次获奖的作品和证书——是她装饰青春的"花"。

去采访她的时候，她没有谈自己，只讲了这样一个故事：有一块石头，在寂寞的深山里躺了很久很久，它一直有一个梦想，就是有一天能够像小鸟一样在天空飞翔。这个故事的结尾，就是那块石头经过艰苦的修炼，承接雨露惠泽，吸取天地精华自然灵气，在掌管乾坤的神人点化之下，勇敢地将自己炸开化作一只小鸟，飞上高空接受风雨雷电的洗礼……

为生命而战，为理想拼搏，向人生的高度攀登，向高不可及的天空展翅翱翔，也许，这就是她最初的理想。她的小店，除了剪纸，丰富的艺术品也琳琅满目，音乐徐徐响起，在洁净的四壁上轻轻地敲响，环绕得温馨而又曼妙。那一刻，于平淡的时光中，我看到了一种别样的芬芳。

不做季节的盆景花

在我们老家的土地上,一到秋天,便会生长出一些淡紫的菊花来,尽管秋风萧瑟,但到处开放着它们的花朵。也许是菊花繁多的缘故,村里便多了些叫菊的女孩。其中有一个小菊,从小家贫,十几岁就跟母亲外出打工,几年后又跟母亲回到乡村。

像秋风中顽强的山菊那样,在贫困的家庭里,小菊也顽强地成长着。高中毕业,小菊的母亲没有能力供她继续读书,于是和母亲一样,她也到外地打工了。小菊的工作是在一个服务场所,给人开门清场,端水泡茶。有人说,小菊在外面做活,不易呢,工作累不说,工资还不高。但这就让小菊母亲很满意了,虽然看着累得消瘦的女儿心疼得不行。又有人说,外面的世界不好混,好多出去的女孩都嫌工钱低,都做那个赚外快。

乡亲们的闲言碎语,不免使小菊的母亲担心起女儿来,只要有机会,便会拐弯抹角地教育她,用笨拙的道理,告诉小菊外面世界的复杂。果然不久,老板为了使她顺从客人,设计在她面前丢了一笔款,想以此胁迫。谁知宁可回家种地,也不愿就范的小菊,毅然卷起铺盖回了家。

小菊再次打工的地方,是一家餐饮店,小菊在那里,从做些打扫清洗等零活开始，逐渐掌握了些烹调手艺，又是两三年后，小菊回来了，她想用在外面学到的烹调手艺开家饮食店。

饮食店在县城一角开业了，这个店紧靠着一个居民区，来小菊这里就餐就成了家常便饭。小菊还引进外地手艺做一种千层饼。饼有两种味道，一种是无味的，一种是五香味的，每天出售很快，不久，小店就兴旺起来。

几年后，和小菊一同外出打工的女孩有几个回来了，穿金戴银，出手大方，看上去很奢华。但也有一些女孩，当初怎么走去山村，如今还是怎么回来，除了灰暗的表情，并没有多大的变化。

有一次问小菊，你就不羡慕那些嫁给富家的女孩吗？小菊却说，山里的菊，是有根的，而水里的盆景花，早晚是要枯萎的。而她，宁可做山里的一棵菊花，也不做季节的盆景花。自尊，自立，自强，自爱，这才是山里女孩的品德。

书是生命的禅堂

总有一种说不出的空虚,原来是好几天没看书了。在微博里写了几句开脱的话,不一会儿,家住澳洲的女友说,读书是不需要抽什么时间的,不要为自己的懒惰寻找借口!我知道,她读书的时间也不固定的,往往是在早上,醒来,床头就放着一本她爱读的书;她的车上也是始终放着书籍的,自驾出游时,如若在一个小小村落里住下,这些书就是她消磨时间的忠实伴侣。

"心无机事,案有好书,饱食晏眠,时清体健,此是上界真人。"这句话,尽管不是她的座右铭,也是她追求的生活目标和方式。在澳洲,她有一套很豪华的别墅,还有一个设计讲究的游泳池。清晨醒来第一件事就是看她种在院中角落里的花草,然后看游泳池中嬉戏游玩的野鸭,博客中的文字图片,也皆来自别墅里的每一处风景。

喜欢盘曲遒劲的树木的形态,半百的她,经常开车几百里地找寻一些老树古枝。这些树也真与众不同,在摄像机不同光影的映衬下,有的像一匹四蹄扬起的骏马,有的像敦煌飞天的仙女,就连衣带都那么飘然那么逼真。而现实中的她是一个机械工程学家,是澳洲一家建筑设计院的工程师。

在国内时,她忙于工作,腰部落下了残疾,直到现在还偶尔疼痛。后来到了澳洲，她学会了生活，莳花侍草就不用说了，还喜欢上了摄影和旅游。可见时间也充满了忙忙碌碌。然书不可不读，但不必非得天天捧读。当时间过于紧张时，就把读书放在每个可以腾出的空隙，这让我想起哲人所说的"海绵效应"。

古人说："书犹药也，善读之可以医愚。"读书能使一个粗钝的人灵巧起来。读好书，不死读书，也是读书的一个好方式。学者除结合专业读书外，还要博览群书，以扩大知识面，提升生活质量。《红楼梦》集服饰、建筑、民俗于一体，其中的医药学知识也绝非一般文学书籍能比拟，所以人人都强调不得不读。读书的目的不是为着要辩驳，也不是要盲目信从，更不是去找寻谈话的资料，而是要去权衡和思考。书是生命中的禅堂，平静读书，能给人乐趣、雅气和能量。

一朵花开的春天

在阳光没洒落窗台之前,黎明的微光把我从睡梦中唤醒。没有灯光,四周也一片寂静。仔细地听一听,仿佛还能听到大地熟睡的鼾声。我掀了下被角,享受着初春季节里长夜的温暖。

静谧的一刻,从阳光射进窗台开始,一个美好的清晨终于又被开启。它让人真切地感受到,春天离我们近了,它一步步地走到了我们身边。

出去走走吧,畅快地呼吸那新鲜空气,与三五好友,相约到郊区走走,踏一踏冰释的土地,望一望青山绿水,闻一闻泥土的清香。换一个环境,就换了一种心情。

蔚蓝的天空,轻柔的微风,和煦的阳光,偶尔还能看见不知名的野菜,浅浅的一簇,贴着地面而生。这些来自山坳的生命,仿佛是春天的使者,用稚嫩的生命告诉我们:春天来了!春天来了!

令人欣然的是春天的泥土。去年收获的庄稼地里,高高耸起的小山顶上,随处都能看到开裂的土层,原来这是冰释的现象。那么均匀、松软,仿佛春风稍一吹拂,一颗颗种子便会活泼泼地生长出来,鹅黄的嫩芽,在雪消冰融之后,满天满地都被铺上平坦的绿茵,一片连着一片。

不久，山间的花也无声息地开了，杏花、桃花、梨花……数不清的花朵，都不分昼夜地竞相开放，不分种类，不分颜色地簇拥在枝头，就连无名的草花也悄然绽放，把土地点缀得五颜六色，把人间打扮得五彩缤纷。

每当我们叹息时光匆匆，懊悔年华消尽之时，春天，它带着希望的种子，迈着轻盈的步伐，满怀热情地向我们走来。那些针芽般的野草，那些纤微的小花儿，也傲然地把生命的花朵举在手上，好似有意地对我们嘲笑一般。

它们欢声笑语，它们勇往直前。它们将大自然的精华悉心收集，给自己充满生存的能量。

真是有些赧颜啊，有什么比那些生命更加微小，比花开更加短暂的呢？

有一天，我经过一个墙角，看见一棵花草，上面顶着几朵粉白色的小花，细小的花瓣谈不上美丽，却安静而素雅。阳光晴好的时候，我去看它，它仿佛正静静地享受着缕缕阳光，没有一丝喧哗。下雨天，我撑了伞去看它，它颔首，带着沉思的模样，仿佛在聆听雨声，滴答、滴答……

隔天，我再打那儿走过，却发现枝头少了那些花朵，多了一枚小小的、青色的果。花朵的凋落，给我留下了生命的探寻和思索。

和无名的花儿一样，看似漫长的人生，其实很短暂。成与败，进与退，爱与恨，都不过是过眼云烟。生命的意义和目的，就是要不断地升华、充实自己，用乐观、积极的态度去享受美好的生活。让自己充满勇气。

那么，请让我们忘记世俗的纷扰，拨开心灵的雾霾，去踏青吧，去自由地奔跑吧，去和阳光嬉戏，以及畅快地呼吸。去感受生活的美妙，去创造生命的价值。而不是，把自己包在壳里。心境开阔，方能够心旷神怡。

聆听山野的秋声

我不像古人那样,随着草木的摇落而悲秋,只是每当这个时候突然感觉到时光的紧迫,秋风秋雨的出现像沙漏般督促着我,去完成一个个春天不曾完成的任务,以期达到一个遥不可及的目标。我把厚厚的一摞书放在枕畔,本想在睡意未浓时翻上一翻,然而耳边总有一种声音干扰着我,使我翻不了也不能看上一眼。于是很兴奋地想,应该出门走上一走,看看是什么声音在干扰。我开始了一种愉快的心灵旅行。

首先我抬头看见了月亮,很清澈明亮的那种,一弯如眉地远远挂在天上,让人感到眉眼里深含着某种浅浅的渴望,好像等待女娲将缺失未满的一半补上。那月亮的目光凝视着大地,世间所有的景物被这明净如水的眸子涤荡有如透明的水晶,它的表现是在比往常更加安谧的情况下,与此同时地使某些移动的物体变化起来,万籁感动得沸腾起来,细微的声音就在这时候闪身登场了。

我发现,那是从野地里传来的声音,我这才知道,在不远的地方就是一片大豆的农场,豆秧的水分已经干枯,叶子有一半现出苍黄,是这苍黄的叶们在风中微微地颤动,颤动着颤动着,沙沙之声就涌流出来了。在大豆的农场边上,那尚未砍倒的玉米秸叶也舞蹈起来。暗夜里看不清玉米的颜色，月光没有专门为它们设计出白天的金黄，但能看出它们在叶片的袖囊里饱满地鼓胀。"沙沙""沙沙"，这是叶片们交头接耳的声音，它们仿佛在喊，"收获了……"一边喊，一边兴奋得摩拳擦掌。

在黄昏的草丛里行走，不经意就掠起一种声响："嚓啦——"这个声音响得干脆，既没有拖泥带水，也没有影响别人，就像绅士的一个优雅旋转，披风曳起的长长的声音。过了好久我才明白，这原来就是蚱蜢的声音，是它在黄昏的草丛里隐匿，躲得不耐烦了的时候，偶尔也出来飞翔。入秋后的蚱蜢已不再那么精神，慵懒地躲在叶子底下或草棵里，单等风吹草动的时刻，找个地方把籽下到土里，直到它们身形空空，像被什么抽空了的魂灵，这才用它头部下方不规则的口器，饮下一顿最后的竹露，在深秋的时节消失得无影无踪。

清晨，一朵小花在秋天的蓝天下开放了，原本一枚草叶轻压在花茎的身上，就在花朵将要盛开的那刻，那枚草茎倏然从花朵的身上滑落，藏到花的瓣底下去了，它就这样鲜明地开在了草叶的上头，这种花叫作朝颜花。它在秋天的最后一排豆架上缠绕着，团团叶片尚且葱茏。在它花开的根部，有一串串已经成熟的蒴果，秋天的朝颜花，是它们生命的最后时刻了。

朝颜的意思，是朝开夕落，可是在秋天，不管是墙角还是田野，它都开得轻盈柔嫩，清丽脱俗。世界上，喜欢这种花的人还真不少。日本古典文学名著《源氏物语》中的人物——源氏叔叔桃园式部卿亲王之女也叫朝颜，又名槿姬。书中写道，朝颜在任斋宫期间受到源氏的追求，但两人只是书信往来。源氏任期满后几次当面求爱，均被她婉言拒绝。然而源氏痴心不改，并说她是唯一可以书信往来且富有情趣的女子。同时，她也是书中少数几个很有主见和远见、高贵端庄的女子。

那天早上，雨悄然落了，秋雨潇潇……雨声也很唯美，到处是秋雨的滴答，像雨珠在春天里打着芭蕉的声音，雨洗着秋天的原野、裸岩，雨的水痕把枯草深深地淹没了。那天晚上，雨仍悄然地下着，依然是熟悉的秋雨秋声，这声音像钟摆的摇动，不疾不徐。雨珠落在铁的物品上，它的声音是叮咚，叮咚，落在屋檐下的石阶上，它的声音就是滴答，滴答。每一声叮咚或者滴答，都写着时间的匆匆，匆匆。

　　我还听到过夜风钻我窗棂的声音，听到过小动物低叫着踩着房瓦掠过我的屋顶，墙上的山里红果子掉落的声音，"啪"的一声，再一声，然后沿着路面的斜坡咕噜噜滚落。我终于想起，眼下我是生活在山上啊，我的任务是在山上写作，或者读书。在这深沉的晴夜或者雨夜里，竟然都有着这么美好的秋的繁声，这是城里听不见也感受不到的。能够在空旷的山野里听听秋声，谁不说是人生难得的机缘和享受呢？

落叶的心田

院子以外，向远延伸了几条小路，窄窄的路面蜿蜒着，朝一片树林伸展，那里遍植了白杨。每天晚饭过后，附近的人们就要到树林的小路散步，从春天到秋天。那些杨树，生长在钢筋水泥筑就的这个城市里，实在让人觉得稀罕。

春天，万物生发，一边漫步，一边似乎就能听到树叶抽芽的声音，空气里流动着嫩芽的清香，长长地吁一口气，压抑在心头的一切郁闷便会释散殆尽，它给你带来春天的愉悦。而秋天，亭亭笔直的树干撑起的蓬松的树冠，在飒飒的秋风中，逐渐变幻成灿灿的金黄，或有几株其他树木掺杂着，于是，在那浩浩荡荡的金黄里，又显现出一抹浅浅的火红，正是这斑斓的色调，才让人忽然觉得，秋是深了。

深秋时节，随便走到哪条小路，都会有不经意的叶片从枝头飘然落下，擦过你的肩头，凋落如花。这个时候，我总要俯身拾起一叶，铺展于掌心，默默地欣赏着。

我喜欢树木，以及所有满溢色彩的植物，并欣赏着它们的每一片叶子，绿的、黄的、各具形状的，常拿欣赏的目光抚摸它们，看到它们依旧保持着葱绿的光泽，心中便安然了些。最欣赏它脉络的分明，那一条条网络般的筋脉里，仿佛记载了无数个未可知晓的故事，缠绵而哀怨，待我们去细读，而我们却在欣赏它的同时，偏偏忽略了这些。

我一直认为，树和叶是生命相异的不同个体。树的生命可以久远，活百年千年，而叶的生命却极短，因了它在短暂的生命时光里，使我们的空气得到更新、过滤，便觉它是一个超凡了的生命。

一直以为，叶是没有年轮的，它生长的时日有多久，生命就有多长。它把标志岁月的刻记给了粗壮的树干，它把展扬生命的色彩给了高举的树冠。它从新绿萌生至落叶凋零，只经历了三个季节，三个季节，一度春秋，几百个阳光明媚或阴雨无常的日子。

仿佛，还在昨天，它还笼罩在春意萌动的绚丽光环里，还在人们发现它的一瞬惊讶里，它的绿意清新照人，凝神听，耳畔尤闻风拂过后的绿涛歌声，而今天，它已如一片金色的蝴蝶，翩然飞落了……

也许，它曾怀有一个梦想——将自己化作一抹轻盈的绿云，全身心地融入一片森林，它要用自己那青葱密致的叶片，把山野渲染得更加葱翠！凡是山川秀美，水脉充沛的地方，都有它纷繁生长着的同宗姊妹，一簇簇，一片片，姿态绰约，凤舞翩迁。它知道生命有多厚重，知道时光有多短暂，因此，它期望自己能够自由而潇洒地度过生命里的每一个时光。平平淡淡也好，轰轰烈烈也罢，只要兴之所至，都可随意生发，展示一派悠然的自然风貌！

而今的它，只有在这寂寥的马路边，以人类看惯了的姿势，一行行，一列列，绵延成无休止的样子，忍受着人世间的尘嚣，尽管这样，它仍然神态安然，蔚如绿云，坚守着这片属于自己的天空，与这里的人们相依相伴。

它经受着四季之风、之雨、之雷、之闪电，肩负着人类赋予它的真诚瞩望，在朝日满满的蓝天下，在古老厚重的大地上，全神贯注地站成一种美丽的风景。风舞起它的叶掌，为它撼动出激越亢奋的生命喧响；雨浸润着它的躯体，替它濯洗去直面人世的仆仆风尘。

它经过了冬天孕育的艰辛，春意萌发的欢悦，万紫千红的憧憬，终于，在一个万类霜天的早晨，竭尽生命里最后一丝气力，悠悠然燃烧成一树金黄，一树火红，而后，静静地旋舞而落，寂无声息……

随便走在哪条路上，一种高大的绿色植物迎面而来，有了它，生活里才有雨打芭蕉的诗情，才有田园牧歌的意境，才有山清水秀的景色，我们叫它树。

一棵树的生长，有多少叶片在枝头繁华过闪耀过？一片森林的生长，有多少叶片在枝头燃烧过辉煌过？面对满地落叶金黄，我数不清，更说不出。当我呼吸着周围清新的空气，当我欣赏着景色旖旎的秋色时，我总会将感激的目光深情地抚落在它的叶片上，凝视着它，便如同和它作心的交流，将许久以来因无以归属而散漫着的那份爱，倾注在了它的身上。

那条秋天的小路，我不知走过多少回，每一回，都给我一种无边的想象，它让我领略到了叶落之美，领悟到了它生命的深意。我因此而无数次地仰望，目光穿过春天与秋天。在我寂寥的视野里，总有那么一些甘为尘泥的树叶，在生命最后的日子里，作美丽的飞舞。

人生如叶，漫漫人生路，本应接受，或选择，一种洗礼，一种爱的付出与放弃，这就是人生的意义吧，正如诗人所写：生如夏花之灿烂，死如秋叶之静美。

从秋天的小路走过，叶落纷纷，四周虽无绿色，但是，我仿佛感觉得到，在我捧起的掌心里，在我脚下走过的土地上，在那黄叶覆盖的心田里，一种精神正瑰丽茁壮地生长出来……

开放在高原

花也无名，湖无名。

跟摄协一行去西藏旅游，不时在路上看到一些无名的野花，我们几乎叫不出这些植物的名字。有一种野花低浅地贴在地上，不大的株叶间生出几枝花苞，花朵的颜色以及未开的花苞，都像极了我们常见的仙客来。它们太美丽了，真想带一丛在身边留个纪念，却又舍不得握在掌中，由温柔的手心将它蹂躏。植物美到一定的程度，也令人心生爱惜。

还有一种花植株有五寸高，花开五个瓣，深紫色，是我喜欢的那种。同行的朋友说喜欢紫色的人，往往属于那种格调高雅的人，心头总有一丝落寞的情怀。这种花在欣赏者的眼里，就是十分的如此，看到它的心头会淡淡升起一抹忧伤。它的花瓣开放有力，很执拗很饱满地张着，像要笼起心中的惆怅，终又默默地垂下头去，像要躲避着人们怜爱的目光。

在这个季节去阿里，还能看到路边开放的橙黄花，一朵又一朵，安安静静地开。修长的花瓣簪在一起，很像家乡的山菊花。这种黄色的花儿在阿里随处可见，如能进入一片毗邻湖畔的草地，便会看到它从脚下一直铺到湖边，一面是水明如镜的湖，一面是旭光灿烂的天，它们就那么烂漫地向上怒放着，仿佛凝望蓝天高远的云端。

很久以来我们对西藏的植物知之甚少，大家甚至错误地以为西藏地势高亢，气候酷寒加上空气窘迫，可能是片不毛之地。去了阿里我才知道，这些未名的野花在很多角落都能看到，有些野花虽不十分明显，但也成簇连片反反复复地分布于路边、山脚、湖畔，给荒凉的高原增色不少，也为我们寂寞的路途增添了生气和热闹。

这些野花由于生长在高原，气候条件的差异使它们格外艳丽。更可贵的，是这些植物大都能够入药，很多是国内名贵的药材，藏地的居民也有很多以采集药材为生，他们从春天就来到寂寞的山上，搭起帐篷，支起炉灶，为寻找草药作长期的打算。在藏地的药材中，我知道的就有藏红花、冬虫夏草。听当地的人说，眼前的这些花草也是味良药，它的名字叫紫菀。春天，是紫菀萌芽的时期，夏秋开花，到十月底便是紫菀的收获期，采挖前先割去茎叶，将地下的根刨出，去净上面的泥土根须，编成长长的辫状物体晒干储存。

在喧闹的城市里待得久了，不妨去作一次愉快旅行，越是险峻的地方，越有许多奇花异草令人心动。听摄影的同伴说，他们无论去什么地方，都是跟着美景在行动。美景引领着他们，脚下才无惧遥迢山水。散文与小说家，需要的是对风物的想象，而他们需要的，是镜头面前的真实。真实的影像，才是心中最美好的记录。在路上，我们遇到过几队从四川、陕西过来的人，他们自称"驴友"，和我们打着招呼。身上同样带着大包大包的旅行袋，骑着城市里常见的摩托车，在高原猎猎的风雪中轻快地驰行。

面对高原，这里没有贫富、官位之分，同样的理由是大家都出自于爱好——对山水风景的爱好，对自身体能的挑战，还有探访被佛学家们反复吟诵的主题——古佛与寺庙，体验朝拜者的虔诚之至——朝行夕止，风餐露宿，千里不遥，感受满怀至上的祝福和仁慈。同行之间不用出示各自的身份，不为博得凡世的欣赏与赞美，也没有什么摆不脱的世俗红尘，只有一片热血，以及像高山厚雪积蓄下的湖水一样清纯的心。

没有城市的喧嚣，没有逼仄的压力也没有匆匆忙忙，人们悠然地生活，享受山高水阔以及土地的美丽与丰饶，是西藏阿里的最大诱惑，对我来说无可抑制。无论是高山、湖水、雪地，还是身旁偶尔走过的藏民，手转经筒的诵经声，都给人一种说不出的温情。在这里，你才知道什么是自由原始的生命，什么是以自由原始之态活着，你才能够感受无拘无束的自然之美，神圣之美。这种美与神圣无界无疆，虽行于高原，却撼动所有为之向往的心。

路上的彩虹

看过多人的游记，都说好风景在路上，这话说得是多么实在且有道理，令人向往亦心动不已。就像今年的春天至初夏，好多年没有看到彩虹了，不料这次我去东北探亲，又一次让我一饱眼福，在一个个雨后晴天，看见了一道道天上的彩虹。而我，更是一直以为，人生能多看到一条彩虹，是一件幸运且惬意的事情。

童年时，听老人们说，彩虹就是仙女的裙带，天上的仙女，不仅有一个嫦娥，还有七仙女呢。那时我们住在一个山村里，母亲在那里教书，每当她去上课后，我就跑到山脚下的草地上去玩，那片草地上经常飞来一些红翅膀的蜻蜓，天将要下雨时，它们就在天上惊觉地飞来飞去，就像临阵的一架架战机。是把雷雨的天气当战场了吧？这可爱的生灵诱惑着我，真想用一件什么东西把它们罩住，然后仔细研究它们圆而晶莹的眼睛。

据说，蜻蜓的眼睛是一对复眼，是由成千上万只六边形的小眼睛紧密排列组合而成的，如果按体积，它的大大的眼睛，有身体的三分之一吧？因为蜻蜓的视力相当发达，所以它可以在飞行中随意捕捉小昆虫，以作为供给生命的营养食物。当它们飞行累了，沉睡一般停留在草茎上，或树叶上休息时，每当有什么物影掠过，它的目力都能敏锐地感觉到,从而进行对幼小昆虫的捕捉。

当蜻蜓在天空飞来飞去时,雨总会骤然地落下来,天气由阴云笼罩的压抑,一下子变得雷雨交加。有时也会细雨霏霏,带给盛夏丝丝清凉。然后雨就停了,天气继续晴好,太阳从云缝里闪出脸庞,天空变得一半晴空,一半荡起灿烂的彩云。令人惊喜的是,就在细雨斜阳交替之间,漫漫长空隐约现出一道弯弯的彩虹,七种颜色像画笔中的侧锋,赤橙黄绿青蓝紫地横扫在天际,简直是美丽非常。

后来就再也没看到过彩虹,有关彩虹的传说,也像在我故乡消失了一般。直到今年的初夏去哈尔滨度假,又看到了一轮彩虹横跨楼宇……

哈尔滨的气候原来是这样的:前一会儿还是湛晴的天空,也许几刻钟后就开始下起了小雨。晴天下雨也是常有的事,让人想起唐朝诗人刘禹锡的诗句:"杨柳青青江水平,闻郎岸上踏歌声。东边日出西边雨,道是无情却有情。"雨落下来,路上并看不到有多少撑伞人,一问才知,原来常淋雨惯了,知道不久就会放晴,便也索性不撑伞,任雨水淋漓,等天晴后阳光出来,被清风吹上一吹,衣服不久也就干了。

雨后的空中却是常常能看到彩虹。我们住留有半个月,亲眼看到彩虹就有七八次。一开始还有人大为称奇,过不多久,目睹得多了,当再有彩虹出现在天空时,也只在唇间轻轻"呀"地一声,不再大呼小叫地告诉他人。在家乡那么难以遇上,在那里变得一点都不稀奇。其实就是没有人惊呼,我们还是习惯性地抬头去找那道彩虹的,看看到底这次的彩虹与前一次的有什么不同,因为,它实在是太不容易出现了。

雨后的彩虹,在你无所注意时凭空而来,没有轻妙的游动,不忽远忽近,也不会变幻闪烁,更不会似是而非,如海市蜃楼,而是凝止了一般,把一弧虹影从天穹照射下来,像天空与大地之间彼此的试探，与地面上的我们互相打量。它并没有因自己的美姿而纠缠不休，而是在人们的目光中缥缈如梦，以逐渐消隐而告终。如若将它比作人生，或许有些夸张，然之前的细雨，或之后的彩虹，相隔不过数小时，给人的感觉，却是那般地骤艳，着实是一首生命的铿锵"变奏曲"，是眼睛里看得见的音符，跳动着，拨弄着心灵的触须。

云端之上，她是一个活泼而青春的、色彩艳丽的女子。我站在地上，仰望天上的彩虹，像张望着很久以前，某一个时光里的，那个年轻的自己。

秋天，那片宁静的山野

常从书本上读到悲秋的诗句，当秋天真正来临的时候，这个特殊的季节演绎的并不是诗人所谓的感伤，而是一种灿烂与成熟的静美——那片荡漾在秋明丽如眸的湖水，那抹氤氲在秋淡向天际的烟岚，那些繁生在秋色彩宜人的野菜，还有那些好像并不知秋的花儿，都仿佛告诉我们它并不是秋天的代表，盛夏依然，尽管秋色已将大地一点点浸染。

古人说，智者爱水，仁者爱山。尽管不敢同比先贤，但对于我却是非常亲切，同样对我有着深深的诱惑，于是我们相约登山。草深林密，青嫩的野菜诱人眼目。都知道，春天是苦菜发芽开花的时期，其实，苦菜的幼苗初生于秋天。春天，苦菜从老根底下萌出新芽，不久开出金黄的花束，到了夏天花落籽生，当籽实成熟的时候，时光已然进入秋天，这时的它们随风飘向山野。如果气候适宜，天气尚还温暖，促生种子发芽是件很容易的事。至九九重阳，苦菜已生长得纤嫩葱茏，如若走在进山的路上，俯身团团朵朵的绿，就会发现苦菜的身影，它用最后的一抹青翠，点染秋天的美好景色。

秋天，蚱蜢腿脚越来越变得迟缓，它的翅膀也好像就要飞不动了，像个迟暮的老人，经不起时光的追赶。在我下山经过的路上，一只蚱蜢从身边倏地振起,扑动着翅膀急速地向旁边飞去,那里有一个一米多深的石坝,我循着它飞去的方向探头看去,发现那只蚱蜢正躲在一棵楮树的阔叶底下,恣意摆动着头上的触须,却是作潜伏的模样。我接连朝它扔了三块石头,都没有惊动得到它。它给我的感觉是,这些小小的危险见得多了,因此坦然而安静。或许,它已经老了,可能过了今晚,就再也飞不动了。

蚱蜢如此,秋草也是如此,只是我仍没生出悲愁的情怀。秋草开始泛黄,只是那黄还不太明显。在秋天,最先枯凋而谢的不是野草,而是山上的树木。我扩展着视域,花椒树的叶子已经找不到了,山枣树的叶子已成铁黑色,柿树的叶子开始干黄卷起,零落的叶片浅浅地铺了一地。远处,玉米是刚刚收获的,有两块地里的玉米大概熟得晚些,秸秆还青绿着,而更远处一片田里,玉米的秸秆早已经干枯,萧瑟地站立在原地,像在为山野做最后的守候。只有此情此景,你才感觉到季节的凉意。

所谓秋心,便是如此吧?"万里悲秋常做客,百年多病独登台。"但我还是为那如黛的山峦而来,望层林尽染,秋高气爽,云淡水暖,看每一根草木,每一缕云霞,渐次镀上秋天的色彩。我甚至,为山间轻绕的雾岚山霭而来,为那茵茵的苦菜和低浅的野菊花暗喜心怀。晚来在饭庄中把酒言欢,黄昏的暮色里,院中有一池莲花,吟一句"芙蓉露下落,杨柳月中疏",正中当下的情景。再吟"何当载酒来,共醉重阳节",以浅浅小醉,报秋风频来。品着鲜美的果实,为之默默感恩,正是因为季节的一如既往,所以安然的你,才会成为世上最幸福的人。

把生命当作花开

不知不觉中，炎热的夏天又姗姗来临。"六月六，晒龙衣。"每年里，总有这么一些日子，不上班，默默地做一些家务，晒衣晒被，清扫卫生，除去天长日久陈下的生活积累。那天整理抽屉，翻出几本旧书和十多年前的生活手记，在一本泛黄了的扉页上，还写有"学海无涯苦作舟"的句子，想那时的心情，一定时不我待，对读书也是孜孜不倦的了。端起手记，一页一页地翻读，虽然文字稚嫩，可每一页都写得情感真实，畅快淋漓，字里行间是天真的抒情，索性搬过小凳子坐了，慢慢地品读。

在沾满水渍的一页里，一个熟悉的名字跃入眼帘——妍，手记里更多的地方出现的人物，灯火阑珊处，即使蓦然回首，也会认出的一个娇弱的身影。一直不能忘，她的一双明眸善睐的眼睛，每每与她相视，总是对着人温和地微笑，对方的表情温柔也好，严肃也好，从不回避别人的目光，她是那样一个温婉善良的女性。

妍和我不是同届的同学，却是一起参加的工作，她比我大，在我面前显得成熟了许多。刚参加工作的时候，我想家，晚上就哭鼻子，她在一旁慢声细语地劝，长长的黑发垂落到我的脸上，痒痒的，有一丝洗发水的清香。其实，妍的身体一直不好，小时候她母亲为了让她成活起来，曾经给她找神嬷嬷，烧过香，拜过神，许过愿，还认过干妈，据说这样可以驱走身上的病邪。

妍的文笔很好，写有很美的文章，曾经在某杂志上发表过散文诗歌，厂里就让她做了厂报主编。我因妍而喜欢上了写作，最初的文字，几乎都由妍修改过。妍钟情于文学，她推荐我读王安忆的《哦，野菊花！》，读列夫·托尔斯泰的《安娜·卡列尼娜》，微薄的工资，有一半让她买书来读了。

又一年的冬天，妍旧病复发，正在她病疼无着的时候，相处很久的男友绝情离她而去，扔下书信一封，想来想去，前段时间对她所有的爱，不过是因了她的文字……满腹的委屈，好像受伤害的是他而不是妍，我亲眼看到妍含着伤心的泪水，把厚厚一扎信焚烧在医院门外的长廊里。

妍在医院住了将近半年，出院后被安排到单位后勤工作，妍的身体仍然不好，但是只要工作起来，她就精神饱满，充满了生命的活力。后来，妍和一个同事结了婚，不久随夫搬到了外地婆家，我也考入大学，重新走上了另一个工作岗位，那时通讯还很不方便，从此便不再联系。几年前，偶然在一份报纸上读到一篇文章，读过后第一感觉就是妍的文笔，字里行间更多了些熟悉的故事，于是一个急电找到报社，按他们提供的号码拨通了她的电话，接电话的是妍的婆婆。

那时候，连医生都说妍活不过四十岁，可是妍的文章却真切地摆到我的面前。心潮浮动的一刹那，妍的身影在我脑海里逐渐清晰起来。从此，每隔半月二十天就和妍通个电话，听她诉说前不久一份检查：室性心率不齐，有早搏，在这样的情况下，语气反而无比的开朗和爽快。多少年过去了，妍仍然是我泥泞道路上的知心朋友，倾诉的欲望并没有在爱情和亲情中溶解，"美女作家""诗人"的耀眼头衔没有将我们陌生起来，再次的相逢，却使我们的心拉得更近了。

近两年，我和妍同时给一家报社写稿子，妍的文章读来总有一种穿透岁月的沧桑。丈夫下岗，儿子要上大学，还有年迈的公公婆婆需要照顾。"活着，总要有所追求吧，那么我就选择写作。只有在写作的时候，心灵的重负才得以解脱。"妍平静地说。和妍交谈，我总会得到一种莫大的鼓舞，妍的曲折经历再次向我启示了，生命是人生宝贵的财富，不管这生命是否辉煌，我们都应珍视这唯一的一次。

时光倏忽而过，十几年岁月沧海桑田，妍却愈来愈坚强起来。就像她在文章里写的那样："我不知道别人为什么活着，我活着的目的很简单，那就是不辜负生命，并给它一份清纯，一份智慧，一份花开，使自己拥有丰润的美丽人生。只有这样，才让我感到生活有了一种滋味，有了一些淡泊却铭心的美丽与精彩。"

多少年过去了，妍仍然是我泥泞道路上的知心朋友，倾诉的欲望并没有在物欲横流的时光中溶解，她出版了诗集、散文集，发表了小说……

人生原本有无数种可能，每个人的生命过程都不尽相同。我们来到这个喧闹的世界，看上去都是那样普通平常，却不知有多少巧合和变故在等待着，就像我和妍一样，命运带给我的是另一番经历，同样不很平坦。

世上万事万物，不可能千般一样，不会十全十美，生活如此，生命亦是如此，把生命当做花开，花期虽短，只要好好把握，仍然会开出更美更艳的花朵。人生的价值是心灵的幸福，而不是任何身外之物。生命有时在负重中前行，负重前行并不可怕，只要我们把压力化为动力，那么我们就能攀着它，轻松自如地到达成功的目的地。

写到这里，我想起另一女友在一篇散文里写下的一段文字："没有谁能独来独往，没有什么不需要爱和友情的阳光，记住生命里那些明亮而温馨的细节,记住花开的声音和花落的翅膀;记住花的心里开着花,记住让自己成为一朵感恩的花。"在花开花落的生命思索中,这段优美的文字,让我对生命再次充满了感动,让我对生活再次充满了感激。

仰头是天空

常有人问起我的年龄，刚开始还回答得很干脆，然而渐渐地，口角越来越笨拙，最后竟茫然不知所措起来。

中国比不得西方，无论男人女人，他们的年龄似乎都应该是透明的。一个陌生人，他要结识你的第一件事，便是要了解你的年龄，如果不，那么原本你是三十五岁的年纪，却被误以为已经四十了，或者其他，严重的指指点点，引起不必要的麻烦和尴尬。

"怕是四十了吧？"这种疑问由不习惯到习惯，由无意识到有意识，由一种怪异的腔调到意味深长的眼神，已悄悄地渗入你全身的每一个细胞。你终于被三十九岁的人流簇拥着走进四十岁的大门，并不露声色地在眼角处又加深了许多皱纹，原本柔软灵巧的双手也粗糙了，这时候，你往往就会慨叹自己老了，就会想起那句最经典也最无奈的话——"人过四十天过午了"。

于是，还不到四十岁的你，心情与目光就已紧紧地系在了四十岁女人的身上：徜徉在街头，或站在马路一隅，向川流的人群撒出不经意的一瞥……神态疲惫、体态臃肿的，那些四十岁女人的身姿，便纷纷走近你的视线，更有一些耳闻目睹令人感伤的故事，挨挨挤挤地塞满你的脑海，挥之不去。

四十岁，似乎再没有什么能让人心情激荡的了，四十岁的女人应该温柔如透明的湖水，清澈而不失宁静；四十岁的女人，应该越来越集中地把精力和一切能力投入到属于你的那个家庭，赡养老人，抚养儿女，照顾丈夫……

　　不是么？据说现在已有一半以上的丈夫们蜕化了洗衣服做家务的能力，一半以上的家庭将家务拉开了分配档次，打破平均主义，一切责任不包括利益都推卸给作为女性的妻子，一切家务琐事无怨无悔地充溢进四十岁女人的生活，认真地料理着一个家和一份感情，那就是你的本分，似乎不这么做，你就失去了做女人的资格。

　　于是你上班下班、灶前灶后，过着浆洗缝补、忙忙碌碌的日子。非止今日，就是将来，仿佛只有这种日子，四十岁女人才找到了自己生命的支点和人生轨迹。这个支点太脆弱太纤细，因而四十岁女人就常常在唯恐倒塌的担心中寻求一丝安全与慰藉，却往往把这一切寄托在丈夫身上。

　　在你心中，丈夫就是伟岸的堤坎，一株为你遮风挡雨的大树。而你则甘愿做青藤缠绕住你的幸福。

　　能挡一时的风雨，他能为你遮挡一生么？四十岁的女人谁也不知道。

　　四十岁女人的烦恼源于性格，敏感细腻的感情，偏又有争强好胜的性格，总想在强壮的男人名下挣扎出一点自尊，希望自己的理想也如同小鸟一样在寥廓的天空中获取一点精神的自由。但是，你有一颗心能容得下一个少女时代长长的梦，又有多少精力去圆呢？

　　只是把日子看得重了些，把光阴看得重了些，握住不放的那般吝啬，不让时间为生命提供一点微不足道的轻松，又为什么呢？

　　"事业为重。"

　　"事业为重？"

　　与友人写信，时常以此共勉。心下以为若表达自己，唯此句精辟。十年前如此，方还令人敬佩，十年后亦如此，竟招来毫不掩饰的嘲讽：什么是事业，工资又多少？虽不曾有标榜自己的意思。但私下的讥讽犹如针芒。久而久之，你禁不住作出几声长长的叹息。

也是，二十年的时光过去，事业上并没有什么建树，何况前面仍有美丽的愿望和闪着灵光的路等你如初而行，百倍的努力，可是你一句话来概括的么？

人到中年，便增添了许多对生活的认识，因此拾起笔，便有了一种写作的欲望，心中常常升腾起一种新生活美好的憧憬。你用深蕴心底里的热爱写自己、写他人，写人生的光明与曲折，写生命的流程漫漫又汲汲。你在挥洒的笔墨里，放飞自己的思绪，努力寻求着一种生命的平衡与和谐，尽管你紧张的时间更如绷紧了的弦。

然而接踵而至的，是男人和女人共同投过来的诧异的目光：这样的女人，不像女人。

因为，提起女人，她给男人的联想多是似水柔情、风情万种、天生丽质、婀娜多姿，这一个个美丽的成语，简直成了女性的代名词。更有徐志摩的诗句"最是那一低头的温柔"，浅浅的一句话，吟得人心儿轻颤，爱怜顿生。

想起这些，你竟不能分辩，有种无力挣扎的感觉，你都不敢和人家轻轻地说一声：我是女人……

然而，在承认性别差异的基础上，争取自己公平生存的权力，既不因自己的性别而放弃，也不因自己的性别而懈怠，这已成了今天的女性应有的人生态度。当下的中国女性用自己的付出与实践演绎着命运的交响曲，其多彩的乐章已让我们瞩目。

五年前，一个偶然的机会，让我结识了梅，一个真正四十岁的女性。三年前，她所在的单位减员，其中就有她的名字。因为她是女人。那一阵子，她吃不下饭，睡不好觉。十分要强的她在一番思想斗争后，决心走一条属于自己的路。她凭着自己在原单位分管托幼工作的经验，贷款 10 万元创办了一所幼儿园。由于她的努力，一年后，她创办的这所幼儿园师资力量得到壮大，以保育、教育成绩显著而闻名于当地，许多家长被吸引而去，纷纷将自己的宝宝送进了园里。不久前，我在该园举办的"六一"汇报晚会上见到了她。如今的她依然神态安详，气质优雅，一边和我打着招呼，一边软语哄着怀里的一个女孩，眼神里充满了四十岁女性特有的那种温柔和慈祥。

从梅的身上，我看到了四十岁女性共有的那种宽容、博大、充满爱心的胸襟，以及隐忍负重、坚忍不拔的性格，同时，我也看到了一种精神在她身上闪现出来，那就是"自尊、自立、自信、自强"。我想，这就是四十岁女性所具有的进取的心境了。就是这种永无静止的心境在鼓舞着她、激励着她，使她能够排除一切自卑与困惑，最终走向预定的人生目标。

人生在世，脚踏是大地，仰头是天空，女人也是。女作家舒婷以诗为证："假如我爱你，我愿做你身边的一棵木棉。"为什么不能抛却做青藤缠绕而选择做一株枝叶繁茂的大树呢？女作家的诗令我由欣赏而转为崇拜。她用女性的眼光和诗心给予了温暖和指引，我们的心没有理由不像三月的天空那样明净而透明，做一棵敢于争取"自尊、自立、自强、自信"的美丽的大树，这已经成了新时代女性的唯一选择，只有这样，我们才会撑起一片属于自己的天空。

涅槃之美

因为母亲是一位幼儿教师，从小看多了她摆在书桌上的各种童话，所以初中毕业那年，满怀信心地准备考取幼儿师范，励志做一名幼儿教师。可是天不遂人愿，就在我将要毕业的时候，由于一场莫名的疾病导致了"失语"。所谓的失语，直接地说就是我变成了一个哑巴，一个既不能说话又不知道怎么样表达自己的孩子。父母为了给我治病，花去了大量精力和积蓄不算，还要在冬雪天里带着我到处求医。山村路滑，为了寻医，父亲让我伏在他的脊背上，一步一滑地挨个医院行走。父亲近于告求的问医，打破了他在我心目中的一向严厉，我几乎不敢相信父亲从严父到慈父的转换。

大凡有能力的人，谁都不愿意做别人的累赘，看去比正常孩子还活泼的我，谁都没想过会突然不会说话，由伶牙俐齿变成张口就是啊啊呀呀的模糊之声，这一打击对于稚气脆弱的我来说可想而知。父母怕我伤心，对人只说我害了失语症，以免让他人和同学们笑话，我是一个自尊心很强的孩子，平时循规蹈矩，从不让老师生气，在同学中也人缘很好。尽管这样，那些日子心里还是有着说不出的苦恼。在部队做过军医的父亲多次鼓励我，告诉我这种病只要配合好治疗，就一定能够治好，时间长短不是问题。为做我的思想工作，父亲用尽了心思，绞尽了脑汁。父亲的话语从春天重复到秋天，从秋天再重复到冬天，从春暖花开，到天地冰霜。重复到我学会说第一句话：新—针—疗—法。

  时间长短怎么不是问题呢？以前我上语文课，当老师布置下朗诵课文，我都会按时完成，每次都是老师点名让我站起来，掩好课本郎朗而读。可如今的我，不但不能背课文，就连说话表达的权利都被疾病剥夺，我不能和同学们一样在课堂上回答问题，在课余时间里追逐欢笑，在美术课上谈笑风生，更不能在语文课上背诵课文在音乐课上唱出美好的声音，就连体育课我都上得勉强，同学们在操场上跑道里笑啊跳啊，用尖锐的声调轻快的话语交流体育活动的内容和体会，我却什么也不能做到，急得汗水一次次从脸上滴落，泪光在眼眶里打转闪烁。

  喜欢音乐的我沉默了，喜欢体育的我畏缩了，音乐课上再也听不到我的哼唱，体育场上也没有了我的奔跑。听说过有爱动好笑的，没有听说过默默不语的体育爱好者，这让我怎么不心里成恨，成痛？我茫然，苦闷，流泪，不知未来，也从那一年开始，我再也没有了往日的活泼，更没有了小女孩身上惯见的娇气。偶尔听到同学们的评价：你瞧，那是我们班上的冷美人。美吗？不美。甚至我把自己当成一只与之无法比拟的丑小鸭，眼睛里闪耀的全是羡慕别人那身洁白蓬松的羽毛的目光。我因此只想让自己躲进一个没有美丑之分，没有语言也没有交流的地方。

  倒是父亲，对我的病一直毫不气馁，当寻医问药遍了，眼看没有了希望，是他自己拿起了银针，将战争年代在部队所学到的银针疗法用在自己的身上，稍一不慎针在穴位上扎偏了，鲜红的血一滴滴从针眼里渗出来，顺流而下，父亲只是把紧皱的眉头跳跃了一下，再继续向自己的面部扎下去，拔出来。随着父亲紧皱的眉头不断舒开变成热望变成期待，经过无数次的反复试验，最终在我面部有关穴位扎针下去，密密麻麻的针眼一簇簇留在我的脸上，为遮住脸上留下的一针针的伤痕，每次出门母亲都让我戴上口罩。好在不久便出现良好的效果，约有三四个月左右，我竟又恢复了说话的能力，只是语言功能上还是差些，每一句话都是由一个个单字组成。尽管这样，全家人还是破涕为笑，父亲后悔自己试验和行动得晚了，如果早实行针法治疗的话，我学会说话也就早一些了。

我的语言功能恢复后，高中毕业那年，我考上了幼儿师范，两年的学习之后做了一名幼儿教师。谁都没有想到，一个曾经失语的女孩，竟然做了必须用语言与孩子交流的幼儿教师。平常，我说话的语速还是很慢，可要给孩子上课，语速以及语言的反应能力就成了一个问题。尽管失语的毛病已经治好，但还是或多或少落下了后遗症，那就是偶尔吐字不清，语言的表达受到限制，我很着急。不久我发现，在课堂上只要说普通话，我的口语就变得出奇的好，为了孩子们，更为了自己的事业，我决心练好普通话。或者更为正确地说，我决心为与人之间正常的交流而练好母语的会话。

于是，我特意订阅了只有小学生才订阅的那种带有汉语拼音的报刊，一字一句地每天晨间练习阅读，语速由慢及快。有次在路上听到广播，我被播音员甜美的声音吸引了，可只有一遍，那个甜美的声音就播完了，我只好每天都站在那个高音喇叭下面，等待听播音员的声音再次响起。不知父亲怎么知道了，托人给我捎来一个小型收音机，不多久又买来录音机。有了这两个宝贝一样的机器，我高兴得不知说什么好，那一刻感觉天是蓝的，地是绿的，人生中没有战胜不了的困难。每天回到家就打开收音机和录音机，一边放播音员的播报，一边将它们录了下来，到了晚上，把小录音机放在枕边，听一遍，自己模仿一遍。收音机更是离不开枕畔，每天临睡之前，总有一番清晰甜美的声音回响在耳边，我由此习惯了对每个优美动听的声音的模拟。

经过我刻苦的努力,很快掌握了学说普通话的技能,并达到一定水平,口齿也逐渐清晰伶俐起来,在全县幼儿教师七项技能比赛中,除了绘画、舞蹈、美术,我的普通话比赛也得到评委们的好评,成为那一届全县幼儿教师七项技能大赛中的第一名。由于我的工作认真,对孩子亲切如一,教学方法独到,自我从教以来,年年都被评为优秀教师,优秀幼儿教育工作者,省、市级骨干幼儿教师,各种荣誉增添了我扎根幼儿教育的信心。

所有这些,都得益于我能说流利的语言,说普通话,如果没有普通话,如果我不会普通话,我不知道自己能不能让孩子们去喜欢我,去接受我。一个语言迟疑、无时无刻不在停顿、寻求更好的语言表达方式中的教师,哪怕他有更多爱孩子们的心,可工作中总是受到一定的制约,语言上的无奈终究还是会打击了他的积极性,使一颗不平凡的心走向平凡。总之,我是在语言上在普通话方面站起来了。它成了我与孩子们接近和教育的桥梁。可谁能知道这所有的成绩不是泪水与勤奋浇灌的花朵呢?这一枝一叶,都原发自不可复的土壤。

现在,我不仅会普通话,还自修了汉语言文学,教育科学等学科,因为文字,我爱上了文学,加入了中国作协,成为一名作家并且拥有那么多喜欢我文字的读者。我在电脑前敲打文字,每天面对的是纷繁的字体结构,字段意义,而这些文字和结构,都要先流过我的心,才能抵达我的指,成为键盘下的符号。这些美丽的文字,总有那么一部分,要被我轻轻地琢磨,默默念起,用最标准最甜美的读音,对它们清晰悦耳地一一体会,有了这些文字,我的生活才感到充实,一切生活便好似从头开始,就像美丽的太阳从东方初升,普照着大地,一切的植物和人类,而我面对孩子们读课文的声音,也便有了更美的韵致,以普通话最标准的方式。

学说普通话,还有一个方式是环境,环境是最好的教师,如果当初我没有这个环境，可能我还不会拿出一定的钻劲、硬劲，去攻下普通话语音以及学说的堡垒。环境不是天设的，它可以人为地去选择，去营造。在网络广泛使用的今天，学说普通话更成了一种优势。我认识一个朋友，他是四川人，他的普通话从开始就不好，自从学会上网后，他学会了UC聊天，并在聊天室里学习朗诵，经过半年的反复研习，后来能用标准的普通话朗读一篇优美的散文，现在他是新浪UC一个朗诵聊天室里的资历深厚的老师。

我也是在学会网络之后，才知道竟然有那么多人喜欢普通话，不仅学，而且讲，他们在不同的领域里工作，却在相同的爱好里达成共识，那就是热爱。热爱普通话，讲普通话，让普通话成为最基本的交流方式。有一个南方的作家，因为不会说普通话，遇到过很多交流上的麻烦，我们称之为鸟语，发生过令人啼笑皆非的事。每次给我打电话，我都不得已挂掉，他发信息说，你为什么拒绝和我交流？我说，我根本听不懂你说的话，听不懂不挂掉，这不是浪费电话费吗？于是，由打电话改为发信息，为表歉意，我在句末加上一个微笑的图标。

我鼓励他学说普通话，并告诉他学习的方法，他说学普通话，简直是逼他钢杵磨针、钻木取火。一天，我接到一个朋友的陌生电话，声音熟悉又不太熟悉，可我能听得明白，他说的是"半普通话"，也就是我们通称的"家乡普"，我们沂蒙山的人，很多人说话都称自己是"蒙普"，大概的意思是像亦不像，似是而非。这半普的普通话对我来说理解起来就很可以了。不过，还是听了半晌之后请他自报家门。他说自己可以很轻松地给远方文友打电话，接他电话的人也说，与之交流起来简捷而好理解，他已尝到学说普通话的甜头。

语言是重要的交际工具和信息载体，它是一个国家、一个民族团结和社会进步的重要基础，作为现代汉语的标准语，是在汉语一般形式美的基础上的又一个升华，能够自如运用普通话，才能有助于在当下的工作和现实生活中做到很好的运用和交流，才能更好地延伸到朗诵艺术和演讲之中。记得一位朗诵爱好者曾经朗诵过我的散文，我曾被他的声音打动。可他对每个人都说他很丑，他之所以喜欢朗读就是为在不让人看见他的情况下，能够让别人听到并且喜欢他的声音，理解他的心情，除此他再也不知道自己还有什么地方能出众。

  他躲在属于自己的房间里，上网上 UC 上各个普通话聊天室读文章。他说一个人的声音有时能展示他（她）的内心情怀，他的喜怒哀乐。我们知道声音会让人产生各种感觉，比如磁性，比如粗犷、甜美，以及轻佻与稳重之分。声音就是艺术，所以他爱上了朗读并且把朗读当做了他的事业。他曾进过中央电视台庄严的演播厅，荣获过第一届全国电视散文朗诵的大奖，在那么多观众的目光下展示声音的魅力。执著的追求换来的是优厚的回报，那年冬天，他调进了本地某广播电视部门，跻身于省台播音员的行列。我再次想起那个古老的传说：凤凰涅槃。传说中，凤凰是人世间幸福的使者，每五百年，它就要背负着积累于人世间的所有不快和仇恨恩怨，投身于熊熊烈火中自焚，以生命和美丽的终结换取人世的祥和与幸福。在烈火中新生，其羽更丰，其音更清，其神更髓。浩然大均，乃曰涅槃。古老的传说教育人不畏痛苦、义无反顾、不断追求、提升自我的执著精神。这涅槃之美——这美丽的伤口，只有在百花盛开的时节，才不被看出曾经浴火的痕迹，因为这个时候的我们，或每一个人，生命的年轮上早已经枝繁叶茂，硕果累累了，并且在成长中达到升华，得以重生。

爱，没有缺口

她是一个比较偏激的人，生活里，总觉有许多的无奈缠绕着，那来自工作的压力，以及不被理解的委屈让她心烦意乱，她把这些都归罪于人情的冷漠，她在日记里写下，每天的每天，她都在一种无爱的缺口里挣扎。是偶然的一件事情改变了她的思想。

那是一个带有暖意的冬天，一个小女孩兴高采烈地从家里出来，从广场小摊上买了一只红色的气球，气球很大，几乎把小女孩儿的身体遮住了。当女孩儿举着气球满怀喜悦地往回走的时候，一阵寒风袭来，把女孩手中的气球吹跑了。

它太轻了，只要一缕风的微微吹动，或者物体的轻轻一触，都会使它弹起来，毫无目标地飘起、飞去。

其时，正是下班的时间，马路上，人来车往，一个个行色匆匆。面对这样一个突然飘起的普普通通的气球，人们的反应会是怎么样的呢？人们大可以不去管它，任它飘飞而去，抑或让迎面而来的汽车碰撞炸碎，消失得无影无踪。

一只气球，真的是一件很小的事情，它在人们匆忙烦扰的生活里，是无足轻重的。

然而，事情的经过却不是这样——

她在人群中走着，眼睛沉默地盯着脚下，回忆着一段曾经令她伤神的往事，心不在焉的她没有看到那只火红的气球。当气球突然飘至面前，又被她的脚尖无意地触碰而起的时候，她才惊奇地发觉，抬头观望。可就在这时，那只滚圆的气球经了她的一踢，又借了一股风力再次飘飞而去。

人群里发出一阵叹息，许多人都在转头看她，她窘迫地往前跟跑了几步，想要撵上它。然而没用，风力使它更加疾速地向前飘着，而且越来越远。

就在她抬头张望的一刹那，她听到了人群里发出的一声声叹息，她抬起眼睛，远方正有感人的一幕，令她的心头为之一动。

气球仍然飘动着，它渐渐地掠过了人们的身旁、头顶。然而，这时的人们不再急着赶路，而是远远地盯住了它，看它慢慢地飘过，期待它的再次落下。

因了这样的关怀，气球在逐渐往下降了，就连风儿也好像懂得了人们此时的心情，逐渐地减弱了它们的势力，不安地关注着这只飘飞的气球。它已经离小女孩儿很远很远，有50米了吧？

小女孩开始失望地往回走，但是她的小手仍然是举着的，她的目光仍然向着气球飘去的方向，久久地望着。

这时，一位年轻的小伙子向小女孩儿走来，蹲下，把自己手里一只黄色的气球塞到女孩儿的怀中，并嘱咐她抱着，抱好了。

一位阿姨走过来，递给小女孩一个小白兔气球，小女孩感激地看着那个阿姨，直到她走远了……

在马路的另一边，大家仍然翘首观望着。

气球终于慢了下来，当它从人群中斜斜穿过的时候，一个四十多岁穿西装的男子趁机一跳把它下面的一截线绳牢牢抓在了手里，紧紧地抱住了它，就如同抱住了一个圆圆的红红的太阳！

就这样，那只气球又回到了小女孩的手中，她高兴地笑了，快乐地一只手使劲抱着怀里的气球，另一只手使劲地挥舞着。这时，人们看到，小女孩儿的另一只手是残废的，小臂的那部分，软软的，带着一种无力的苍白色。

那一刻，她忽然被感动了，她看着快乐的小女孩，内心充满了分享那份关爱的愉悦！

当那只气球从她身旁赫然飘起的时候，她忽然明白了怎样去理解一种关爱，只要你存有一份感恩的心，就能发现那份爱已经在自己的心里装得满满的了。关怀与爱，真的不能分割。

有时候，我们可以用一生来坚守那份浅浅的关爱，虽然它很细微，细微得几乎让人无法察觉，然而它却是可以传递的，它能拉近人与人之间心灵的距离，它能跨越岁月里一重复一重的崎岖坎坷。它淡然地穿行在长长的岁月中，渐积渐累成一种传统，并在人们的心里逐渐厚重起来。

从此，爱，在她的心里，没有了缺口。

第四辑

善良如嘉木

善良如嘉木

在一家出版社附近的拐弯处，一个穿灰色羽绒服的中年妇女正在推搡一位衣着破烂的老人，嘴里喊着"赶紧赔钱！"原来，这对时尚母女在出版社门前的拐弯处，被蹬三轮的老人蹭了一下，女儿的裤子被车刮了个小口，她的母亲见状，非要老人赔她50元不可。在民警调解未果的情况下，老人竟跪在她们面前求饶。老人的一跪，惹怒了围观的人们，大家纷纷从自己身上掏出钱来……

这是我从网上看到的图片新闻。读后心里不禁对那位老人深感同情。我觉得可怜的不仅是下跪的老人，还有这对看似"高傲"的母女，她们用自己的颜面与华贵换取50元钱的同时，金钱的利刃也赤裸裸地剥去了她们自视的尊严和高贵。贵妇的怀里抱着一只小狗，看着她对狗娇宠的模样，我真想试问一下什么是人的善良本性。

这使我联想起亲历的一件事。二十年前，我家离上班的地方远，为了上班方便，我买了一辆崭新的自行车。我刚学会骑车，就把不满周岁的女儿放在后座上，蹬车上路了。由于路上人多，车流把我挤到路边，望着身边长长的陡坡，心里发慌，脚下一软，车子拧着弯地向一位正在行走着的中年人倒去。我原以为他一定会躲，谁知他非但没躲，反而抢上前来一把将我的车子撑住，我和女儿没摔下来。站稳后，发现他的裤子大腿处被宝宝椅上的铁钉刮了一个铜钱大的窟窿，我有些慌张，急忙对他说，我会赔你一条新裤子的，明天下班后，请你在这里等我。

第二天下了班，我抱着跑了一个下午才买到的一块高级布料，站在事发的地点等他，一直等到下班的人流散尽，夜幕升起，那位帮我扶车的中年人也没有出现。从那天起我下班后总在原地等他半小时，但等了将近两个月也没有等到他。

眼前发生的事情与我的遭遇形成强烈的对比，发人深思。时隔不过二十年，人的面目竟然冰冷到如此地步，我不知道是时间错了，还是我自己的观念错了。在对中年妇女深感厌恶的同时，我被那些主动捐助老人的围观者感动。人类的尊严不容践踏，向善的心灵不能失去。再富有，也不应失落那颗懂得怜悯的心。好在这一幕让我看到了善良还存在，我发现除金钱和权力之外，还有一份感动温暖着我们。善良是一种嘉木，需要我们用爱的雨露来浇灌、维护，才会在人们的心田扩枝展叶，节节长高，让我们看到生活的阳光和希望。

良心开花

每年秋天，必回一趟乡下，那是他的老家。婆婆以前在农村居住，他在土坯房里长大，因此对那片土地感情深厚。经常是，还没走到村口，便有熟人立住打着招呼，三爷四娘，叔伯大哥。偶尔跑过一只小花狗，也扔一块石头，"呔"的一下，生生将那狗吓跑——幼稚啊，中年的他，仿佛还没有长大。

对于乡下，我是陌生的，遇见每个人，我都微笑着，让叫啥，就叫啥，欠底气，嘴里嗫嚅着，声音大概没有谁听得清的。这般拘束的我，却只对一个人放开了，他叫狗子，着一身略旧的茄克，见着他时，他正在狭窄的田垄里穿行。一条水沟抵在脚下，狗子远远地跳过来，与我们握手。狗子打过工，在省城，现在不干了，回家改行种蔬菜。有个约三亩地的大棚，棚里绿苗一尺多高，透过塑料薄膜，可看得见秧上的花，黄灿灿的，万般娇羞。

棚外的田坎上，是摘下的多头花，掺杂着一把一把的小黄瓜，嫩如小手指头，还没及长大呢。狗子说，不能让它再继续生长了，掐掉它，是为了让留下的瓜长得更健壮。说着进大棚，摘几根黄瓜，在旁边的水桶里一涮，一只咬在嘴里，剩下的递给我们。看他大嚼特嚼的样子，我为难了。见我不吃，狗子笑，说嫂子，吃我的黄瓜，你就放心吧，我是从来不打农药的。听他说，将信将疑地，吃了那根黄瓜，一边吃，一边听狗子讲种瓜的经历。

狗子家，原本很穷，穷则思变，于是进城打工。有三年的光景，一分钱没有攒下，倒是在外面找了一个如意的女朋友。打工第四年，狗子再也没有出去。有三十七八了吧？我看着。他大棚里的菜，高的矮的，几乎都叫得出名来，绿油油，水汪汪的。不打药还长这么好，怎么能够？

狗子低了头，说，也难啊！黄瓜易招虫，招了虫就一发不可收拾，为此狗子的菜，多少次遭到过灭顶之灾。周围的大棚菜，谁个不打药？临地的那个菜农，打药打得多了，菜就长得好。我到旁边的一个大棚里张望，果然里面的菜，比狗子家的长势好，有的黄瓜都已经可以采摘了，粗壮得如孩子的小手腕。狗子说，有一次他试了一下，把沾了农药的黄瓜掺到鸡食里，结果两只鸡仔都让黄瓜给毒死了。

从此狗子种菜，就再也不打农药了，他用隔离的办法来种菜，用人工拈虫的办法，用烧白了的草木灰当杀虫的武器，尽管偶尔遭到虫害的袭击，但他的菜不打药，就避免了农药的污染。人们都喜欢批他的菜出去卖，四里八乡，都称狗子的菜是"放心菜"。

菜的销路好，菜价却从不随便往上涨，价钱合理，狗子的名声就这样出去了。不几年狗子就富裕了，划了地基盖了房，把女朋友娶进门，一个在家里侍奉老人、相夫教子，一个在大棚里拾掇蔬菜，日子过得红红火火。

我笑说狗子，你现在的日子，是芝麻开花节节高了，狗子也笑，说嫂子你信不信，种瓜得瓜，种豆得豆，种下良心去，也能开花。"良心开花"，我无语，默默思索，有一种芬芳，扑面而来，是一份深深的感动。

高粱有多少只脚

父亲是一个农民,在很小的时候,他就经常跟在祖父的身后,从事农民所做的劳动。他会耙田,会种地,劳动使他懂得了粮食来之不易。秋天和父亲、祖父母一起种下麦子,春天再在地里种上高粱。他们那片田里家家都喜欢种这种作物,因为高粱不用那么细的管理,而且收成好,打下的粮食可以摊煎饼吃,算是粗粮里的细粮。他知道,从曾祖父那辈开始,家里一直就没有离开过土地。

摊煎饼是祖母精湛的手艺,还没嫁给祖父时,她就在村里很有名了。把高粱米搁簸箕里挑洗干净,浸在水里泡上半天,再拿到石磨上磨浆,掺上点箩好的红薯面子,搅成面糊,就可以点火摊煎饼了。祖母摊的煎饼薄如蝉翼,摊好后除了全家人吃,还可以拿到集市上去卖,尽管这样,家里的生活也从来没有富裕过,所以他的记忆,总是与高粱有关。

记得有一天晚上,下大雨,大风把庄稼都刮倒了,天明后村里人都往自家地里跑,祖父也带着他往地里赶。高低不平的庄稼地里,许多作物都被刮倒,但唯独高粱好好地站在原地。他抚摸着挺直的高粱问祖父,为什么低矮的庄稼都能被刮倒,这么高的高粱却没有被刮倒呢?祖父听后笑笑说,那是因为高粱生长了许多的根,这些根可以帮助高粱站稳脚杆，只要一棵高粱坚持不倒，整片高粱就不会倒下。

可不是吗？他突然想起，高粱真的好些根哟，一根根深深扎进土里，像无数只脚趾紧紧地抓住土地。祖父告诉父亲，种高粱是他们那里的传统，他们那里尽是山地，最容易刮风下雨，水土流失，种高粱后就不怕了，高粱众多的根可以抗拒暴风雨的侵袭。在许多年前，高粱就被当地人称作救命粮，日本侵略中国时，那些抗日志士就是一边打着游击，一边种着高粱，吃着高粱煎饼与敌寇英勇作战的，许许多多的战士就是这样血洒青纱帐里。

后来父亲考学进了省城，又过了十几年，他当上了县里的领导，偶尔还记得童年时候的那些高粱。祖父老了，早已种不动高粱了。村里的年轻人都进城打工，也不再种高粱了。只是在超市里，他仍能经常看到柜架上摆着的高粱煎饼，一簇簇高粱不是种在地里，而是被印在精美的包装袋上。祖父进城看父亲，也会给他带来一摞高粱煎饼，他每次吃得都很仔细，很珍惜，他知道这高粱来之不易。

父亲说，人就得和高粱一样，把自己的根扎牢，而这些根，就是朴实，懂得做人的道理，不忘本的人才能做个好官！知道高粱有多少只脚吗？如果每只脚都是做人的基础，那么再大的风雨都不会把它轻易摧坏。又过了几年，由于高度的工作压力，加上不合理的饮食结构，父亲患上了轻微的高血压、糖尿病，年迈的祖父听说后，又开始在老家种起了大豆和高粱。高粱和大豆都是好东西，可以改善血液的成分。吃着高粱煎饼的父亲，有时会想起那满地的高粱，有时也会把它忘记。

有种职业是老师

在我常常模糊的记忆里,有一个男孩却正一点点清晰起来。他小时生得并不好看,但长大后竟是浓眉大眼,细高的个儿,很是俊朗。只是后来多了副眼镜,这更增添了中年学者的风度和气质。

我大学毕业参加工作时,他刚好上高中,听说临近高考,他在教室的黑板上写下"决不当老师"几个字。尽管故意弄得字迹歪斜,但还是被班主任看出端倪,很快把"执笔者"揪了出来,在课堂上足足亮相了一刻钟。

不过,人的一生,怎么可能"一帆风顺"呢?当初写下"誓言"的他,后来由于各种原因还是报考了师范大学,毕业后又由"不幸到万幸"地留校工作了。这个"不幸到万幸"的话,也是他对家人说的,再后来,他一路又读了研究生、博士,现在,他已经是一名大学教授了。

汶川地震后,家中突然得到他的消息,他领着学生去考察,顺便去做了些日子的义工,在那里遇到他教过的学生,并且与他们一起,住着简陋的帐篷,打着地铺,饿了吃方便面,渴了喝山泉水。他说,看到那么多在自然灾害中遇难的同胞,心里除了震撼,更有惊醒的成分。死里逃生的学生对他说:"老师,我还记得您课堂上的严谨，记得您工作时的专注，还有欣慰时的笑脸……"

如今，他的学生也做了一名教师，承袭着他的职业，一步步从山区走向城市，学成之后返回故土。教高中的有之，教初中的也有。不论在哪个岗位，都在运用他传授过的知识，答疑解惑，教书育人。

在西北一个偏远的山区，也曾有一位他的学生，毕业后回乡教书，因为高原强烈的光照致使他害了眼病，只做了一名初中教师。那年他到当地考察，这位学生听说后专门去招待所探望。望着一脸风尘的昔日学子，为了山区的孩子们，像春蚕吐丝一样付出生命最宝贵的年华，他感慨万千！

也就是几年前，他开始给我写信，使用很激昂的措辞。他说以前是那么不理解老师这个职业，误打误撞进教育后，经过努力得到知识同时得到人们的尊重，这是他始料不及的。当年他在黑板上写的那些字，现在想一想既好笑，又使人惭愧。

教师节前夕，我收到他的短信息，上面写着："讲台上，书桌边，寒来暑往，不惜心血点点；浇花朵，育桃李，方能春华秋实。"他是我的一个远房表弟，在我们那个家族中，当老师的就有十二人，在我们看来，老师不仅是一个职业，更是一种人生和信仰。

与心灵最近的栅栏

你若仔细分辨,便会发现,夏日的果园,充满了浓郁的果香。甜甜的果浆滴漏出来,化作空气在叶尖上流淌。真想弯下腰去,悄然进入这样的领地,看成熟的它们怎样红着脸庞,在密匝的枝桠上探头探脑。其实这个时候,没有人乐意让你贸然闯入,因为,就在你的身体与枝丫碰触之时,总会使一些尚未成熟的果实被无情地碰掉,就连不曾在这里挥汗如雨、为果树浇灌过汗水的你都觉得委实可惜。

这里的果树是低矮的,科学管理的最大好处,是能够让四枝向两边生长。这些低矮的果树,见证了曾经的沙土地变成花果园的往昔,它们在数年之后每一个春天来临的时候,开出洁白或粉红的花朵,结出硕大而饱满的果实,向人们奉献出一份倾尽一生的甘甜。我记得这片地种过高粱,上世纪八十年代,这里还种过一阵花生。由于是沙地,种别的庄稼大概都收成无几,只有顽强的植物才敢与这里的沙土抗争,生根发芽,开花结果,生长出一片坚实的基础。再之后,整个山头便生长出了丰腴的桃树。

我们沿着羊肠一样蜿蜒的山路,去找一种叫作"五月红"的桃子,这桃子眼下正展露青里透红的娇羞。这里的"五月"是指农历的五月。青涩的苹果还不禁一握，鲜桃就要如期成熟，经了一双双勤劳的手儿摘下。工钱还没有装进口袋，果农的憨厚的面庞上，已然露出丰收的喜悦。他们笑，果实也在笑，笑声变作一阵风掠过，摇动了树枝，摇动了树叶，摇动了果农的岁月，怦怦的，一颗甜蜜的心也在激荡了。

种果的季节是多么不易的。从春天的剪枝、施肥、授粉，到在桃子上套袋，整整五六个环节，每一个环节都累得人眼花了，腰累弯了，汗流干了。但这些环节却不可缺少。为了改善桃果实的外观品质，降低裂果和次果率。这一个个的环节，都离不开人工操作。授粉时，须用一个小棉棒沾着花粉，一朵花一朵花地点过；套袋时，先撑开袋口，托起袋底，让袋底通气排水口张开，然后将幼果套入袋内，紧缚在结果枝上；而摘袋又不宜过早或者过晚，否则果面颜色暗淡光洁度差，达不到套袋的预期效果。

这个夏天，我曾去过一个果园，在强烈的日光下，看到有果农一直就守在果树旁。年迈的老人伸展着酱红的胳臂，在树底下挥割着什么，听见我的声音，转头看看我，披着白色的衬衫在地头歇下，坐直了等着我的请教，不厌其烦地和我聊天。原来，他在浇果树，同时也在薅草。"草长疯了，就影响果树了呢！"他喃喃地说着，面对那些树露出关切的神态。北方天旱，水源紧缺，洼地里尚且如此，山岭上浇水更是不易，果园里的水源有限，从山底一点点引上来，再汩汩细流地注入地里。

我忍不住跨过一道栅栏，钻进去，是一片绿叶的世界，果实的天地。在这炎热的季节里，斑驳的树影下，到处流淌着爽心的绿意，仿佛进入了一个远古的森林。拨开浓密的树叶，林立的树干暴露无遗。一阵山风吹来，吹去一身的疲惫，吹去一身的暑气。秀草婆婆，在你身旁掀起一股青香的气息。

种果园的人是精心的，精心得如同一笔一画的篆刻。这果园的管理，也仿佛文字的写作，冬天是底稿，春天是伏笔，夏天则写出美妙的章节。当情结凝聚于笔端，当笔墨在纸笺上盈满，那满园的果实亦将把枝头压弯。一个果实，就是一把铅字，就是一篇付出心血的文字。那么清新，那么完美。一只不知名的鸟儿，清脆地向同伴发出鸣叫，在报告周围寻到的一枚浆果。抬头，我看到了一片如意的蓝天，那是夏日的果园，用来谱写丰收的诗笺。

绿叶作花

在心里，常有一种声音蓦然响起，呜咽着，如泣如诉。那凄清幽怨的曲调，偕着一缕寂寥无边的轻愁，翩跹绕梁，冰冷彻骨，轻轻穿凿着我的心田。在那袅袅飞旋的余音里，我仿佛感受到一种生命的悲怆，一种心灵的悸动，一种被压抑了的憧憬和挣扎着的呼唤，情深之处，泪如涌泉。那便是埙的吟唱。

此刻，我的那支埙，正静立在身后的书架上。每天，我坐在电脑面前，当一双盯着显示屏的眼睛疲惫了的时候，我就转过头去静静地与它对视。一个人的书房很静，但不寂寞，偶尔会想起很久以前的一些往事，不论这些往事令人感伤还是愉悦，默默地怀想一遍，然后把它们挽成个结，储藏在心底的某一个角落。

与它毗邻的，是一束绿叶，那原本是一株白杨的断枝。植树的四月，一个春阳曦照的早晨，我去附近的小路散步，发现了它并捡拾回家。在那花事纷繁的日子里，我选择了一束绿叶作花，把它插进一只美丽透明的玻璃杯，摆到了素净的书架上。这一埙一叶，便成了我的书房里唯一的点缀。那时，它还满蕴着毛茸茸的叶芽，如今，它已舒展油亮的叶片，蔚然成一团新绿了。"芳气袭人是'叶'香"，每天与它对视几次，疲惫的眼眸便有了一种自由放逐之感。闲暇的时候，我会打开一扇小窗，让清爽的风流通进来，在这个狭小却充满书香的天地里，它那青翠的生命之色得到了尽情的张扬。

我的那支埙来自遥远的地方，也是一个秋天，在那个历经了十三个王朝的土地上，在高高的古城墙下，一个妙曼的女子吹奏着。雄浑厚重的古城墙，优雅如菊的吹埙女子，萦绕不已的乐调。那如泣如诉的缠绵之声，一下将我的心灵震慑了，我毫不犹豫地买下了它。一路上学那女子，有模有样地抵在唇边。但是万般摆弄，却终不能吹出连贯的曲子来。

埙是以泥土陶制，并配以土红色基调的花纹装饰而成，躯体椭圆内空，顶端留有一个吹孔，圆圆的腹体并排扎出六个发音孔，用以调节音色。我的这支埙通体都呈土黄色，从外观看简单粗陋，样子也不精致，因了一身的泥土色而少了几份外观的华美。然而，我喜欢的正是这种原始的粗略和古朴，仿佛，那位不曾谋面的制造者，正是颇具了匠心，专门为如我一样的女子设计的，恰好迎合了我这挑剔的心理。它那古朴的颜色、形状和花纹装饰，在我眼中都放射出美丽的光晕。握在手中，轻轻地吹一吹，它发出的任何一个简单的音符，都会使我心旌神摇。

我不会吹埙，我只能使它发出单调的呜咽之声，那声音如同饱受委屈的女子悲切的低泣。于它来说，能够使它乐曲悠扬的人，才是赋予它生命的真正知音，跳动的音符，是它由泥土升华为乐器的灵魂，摆在我的手上，它便失却了应有的灵气。只是我不明白，一件古色古香的乐器，音色何以这样凝重、幽怨、悲凉？它的声音一次次触动着我那善感的心田，于是以为，埙或许是专为女人做的，那泥土也许是用泪水和成。埙的曲调令人伤感令人怀古，每每听到它的声音，就使我想起少年从军的将士，新婚离别的少妇，千里迢迢的大漠古道和烽火狼烟。昭君出塞，回望故乡，泪眼朦胧中，一腔愁绪向谁倾诉？她的故乡呵，也是埙的始出地，不知道，埙的先辈们，可曾用那哀怨的曲调，委婉道出天下苍生的千古情愁和世态炎凉？

从此，埙的声音便在我的心里化作了一种行吟，蓄满了我的脑海，并时常在耳边回响。常常，在我静默的时候，思绪就被它携引着穿越时光，循着人类历史的足迹，回到远古里去，追溯它的先辈们所经历过的世事沧桑。

一如那多愁善感的女子，我曾被元代一曲《长生殿》感动过。可是，当我置身华清池，来到几百年前一代帝王、贵妃的居所，走进那个清冷的大房子里，看到精砌巧设专门伺贵妃洗浴的"芙蓉汤"，尽管人去楼空，曾经的豪华气派早已不再，但我仍能感受到一种如金丝鸟的笼中生活：孤独、压抑、虚荣、寂寞。富贵荣华和权势终于湮没了那个曾经单纯而又娇美的王妃，最终落得个香消玉殒，让世人百年千古空对长天嗟叹。"长安回望绣成堆，山顶千门次第开。一骑红尘妃子笑，无人知是荔枝来。"简短的诗句，包含了几多对一代帝王奢靡生活的讽刺，揭示了几多造成民间痛苦的根源？那一刻，我忽然对眼前的一切厌恶起来，鄙视起来，对沉溺于声色淫逸的那个帝王，对为得到宠幸而百般献媚的那个女子。每到此处，心中的埙乐便呜咽作响，悲哀声色不绝如缕。我知道，那是为所有深陷万丈红尘中的女人。那一刻，我再无心观赏周围的雕梁画栋、玉栏朱阁。

许多天后，我带着对古城墙，吹埙女子的美好回忆，带着这管埙千里归来，我为它选择了虽然狭窄却僻静的书房，沐浴着一束绿叶的清香。它伴着我，夜里去想如何读书、写作，白天去想如何做事、为人，日子被我抚抹得平平淡淡，折叠得四四方方，抒写得精彩飞扬。有朋友来，没有一个不羡慕我那一叶一埙。绿叶作花，有如素面朝天，在脂粉摇曳的世界里，未尝不是最好的装饰。只是，我仍吹不好那支埙，在我结识的朋友中，除了欣赏之外，似乎还没有谁能够读懂它、演奏它,婉转声里,依然有不尽的凄怆。喜爱一支埙,却不能使它乐音飞扬起来,竟成了我心中不能消解的悲哀。

柿红时节

去乡下采风，颠簸的路上，遥遥望一眼远方，就会发现烟蓝色的秋色里，露出一片片橘红的映照，就像一团火焰铺悬在山腰，那就是乡下的柿树。一旦到了乡下，L的相机就会紧紧地抱在怀里，仰着头，眼睛露着捕捉猎物的光芒，脚下的石块被他踢飞起来，咕咕噜噜地朝山下滚去。他要找的，正是这种乡下的柿树。

橘红，橘红，这就是它的果实吗？圆润、沉实，轻轻地握在手里，真想给它们安上一个大红的提系和流苏，在夜晚的小路上，燃成一盏灯笼。而记忆里，那个扎着马尾的小丫头呵，正眼巴巴地盯着屋子正面的墙上，看母亲挂在上面的果实到底熟透了没有，期待它的颜色一天比一天深，身体一天比一天软。等这一天终于来到，急不可待地把它们放进一只小瓷碗，剥开果肉之上蒙着的那层薄薄的面纱，用捅空的芦苇杆对着那些甜浆轻轻地啜吸，刹那间，整个嘴巴里便流溢着甜蜜的味道了。

不怪L君把石子踢飞，柿树多半就种在山腰上，或山沟里，它们脚下的土地，必是那种略显贫瘠高低不平的地方，或岩石裸露，或土少地薄，这样的地方一般不易生长庄稼。春天阳光温暖的时候，柿树开始发芽、绽蕾、开花，经过一系列的生长、酝酿，在不久的一天早上，花瓣飘落，悄然现出一颗颗果实。果实的形状呈盘型，指甲盖大小，看去青青涩涩的样子，如果不细看，根本看不出原本的相貌，等这些小小的果子长有硬币大小，柿子的模样才展露无遗，玲珑可爱起来。

柿子长到秋天，万物萧索的时候，它也现出橘红的颜色，尽管青中带绿，绿中还黄，但一切显示了丰收在望。不久，秋风吹，树叶黄，仿佛经过一夜的秋霜，柿子也变得色泽更加圆润、愈来愈红起来，一只只醒目地挂在落叶稀疏的枝上，无论是站在树下还是远远望去，都像是正在暖暖燃起的小小灯笼，而那树，则更是给人落尽秋叶枝自瘦的感觉。

摘柿子，是山里人家最不经意的活儿。柿熟时节，庄稼也开始收割，没有人刻意想着怎样去摘那些挂在树枝上的柿子，更多的人是先收秋，等秋收结束，柿子也熟透了，这时才上树的上树，用钩子往下拧的往下拧，把柿子摘下来，在地堰子上堆得小山一样。

最初的柿树是任其生长的，因各家种下的柿树，都仅供自家人吃罢了。除了山里，几乎没有人再去种柿树，它不像桃子和苹果，嫁接后两年结果。它种下地里，得好几年才能开花，再等好几年，才能结上几个柿子，所以有些柿树，都有几十年的树龄了，上百年的也有。

那时柿子便宜，一角钱能买好几个，后来，柿子在城里稀罕起来，山里人看出了它的经济效益，于是便有更多的柿树被种在山坡地上。人们对柿树进行打枝疏剪，去弱留壮，扩大树冠，促进枝条下部的芽充实饱满，使原本旺蹿的果枝改变枝条方向，以缓和树势，等柿树结了果，就不用再登高摘取了，他们只需在一根长竿子上绑定一个铁圈，圈上缝一个小小的网兜，对准柿子轻轻一拧，就完好无损地拧下来了。

这个方法是今年到山里采风时看到的。摘柿子的时候，乡下显得格外热闹，拿筐的，背篓的，人人掬着一怀橘红，喜气洋洋的脸上，流露出振奋和自豪。喜欢唱歌的，嘴里哼唱着小曲，在愉快的劳动中感受美好的生活。老人们摘下柿子，要用它来做柿饼，于是便有了一串串小灯笼悬挂在坝上，晒取了美好、快乐，也晒取了阳光的温暖。

柿树很少招虫，无需农药，所以它应是无公害水果。它的加工方式很简单，就是把新鲜的柿子放在一口大锅里，水加满到漫过柿子，放在熄灭的灶火上慢慢地加温。水温不能过热，也不能过凉，就那么像煲饭一样闷着，经过一天一夜的水的浸温才能吃它。我们这里把这个过程叫作揽柿子，揽好的柿子，脱去了生柿子的涩味，变得脆甜起来。

更好的一种吃法，是把柿子从树上连枝一起摘下，挂在院子里的墙上，等秋冬的阳光慢慢烤灼，经深秋的霜雪浸打，像酿酒一样，在漫长的时间里软化，这样也是可以吃的。这时它已不是橘红色了，而是深如胭脂，轻轻一按，薄薄的皮下裹着浓浓的果浆，味道比揽柿子更甜，我们把它叫作烘柿子。烘柿子不光好吃，还能摊煎饼，在鏊子上抹上糊，待成形后再打开一只烘柿抹在上面，不等煎饼起鏊，一缕香甜就飘了出来。别说是在城里，就是在我的老家沂蒙山区，想吃到这样的柿子煎饼，也是很难得的，那丝脆、香、甜，在舌尖回味无穷。

山里人有句谚语：树木结巴的地方，也是树干最坚强的地方。在大自然中，无论是什么样的树木，或多或少都会受到风吹雨打，柿树也不例外。因它的幼树枝干比较脆弱，不耐风吹，于是人们把它们种在山沟里，又由于它不耐风吹，枝条多会在寒风中扭曲，甚至因风吹雨打而导致断裂。一旦柿树长大，那些曾经流血的伤口，就会长得越来越粗壮，那些结巴的地方就变得越强壮，枝干遒劲，曲弯迂回，盘枝错节。那不惧外在压力仍然挺直向上的姿态，简直可媲梅的风格。也正由此，柿树一度再度地获得了摄影者的喜爱，不顾秋风劲吹，落叶稀疏，草木萧瑟，去山里拍柿树者络绎不绝。

自然界的法则是人类无法模拟的，这就是万物生长和进化的多样性。美国人克尔麦有这样的诗句：我从不曾看见过 / 一首诗会像一棵树一样可爱…… / 诗是像我这般傻子写出来的 / 唯有上帝才能造出一棵树。前年，喜欢即兴在网络上作诗的 W 君也曾写有"晚秋风物美，正好贮诗囊"的诗句，正如采风归来的 F 君写下的微句《柿子》："涩，因缺少温暖，而心，是甜的。"

造化之美，岂是仅在这里？江南江北，山乡水乡，春光秋色，热烈沉着，无处不是教人捕捉美丽的地方。它们的美，仅限于一双双发现的目光，崇高的境界，以及能够感知美的情怀。

布衣荆棵

　　故乡的山里，花开得太多了，茂密如斯，以至我不知道，怎样形容它才好。倒是路边的荆棵，不顾山里寂寞，不管贫瘠如何，兀自生长在山里，日益发芽，日益出穗，日益繁茂，日益开花。在无人赏识的日子里，仍将一串串的花，开得玲珑精致，若宫女鬓上的珠饰，积堆攒动，俏笑妖娆，直将这个秋天，点缀得浅淡入眸，紫韵入帘。

　　一开始我并没有在意，直到漫步绕上山去，身上沾满了叶的花絮，不觉间，手里还轻轻地拈着一枝，这才让人想起，那些花，是多么平常和不起眼的荆棵。它有些灰扑扑的，颜色有如泥土，倘若不细观细看，才不会发觉它的模样，尽管它生长得那么密集，似少妇珠花在头，串串巧藏。有时想，倘若它一日里一下盛开，会是何种景象？

　　果然，它们，就那么一下开了，无息无声，开得静静悄悄。除了山风、正午的阳光，以及路上的我，不知还有多少人可看到。在这个山区植物王国里，那娇俏的花朵，闪着生命的光泽，与旁边的各种野花相较，一点也不逊于热烈。我有些遗憾，芳若此景，却甚少有人用锋利的笔墨，描写于它，稍稍对它加以赞扬。最终，结下那些逐渐饱满的籽粒，落叶眠秋。而我，毕竟生长于乡村，至今，与乡村仍有着千丝万缕的联系，所以，乡野之间，我喜欢它。

荆棵是一种生命力很顽强的植物，在故乡，每座山上都能看见它的身影，掩藏在土坎与乱石之间。葱翠茂密的它们，花碎如锦，点衬着土地的底色，却从不显示自己的壮观。你只闻到那叶、那花的特殊香气，氤氲在闷热的天气里，告诉人们这个夏天，因为荆棵的蕊香，而再次现出迷人的深婉。

它太平常，不似那些妍丽的花儿，可以移在盆中，带回家去欣赏。在所有的野草野花中，它只能开放在夏天，开放在一个不让人注目的地方。所以，我说，紫荆是布衣。它与乔灌草高低错落，相融共生，以原始的状态，记载千百年演化变迁着的林地生态。小时候，我常和同伴说，发现了一种花，可是，后来却听老人们说，紫荆不是花，是灌木，常被人折下当做香料插于卧室，为多悸的夏夜安枕驱梦。

布衣荆棵，却有一个别致的学名，叫"黄荆"，不温婉，略大气，像个野性的孩子。医书上说，荆棵的根、茎、叶及果实均可入药，四季佳期，均可采集。通常的做法，是将荆棵的根、茎洗净切段，晒干，叶、籽阴干备用。荆棵不计土壤的肥厚、瘠薄，只要能扎根的地方都可蔚然茂盛。荆棵花开之时，随便到一片的地方，都能发现一株百年老荆，如巨龙盘伏，遒劲苍苍，深藏于荆棵丛中。仿佛巨龙，只差一声腾飞的指令。

那是一个理想的所在，是令人神往的去处。荆棵的根，外形沧桑有力，枝梢曲曲蜒蜒，常被盆景爱好者不辞劳苦，从山中一点点挖了回来，培植成造型别致的盆景。有一年我们相约登山，就亲自挖回一棵足有碗口粗的荆根，种在专门植种盆景的花盆之中，栽盆没有多长时间，这棵从山上迁延而来的荆棵便恢复了活力，在城市的一角长出一丛葱翠的叶来，摆在案头春夏秋冬，令人久久徘徊不去，欣赏不已。

由于荆花茂盛，荆籽也成了珍贵的饰物。当地人用它的种子来填枕头，先是省了填枕头的棉花等材料，再一个，也是为了那些人到中年的人们镇静安神之用。老年人用荆棵花籽枕头的更是不计其数。由于睡眠质量本就不好，曾托人用蚕沙填充过枕头，蚕沙也有安神养目的作用，不过，蚕沙略硬，睡在上面不很舒服。荆籽成熟的季节，这些农家的院中厅堂里香气氤氲，袅袅升腾的气味，构成乡村生活的种种诗意。

荆棵的用处颇多。荆花淡淡的幽香，尽管已被酿成了蜂蜜，把蜂蜜倒入透明杯中，冲上温和水或凉白开，再用竹筷旋转搅匀，溶化成半透明的乳白状，便成了每天晨起的必备佳饮。最早记载蜂蜜可食的医学专著是《神农本草经》，入药之功阐述有五，其中以"甘而平和，故能解毒；柔而濡泽，故能润燥"为主，将蜂蜜、蜂腊、蜂子列为益寿上品。蜂蜜既以花粉所酿，各花成分又皆不相同，荆花蜂蜜可增进食欲，促进肠胃消化吸收，尤其是能提高机体抵抗能力，镇静安眠，营养成分可与人参媲美。

我曾留心过来自古罗马的食谱，野花蜜与山茶油、黄瓜一起炒，即是夏季一道天然美味，那么，我用荆花蜜来如法炮制，竟也烹制得甘香如饴。古希腊希波克拉底医生颇讲究养生，研究饮食成为习惯，他和著名科学家德谟克利特一样，喜食蜂蜜，不知是否这个原因，两人都活了一百多岁。俄国教授谬尔巴赫也是以蜂蜜调羹，久食不怠，120岁时还精力充沛，他的健康秘方就是，每天早晚服用稀释的蜂蜜一杯，然后再吃些老年人所能吃的点心。

据朋友说，在她十几岁时得过一场心悸之症，经常心慌无力以致久治不愈，后来有人找来一个民间偏方，宰杀公鸡时把鸡的心脏取出，用荆棵枝穿了填入少量朱砂，放在锅里加工成熟，就这样每周一次药用。虽然有些残忍，万般无奈之下，却也不得不拿来一试。

杀鸡时，还要将它赶得满地乱飞，直至鸡冠血红。想必是血液沸腾后注入公鸡的心室，所以取出的心脏大而鲜红。生灵何罪，因我而伤及？久病缠绵的日子，我悲自己，也悲那些为我——赴命的公鸡。

这样，坚持吃了半年之后，慢慢地也就不再到医院医治，仿佛也不再有心慌的感觉。至现在，已不敢吃鸡，闻到鸡心的味道就干呕恶心。更不敢看旁人杀鸡，常念佛陀之怜悯，深感罪恶。"平生不识绣衣裳，闲把荆衩亦自伤。"不曾想，才十几岁，生活便让她不惧威胁去折枝负荆。可是，荆棵可以入药，却是当年不可多得的新知。

紫荆，先是山区的，才是土地的，大众的，美丽的。像赤脚的学者，或者农人，平凡朴素，一介布衣。它的美不在年轻，不在回眸的一瞬，而是单等花开，花谢，以十载、百载之身，穿越千年，泼剌剌，匍匐在大地的胸前。尽管，秋风苍凉，鹧鸪声传，激水幽涧，瞬逝短暂。然，无尽的，是天空，历经洪荒，依然蔚蓝。

高贵的萝卜

门前有几个水果摊，夏天，他们一向是卖西瓜的，到了秋天则很快改作卖橘子还有柚子了。小摊的主人喜欢打牌，也喜欢看人下棋，有人在水果摊下摆一个棋盘，两人便头对头专注地对弈，跟前围着六七个路人静默观战。透过人缝，能听到棋盘掷子儿和一叠声儿的"吃"或者"将"的声音。那些水果虽然新鲜，但总是不变花样地在一块支起的帆布架上摆放，时间久了也就不那么吸引过往的行人。我从外面回来打此地经过，发现许多人也都是对水果摊熟视无睹，只有出门访友的个别人，才上前一番讨价还价，从某个摊上买一兜橘子或几个柚子，提着进入家属楼的某单元的某一户人家。

那天节气正好是大雪。大雪的时节无大雪且阳光灿烂，这是近年来常有的事了。街道上人来车往一片祥和。我下楼出门，买了一丛青菜回家，路过小摊时，发现上面的水果有了异样的变化，水果的颜色有些不同，每个小摊上都掺杂堆积了一包青绿的东西。是才进的新鲜水果吗？我疑惑地上前打量。原来塑料包装袋里盛着的是一大包绿皮细长的萝卜，以为那是摊主趁早市备下带回家用的青菜萝卜，正欲回头离开，摊主人连忙从观棋的圈子里挤出来，说那是他们新进的货，正宗的潍坊脆萝卜。他在萝卜面前加了个"脆"字，于是那一兜的萝卜，仿佛就有了一个高贵的身份。听了他的介绍，我没有眼前一亮，作为六十年代出生的人来说，对萝卜是太熟悉不过了。谁能知道，我们从小到大吃过多少萝卜，谁又能说得清，我们从小到大要吃过多少这样的萝卜呢？

尽管这样，我眼里的贪恋却让人觉察出欲望之心。于是摊主从旁边的一个纸箱里拿出一把锋快的水果刀，在那包摆放整齐的萝卜里翻了半天，终于翻出一个比较小一点儿的萝卜，用刀很仔细地一切两段，取下前半段，然后竖着又是几刀，直到切成很小的瓣，这才一瓣一瓣地依次分给几个站在摊前的人们。大家一声不吭地接过来，放进嘴里捡没泥的地方"咯嘣咯嘣"地咬着，用开得极小的口细嚼慢咽，经过了仔细的品尝之后，大家几乎异口同声称赞那萝卜好吃，把摊主称赞得好不开心，索性连那后半截萝卜也通体切成了几段，六七个人又一点不剩地分吃了。有人一边吃一边心疼似的说，你看，两元钱，就这么破费了。摊主摇摇手，用嚼着萝卜的嘴巴含糊的说了句"无所谓"。

一根萝卜，要两元钱，看来是眼前这包萝卜的新身价。我一边琢磨眼前的萝卜与早市上的萝卜有什么不同处，一边用手翻出一根掂在手里。早市上的萝卜也是如此的长相，可一元钱能买上四五斤，如果按这个价去推算，怎么说眼前的萝卜也太金贵了点儿。于是摊主解释说，这还是从原产地进货的直销价，价格的高低摊主自己说了不算，他们只有权给人家销货，价钱是批发商规定的。商家是谁，我不知道，问摊主，他只告诉我那些人是潍坊的，有人从那里捎货来，委托他们再代买。原来这是我家乡的萝卜啊，老家山东是萝卜的产地，尤其是潍坊萝卜。面前的萝卜让出门在外的我产生了几分亲切，于是和身旁一位大妈各买了一根，带回家清洗干净切段摆上果盘，闲下来时就吃上一块。渐渐觉得此萝卜不比早市上的萝卜更好吃。实不相瞒，手里的这块萝卜除了脆和略微的甜，少了些普通萝卜的辣，我的味觉特怪，不喜欢太甜，专门喜欢吃略辣的东西，感觉辣比甜更有味。而我喜欢吃的萝卜，必是要辣一点才过萝卜瘾的。想一想，因为花两元钱把这只萝卜买来，我没有随便把它们扔掉，晚上用来熬了排骨汤，味道极佳。

从小吃萝卜，这么隆重地把一根萝卜当水果来买还是第二次，第一次是在八十年代末，我到山东莒南一带出差，在那里曾郑重其事地买过一次红心萝卜。记得那时红心萝卜就已经一角钱一斤，而一角钱足能够买一堆普通的红皮萝卜。我们一伙人用五角钱买了一大袋，回到住处三下五除二就处理下肚了。红心萝卜的个头呈圆形，青皮里透红，剥开后萝卜心是深紫色，故又称作"心里美"，这在当年我们村里的集市上是根本见不到的，因为乡人几乎没有谁去种它，以至当听说世界上还有红心萝卜时，竟然大吃了一惊。上世界八十年代，在潍坊萝卜还没有显山露水的时候，红心萝卜同样是很高贵的。姜昆在一段相声里有一句以它喻人的赞誉，说某人心眼好，品德高尚，那是"红了心的萝卜，心里美"，无心插柳的一个比拟，让心里美萝卜从此得以美名流芳。

萝卜在泥土的地里，是不分贫富贵贱的，因此乡人最喜欢种红皮萝卜，青皮的较少，红心萝卜在我们那里几乎见不着。在食不果腹的年代，人们在种植的同时对其产量的思虑是大于质量更大于稀有品种的，红皮萝卜便以个头大产量高占有了田畦和菜园。红皮萝卜除了切丝做菜晒萝卜干，乡里人喜欢用它来包水饺，捏蒸包在萝卜馅里搀些猪肉牛肉进去，蒸熟后其饭香大可满足饥腹的欲望。若干年前，当前苏联有了土豆烧牛肉的共产主义理想之时，我乡下的亲戚就已经有了萝卜炖牛肉的美谈。青皮萝卜须剃须洗净，用削刀法斜斜地打出萝卜皮，与猪肚加芥末等佐料搅拌匀和，做出一道非常可口的芥末猪肚，在上世经八十年代的餐桌上，它是一道上等的凉拌。在水果不丰之时，家里来客急欲招待，用切得均匀的红心萝卜招待，不仅不会失掉身份和面子，还能让人夸赞非凡的创意。

　　尽管那块萝卜没有吃出别样的滋味，价钱昂贵我心里却十分欢喜。欢喜的是这些北方田地里的普通萝卜，终于可以走进城市并抬高了身价。那么不久的将来，不光是这些萝卜蔬菜，还有那些玉米高粱，那些鲜蛋精肉，都经了庄户人之苦之累的果蔬走向城市，都和眼前的这些萝卜一样变得高贵起来，使城里人富裕的日子逐渐走向农村，而对农村人来说，乡下的物资不再只讲求"物美价廉"，而是也来古人所云"米珠薪桂"一番，身价倍增地丰富到城市市场，岂不快哉？何至于落得大白菜几分钱一斤，甘蓝菜几角钱一斤的等等行市无情，使农民兄弟一年来辛劳的汗水，最后连肥料钱也换不回来？我相信，但凡与土地、与乡村和庄稼有关的人们，都有过这样的渴望与期待，因为他们也只有他们，才懂得那些萝卜青菜是经过怎样一些劳动程序精心打理收获到城市的餐桌上的，况且，他们还和那些萝卜一样，在土地里滚爬过生长过，脊背上流淌过劳动的汗水，衣服上曾沾过泥土和草屑。

家乡的蓝月亮

没有月色的夜晚，是一种孤独。当夜幕落下，我常常抑制不住抬头看天上的月亮，看城市里的月亮与乡下的究竟有什么不同。我发现城里的月是那么的朦胧，看着看着就仿佛自己又回到了乡下，那月或如圆润的玉盘，或弯若清远的银钩，却都是那么明亮如旧。

走过长长的时光隧道，再回头看乡间的月亮，我仿佛又回到一条条细长的田埂。也是一个秋天的夜晚吧？笨拙的蛐蛐发出短促的鸣唱，娇小的纺织娘轻弹悦耳的琴声。在夜晚的草丛，还记得捉纺织娘的情景。明月高悬，几个小孩拿一个小小的玻璃瓶，捉了就放在里面，看着它能开心好久。也有捉不到的时候，那么我们就去捉萤火虫，抬头一遍遍去仰望天空，渴望忽而飞过一只小小的"灯笼"。捉得着的，就放入一个纸盒子里，捉不到的，就束手看别人的萤火在纸盒里明明灭灭，心中兀自孑然落寞。

越过曾经的梯田，与蜿蜒的山间小道之间，曾寻找那些遗落的童谣，犹记得那些夏天，我们坐在邻家木槛的门前，听老奶奶把童谣教唱："大月亮，小月亮，哥哥起来做木匠，嫂子起来蒸糯米，糯米蒸得喷喷香，打起马儿接姑娘……"充满蒙太奇色彩的童谣，抑或只是词语的接龙游戏，活泼的语言却简洁上口，于一丝轻松、诙谐、幽默中表达出浓浓的人间情意。

多少年过去了，如今已在时光的崖隙间渐渐变老，再也找不到具有韵味的童年歌谣，记忆一回回走过童年的窗口，目光抚摸小时候那株弯曲的垂柳枝条，这才发现那段故事已成为一生的守望。那时的青梅竹马都哪里去了？那时的风雨草屋都哪里去了？那时的山坡之上缓缓生起的炊烟都哪里去了？为什么在我心里只剩下一轮银白的月亮？

故乡的风簌簌吹过，叶生叶落间，忘记究竟过了多少个春秋冬夏——春夏园林，秋冬山谷，一一走过，才知一派管弦清音不再，只落一抹沧桑浅深间布，在孤独的心里凄寒若霜，花寂人冷，昼深风乱，无数次的念想漫上双眼，濡湿了身后长长的凝望。

多少年前曾看女儿涂画，将一轮明月淡染成罗兰色，旁边是一枝莲荷，在中秋的月光下显现出玉蕊苍枝。我略懂一些绘画的技巧，但宝蓝比淡黄更能提亮秋天的月光，这倒使我没曾想到。无意之中，它让我看到了年少时的月亮，蓝月亮！宛如落下个七彩仙人，将所有一切皆化为一院清辉，月明清朗，盈若秋水，那一刻，心暖暖地烂漫起来，仿佛回到曾经的美好时光。

炊烟是村庄的念想

我喜欢看乡村的炊烟，尤其是在秋冬时节，当所有事物萧条之后，透过庄稼成熟收割了的田垄，那些零零落落的果园，弯弯曲曲的田埂，矮矮的草房，还有房顶上飘动的如丝炊烟，都显露无遗地呈现出来，这时候炊烟总能成为乡村的标志。

在乡村，炊烟比任何一件事物都显得特别，但它又不是乡村最醒目的事物，炊烟有时候不太让人关注，它是在人们不经意的时候悄无声息地出现。每当走出家门拐向村口小路的时候，我都忍不住回头去看悬挂在村头的那缕炊烟，它们被风吹得浓了淡了，渐渐在广阔的天空里隐散，被云丝儿吸纳，也变成了洁白的云朵。

有了炊烟，还得有火，不用说也会猜到其中的情形，这个时辰家家户户正在做饭，炊烟就是这样悄悄从屋顶烟囱里飘出。饭做好后，用水把火熄灭，掀开蒸气氤氲的一口大锅，一锅子的青黄饭菜就做好了。冬天的菜肴是白菜萝卜，再不然摘些菠菜撒在笊子下面，等上面的玉米窝窝发出扑鼻的香味，黏稠的菜糊糊也做熟了，下地的人回来盛上一碗，就着金黄的玉米窝窝吃得香甜。

我最早学画的时候，老师不仅教我们画人物，还教我们画火，染出颜色红彤彤的，像少先队员旗帜上的火炬，又像电影里阿细跳月时的火把，有时就干脆是一把火，呈山形的火苗柔姿妙曼，像是山里少女的舞蹈，哦，我知道了，那是爱之焰火。于是我也用彩色的蜡笔，去画一个小小的空间，然后点染成火的颜色，就很温暖地把心田照亮了。

在儿时，除了炊烟，我们还拥有田野的花朵，拥有满天星光。白天可以闻到花草的气息，到了夜晚，数不清的星斗撒落在睡梦的枕畔。炉塘里的火苗明明灭灭，映照出祖母或母亲的脸庞，她们的愉悦与满足往往昭示着家庭的幸福。单薄的小屋盛满回忆盛满温暖，亦盛满了我们的幸福的童年。

启程的蒲公英伴着我们长大，睡梦中的花朵将开未开，我们却已经走到了未来。不记得脚下迈过多少田坎了，却记得母亲送别的依依身影和殷切目光。回头望，不再是村庄的炊烟与花香，而是纵深的高楼板硬的马路和繁复的霓虹，悬挂在母亲身边的摇篮远去了，远方的路充满了寂寞孤独。挥挥手我们与村庄作别，手举起却难以放下。

城市里四季不太分明，难得闻到花香，更难得看见村庄与炊烟，现实中的城市每天都在枕戈待旦，为一席之地的生存争先恐后。只有到闲隙的早上或晚间，霞光普照或夕阳西下的时候，把记忆打开让点点清晰循环往复，追问人生和当下的幸福，让标志乡村的炊烟在梦里且行且远。在远离故土的游子心里，炊烟，是村庄留在记忆里的念想。

海的喜悦

迎着前方标示的目标，停车向海岸走去，海风吹来的一瞬间，让人感到有种说不出来的惬意。这是一个八月的早晨，眼前是平展的金沙海岸，灰色苍茫的海空，涉过沙滩与礁石，以延伸的弧度向前，最后融合在天水相接的前方。天空不是很蓝，海水却绿了起来，激浪拍打之时，蓝绿色的海漩起一束束浪花，就是这样的浪头，挟起海面上的海风，吹拂着岸上的松柏，让隐藏而居的无名小鸟，再次舒展脆生的鸟鸣。

太阳挂在海面上方，金光跃动，仿佛挺举着一个圆而丹红的光体，四围开始现出层叠的重影，是海上的云彩，由浅及深，渐次分明。这些重叠的影像，使大海更生动了。遥看海边，目光忽而被早起的游人吸引，忽而又被巨大的岩石掠走，掀起一阵阵惊喜。巨大的岩石之上，雕刻着几个深红大字，越是努力去看，晨光越是耀着眼睛。终是看不清了，染红的海水把它映成了金黄，我却记住了它，作为海边这个并不唯一的标志。

上午八九点钟，阳光开始照耀在建筑之上，在周围的窗玻璃上，碎金一样跳动，闪着过往行人的眼眸。面对朝气勃勃的晨景，我站在那里，在新鲜的空气中享受了半晌。阳光，海岸，沙滩，听风扯动衣衫,猎猎抖动手中的阳伞——想象不出,原来大海是这么的美!这江南的款款情调,在这里,早已失去原本的含蓄,原本的温婉,变得粗犷而野性,让人想起舞动着的腰鼓,咚咚作声。这就是北方海边的美,这就是北方海边的大方与豪气。

亲临海岸,几乎没人忘记试一试海水。卷着泡沫的海水,是极为凉爽的,双脚踏入海的波浪,顿然觉出细沙的拥吻,散软的细沙,如同在脚心里流动,仿佛一个个生命,可以呼吸的海沙之魂。这是海水浪涌的结果,这种细微的感受,恰好证实了大海的温软与活力。对生命而言,它容纳了许多不可想象的东西,对大海来说,这正是大海的包容与侵入。我一直认为,海是难以接触的,海的威严,海的神秘,海的变幻莫测,不是凡间的人可以掌握。面对大海,不知不觉,你就变得张扬起来,变成大海的俘虏,或者是大海的亲信。

清晨的大海,万物苏醒,就连海鸟,也像是大海里的信使,愉快地飞翔而来。在松柏翠竹的树林,我找不见它们的巢穴,只看见它们飞翔的身影,箭一般从身旁穿过,纵情地投向大海。很久以前,听大人说,精卫是海鸟的前身——精卫为报葬身之仇,衔石填海,填了数千年,不知填了几辈子。而海的鸟儿,我宁愿它是上帝的使者,吉祥的化身,如凡间的喜鹊,用它那纤细的翅羽拍打海浪,为渔人传递平安的书简。

它们的目标不是那么明确,一会儿飞向深海,一会儿又匆匆返身低回,一会儿又冲向长长的海湾,在海边盘旋穿梭,隐入密密麻麻的礁石之间,再也找不见它们的影子。谁能说,人世间最为迷人的不是海风,不是那长长的海岸以及海湾呢?而与海湾共同栖息着的,是一排排停靠在岸边,严阵以待的渔船,桅杆林立,船帆息闲。眼下还不是出海的日子。据说,离出海的时间不远。到时,海鸟可带上他们的便笺,让那些远海捕捞的人们,有个在海上叙叙亲情的机会,叽叽喳喳的,全都是渔家收获的喜讯。

素食年华

冬天来了，一墩墩的青菜，从地里拔了出来。经过了春天与秋天，蔬菜长得十分饱满。喜欢雪里蕻，用水洗净晾干，拿一只干净的腌菜坛盛了，一层层撒上盐，做成一坛去冬的素菜。还有绿色的球茎甘蓝，有的地方叫苤蓝，叶片椭圆、倒卵圆或近三角形，绿、深绿或紫色，叶面有蜡粉。其食用部分为肉质球茎，质脆嫩，可鲜食及腌制。

喜欢素食，却不是很久就喜欢的。记得小时，家前屋后种有菜地，但不是我们家的，看人家种得欢喜，也羡慕地想种一地，白菜萝卜，吃起来喜气。可父亲不让，说那地是公家的，别人种得，我们自己是种不得的。母亲听从，也便不种。

后来，搬家进城，院子大了，父亲这才自辟菜园，种一些青菜下去，比如甘蓝，青椒，以及一拃多长的豌豆。父亲从没种过青菜，但经不住他老人家的苦学摸索，竟把菜种得绿意盈盈、水灵灵的。母亲在一边含笑鼓励，邻居们也齐声叫好。

这样的精力投入，这么多的种类，年年收获颇丰，从此腌菜必不可少。雪里蕻，是可以放在坛坛里密封腌制的，一个月左右就可以吃了，以此切段，调上香油，下了面条出锅后舀上一匙，别提有多好的滋味。苤蓝可以腌成咸菜，也可以切丝炒着吃，味道极佳。那时节，家境富裕的人家不多，腌制小菜，便成了家常便饭，尽显各家主妇的手艺和持家功夫。

芜菁，在我们这里叫荠菜疙瘩，有着肥大的肉质根，有开胃、消食、下气之功，可以炒、煮和腌制。有一道菜，就是用芜菁做的，方法简单，首先将芜菁洗净、切成细丝。在加火的锅里放适量的油，趁热将芜菁丝倒入锅里，大火翻炒，五成熟时关火闷盖，把锅取下放一边冷却。

冷却后的芜菁丝晶莹如玉，闪着油亮的光芒，一缕特有的香气扑面而来，诱惑着人的食欲。尝之微苦，辛辣芳香。适宜食欲不振或食积不化，脾满腹胀和黄疸之人食用，对加强肝脏机能，助消化很有功效。《医林纂要》记载："芜菁，利水解热，下气宽中，功用略同萝卜。"

芜菁别名很多，在《诗经》《礼记》和陆玑的《诗疏》中都有记述。它可以追溯到先秦，《尚书·禹贡》篇中所说的"菁"就是"芜菁"。公元154年，汉桓帝诏曰："蝗灾危害，畦水变至，五谷不登，人无宿储。其令所伤郡国皆种芜菁，以助人食。"可见，东汉时期已普遍种植。北魏贾思勰所著《齐民要术》中，就有芜菁栽培方法的详细记录。

很少有人把芜菁当做青菜。可惜那时，米粮不丰，母亲只好一篮篮从集市购来，充当青菜。上高中时，同学有人住校，随身的干粮里，有山东的大煎饼，还有清炒芜菁，芜菁闷椒丝，坐在她身边朗读，总有一股香味扑鼻，让人分着神，散着心，馋涎欲滴，香得那叫可人。

后来日子好了，芜菁丝也吃得少了，随之三高病人增多，自己家里也有了这样的患者，于是又想起青菜萝卜的日子，绿梗素饭的年华，家里人个个身材修长，文静英俊，却不少结实，清风一样无病无忧，知书达理。

  如今，芫荽在饭桌上更加稀少起来，只有在农家桌上，才看到它寥落的点缀。在宾馆的早餐里，有时也能见到焖好的芫荽丝，每每要下箸夹上一些，再夹一些，吃个不亦乐乎。有一种闷闷的辣，如芥末，增强着人的食欲。禁不住打个喷嚏，满面的纷飞泪雨，却是欢喜的颜色。霎时，往事又忆起。

当陌生向你微笑

我是一个惧怕陌生的人，从小受的教育，就是一个人不要去陌生的环境。2011年夏，我去北戴河参加一个笔会，这是我第一次出远门，早之前也坐过一次列车，但远没有这次出门令人紧张。我带着两个施行包，拉一会儿再推一会儿，随着人流好不容易进入站台，却被告知自己不在这段车厢上车，我只好小跑着找到自己要上的车位。

匆匆进入车厢，过度的紧张使我气喘吁吁，就在这时车开动了，移动的风景缓解了紧张的情绪。靠车窗而坐，对面时而是一位彪形大汉，时而是文弱书生，时而是一位年迈老人。小孩子是坐不住的，他们在车厢里跑来窜去，仿佛这并不是置身车上，而是在学校或幼儿园的游戏室里，表现出初生牛犊的天然无惧。

我的目光跟在这些孩子后面，注视着他们每一个自娱自乐的游戏，自然的笑容渐渐流露在眼角。有人朝我看过来，笑笑，再笑笑，尽管是那样陌生。在这之前，我并不知道，陌生有时也会向你发出一个微笑，就像我给陌生一个微笑一样。偶尔，把头转向窗外，闭锁的车窗外，有绿色的庄稼大片逝过。一些庄稼矮矮的，开着白色的花，到底是什么花呢？又是什么样的庄稼？

这时，一个女孩向我走来，上衣短衫，下装是牛仔裤，厚厚的打扮，有点与盛夏的季节不太相符。可过不多久，我就发现车厢里冷气逾重，原来车上一直开着空调。她这一身打扮，才是正适应车内的温度，我穿得少，便有些冷了，一个小时过后，忙着加衣。我们开始聊天，问她从何而来，说是从遥远的南方而来，到北方看海。

我以为，因为她太爱大海，所以才去那么远追寻。奇怪的是女孩的家就在南方一个沿海的城市，如果她真的喜欢大海的话，大可以去离她不远的东海等地，无须只身一人千里迢迢到北方看海。这是一个喜欢说话的女孩，眼睛里流淌着智慧与诗意，并不拘束我是一个异地相逢的陌生人，对于我们的交谈，权当长途列车上的消磨时间。

任她消磨，我也会把我们的聊天，当做一次有心的采访。经过十个小时的旅程，列车终于到站，我与这个女孩分手，随接站的朋友乘车而去。在宾馆住下，洗漱完毕，谁知又在出门时遇上了她。她也住在这个宾馆。活泼的她，从楼梯飘然而下，已由短衫和牛仔裤，换成白衬衫配天蓝色长裙，在强烈海风的吹掠下，轻盈得像个天使。

夜色来临的时候，我们向沙滩走去。她神秘地问，你知道我为什么来北戴河吗？不是为了看海吗？我猜了下又说，或是为什么纪念吧？她甜甜地笑说，什么原因也没有，就是想独自出趟远门儿，享受一下孤独的感觉。那种感觉可真好啊，在城市里可找不到。她从小就在城市里长大，她听够了城市里的噪音，一直以来都渴望旅游，寻找一份属于自己的天地，听一听自然的声音，只要不是人流如海，人声如潮，哪怕孤独也会舒意。

孤独也是一种享受么？我竟一时惘然。或许她是迫于生活的压力，生于80年代之后的人，压力太大，总有一种青春飘零的感觉。

但再怎么样，也不至于专门寻找一份孤独。我从小最怕孤独。我怕孤独，是由于从小受环境的影响，孤独对我来说是一种恐惧与无助。而我总是那么孤独，孤独像影子一样缠着我，如影随形。不仅不喜欢孤独，而且我也不喜欢大海。幼年时的一次没顶之灾，差点夺走我的生命，这个教训使我终生难忘，蔚蓝的海水无论多么清澈有趣，都永远摆脱不掉那种窒息的感觉。

大海边，风轻轻荡漾，海潮逐起白浪，海鸥展翅飞翔。沙滩上，伞花缤纷，游人笑声起伏。女孩长发扬起，追逐着翻卷的浪花。此刻，她早已抛了鞋子，光着脚在海边嬉戏。不过两天，这个原本要享受孤独的女孩，已和常来海边的几个人相熟悉，在早上散步时相互打着招呼，并且还有一个外籍妇人。在我眼里，她一点都没落入孤寂。

我并不常去海边，会议结束，我就躲在房间里看电视，枕着浪涛浅寐。海边是这样安谧，没有一点儿机器的喧嚣，没有建筑工地切割金属的声音。我甚至听见海的浪涛轻轻拍打，像是一种生物的呼吸浮摇在耳，吟出"睡眠、睡眠"两字。海的声音如此曼妙，无不得益于海风的播送，夜晚的吸纳，其实海离我们很远。

整个晚上，我睡得很好。在家乡，在我临行之前，我家楼前便有人在搞建设，高楼已经盖起一半，彻底地摧毁了我的睡眠。睡至夜半，除了切割磨砂之声，经常听到刺耳的高空抛物的声音，重重地砸在我的头顶。而今天，我仿佛真的得到一种享受，一觉睡到天明。走廊有人轻轻咳嗽，也是压抑着的，并不打算让人听见。周围除了海风的声音，就是一片幽静，就连晨曦都像是悄然地，给窗纱打上一抹鱼白，仿佛告诉人们：嘿，醒来吧，黑夜消失了！

原来，我也一直在渴望这种独处的幽静，只是我没有感觉到寂寞，幽静比寂寞更美，它让你的思绪在空旷的视野下飘移，任想象在心田上踱步，我不曾着笔，脑海里早已跳跃出几行优美的文字，去赞美海风，蓝天，黎明，以及海边上人为的安静。是的，我并不觉得一切都归于自然，如果没有这份"人为"，这么好的海景之下，是否有挖掘机的轰鸣呢？是否有种种高楼崛起，人声从此开始鼎沸？

我当然知道，我们所追求的幽静，不过是久居陋市的一种心态，也更知道，寂静的心永远寂静，喧躁的心永远喧躁。可我们仍然不断地寻找，甚至远途奔波，不辞辛劳。我们所逃离的不仅有身边的环境，还有我们日渐夷弱的心内。当陌生怀着善意向你微笑，没有邪恶，没有企图，我想到的是一种生命的本色，一种人性的原朴。这才是我的精神世界，这才是我的人间美好，我的江河风光，和我们每个人的完美纯净。

在生命中的每一天

　　刚参加工作时，她不太喜欢新岗位的工作，心情苦闷了就写一写诗。同事看她写诗，也经常把头凑过来，看一会儿再回他的桌前，后来他们成了很好的朋友。有天他看过她的一本小册子后，竟然与她攀谈起来，对诗的理解，他比她一点都不逊色。

　　后来她离开了那个单位，从此再也没有联系过，但有一种情愫，在心里浅浅珍藏着。那时没有电话，她曾试图写信给他，迫于心理压力和女孩子的矜持，始终动笔不得。又过了几年，才逐渐把他淡忘了。

　　结婚前，有几本日记放在家里，是她想留作永久纪念的，里面不光有青年时代写的诗歌，还有许多笔友的通信，当然也有他的诗作，他们曾一唱一和过。她结婚后，母亲怕让人看见产生别的误会，就一把火给烧掉了，当她知道后赶了过去，那些信件和幼稚的日记，已经化作灰烬，再也看不到了。

　　她没有马上去找工作，她喜欢写作，并相信每个人都有自己的位置，本地没有适合她的事业，于是在家当了自由撰稿人，每天写些稿子寄往天南海北，发表在报刊杂志上。直到调入一家新的企业，新的生活让她又想起，伏在办公桌写日记的日子。

她爱人是个通情达理的人，她的乡下亲戚多，这个办事，那个进城看病，来来往往的，都喜欢到她家吃住，爱人只好跑前跑后帮忙，想尽办法应付招待。最初经济条件不好，他们都得勒紧了肚皮，哪怕少添一件衣，少洗一次澡，也尽量不在亲戚面前表现出山穷水尽。

光阴荏苒，二十多年过去了，她却突然又有了他的消息。原来他也调离那家企业，到一个事业单位工作去了，还升了职。进厂二十年同事聚会上，依然能够说起诗歌，说起当年的友谊。他的笑还和当年一样，很憨厚，很单纯。

她没有问他的家事，不想听到任何有关他的不如意的消息。尽管在一个城市，她不想打扰他，双双按着自己所决定的生活方式生存着。大概他也是这样想，所以他们连手机号码都没有互换，就在聚会后分别了。她不知道彼此的心头，是否还有些模糊的影子。

爱是两颗心的互相牵挂，两个人的相扶相携。前者可能是爱情，后者才是一辈子的嘱托，因而在他生命的每一天，感激那个陪伴她的人，是他让她一颗心幸福踏实，不用在午夜的街头流离失所。有这份嘱托，他们才能战胜种种窘困，完成人生这个美好而又繁复的过程。

真爱才美丽

"当你不再爱我,当我爱你已成为你的负担,当相爱已成为一种痛苦,那么,我选择放弃……"最近几天,我每走进一个论坛,或偶然打开一个博客,都能看到这样一个题目:《放手也是一种美丽》《一种美丽叫放手》,细读里面的文章,有些无耐,有些悲凉,无一不是高温冷却后的心寒现象。

我不知道,放手是不是一种美丽,但我想,爱人之间,到真正放手的时候,那份爱也已经没有什么理由,让你不再放手。天高云淡,叶落深秋,它已在你心里,早已失去归宿,风旋着找不到地方落脚,失去习惯久已的依恋和温暖。这个时候,如果再说放手也是美丽,是不是自己给痛苦戴的花冠?认识她的时候,我就知道了他们的故事,她爱他,非常爱。在相爱的日子里,他们根本不知道什么叫痛苦,什么叫放弃。他们尽情地享受着爱的甜蜜,享受着人间真情的美好,不用表白,一个眼神,一个短信的问候,都几乎让人感到那三个温馨的字眼。"放弃"两字在他们之间,是天外的云彩呵,那么高那么远,放眼望去,那不过是人家的忧伤,人家的哀怨,一切的一切,都永远与自己无关。而当爱的激情渐渐退去,他感到心很累，累到逐渐少了交流。以前的欢乐，仿佛都躲掉了，他们不知道，自己还有多少时间，去想一个不再爱自己的人，去想一个曾经的誓诺。一时间，她只有惊慌失措。

　　对于一段没有未来的感情，放弃虽然会觉得痛，但也实在没有理由再去坚持。假如爱，谁舍得放弃，放弃只能是感情不可挽回的一种方式。而不再伤痛的最好办法，就是把它埋在心里，让时间慢慢淡化。当美丽破损，深情成了过眼云烟，倒不如重新振作自己，给爱一个华丽转身，让美丽自己做主，要美丽只美丽自己。

　　真正的爱情，经得起时间和岁月的打磨，经得起一次又一次无休止的争吵，经得起平平淡淡的柴米油盐，经得起事业上和生活琐事上的起起伏伏，经得起无限的思念和泪水。纵然被尘世间残酷的现实所磨损，仍要至死不渝地爱下去，我想，这才称得上是一种美丽。

父亲的庄稼

父亲对她说,别看你爸没文化,可地里的能耐多着呢。父亲能把自家的地收拾得井井有条,把庄稼侍弄得旺旺盛盛。父亲只要有空就整地积肥,他的口头禅是"庄稼一枝花,全靠肥当家",是种地的老把式了。在父亲的地里,你找不出弯弯扭扭的禾苗,一棵种子种下地里,会长出一支金黄色的"小火把"。

父母共有一儿一女,那一年,她哥哥考上县城的重点中学。花费多了,生活的担子就重,父亲便决定不再种庄稼,而是进城打工给哥哥攒学费。决定一下来,母亲的眼里就噙上了泪花。母亲知道父亲是舍不得土地舍不得庄稼的,于是决定让父亲一人进城打工,自己则留在家里继续侍弄地里的庄稼。母亲种地的本领当然不如父亲,不出几个月庄稼的长势便大不如从前了,几季粮食打下来,收成越来越微薄。

转眼几年过去,哥哥终于考上了大学,而父亲也累病了,其中的酸甜苦辣,从不跟家里人说。把攒下来的钱交到儿子的手里,眼看火车开动渐渐远去了,父亲的腰板这才稍稍地挺了一下。父亲一直打工到两个儿女大学毕业,找到了工作,这才放心地回家,抚摸着田里的庄稼直叹,为什么种地这么不值钱呢?如果种地值钱咱就不进城打工了。

　　一晃又是几年过去，她从师范毕业后，在乡里一所小学教书。暑假时回家，远远在地头看到一天比一天消瘦的父亲。父亲抱几个鲜玉米过来，说是自家地里掰的，让她带回学校吃个新鲜。她说爸，你看我和哥哥都工作好几年了，您也该享享清福过好日子了。父亲说，当年为了让你们两个上大学，把地里的庄稼都给耽误了，这几年要把欠下的补回来。

　　父亲说，其实在城里打工的日子也不好过，只不过，我和你妈是为了家里的"两棵苗"，才误了地里的一片禾啊。她知道，父亲眼里的"两棵苗"，就是哥哥和她。是的，尽管母亲和父亲是那样热爱土地和庄稼，可他们怎舍得为了地里的庄稼，而舍了家里的另一茬"庄稼"呢？看着父母累弯了的腰，她沉重得久久说不出话。她相信，在父亲眼里，她和哥哥就是他手底下的两棵庄稼，只要播种、培育，到该收获的季节，就一定会有收获。

眉头深深处

打开一本书,是最简单的那种,从网上或杂志里收集了,自订成集的画册,内容有山水风景,各色人物,幽默漫画,一幅幅镶了花边,旁注了说明文字,歪歪斜斜的,别出心裁。有一组,是人物特写,不是明星,但也是美丽如许的女郎,和帅酷了的小伙,个个春风得意,仪态万千。那是女儿喜欢的,看着这些,女儿的眼睛就会神采飞扬。另一组,是没有风景的画,也是人物,却黑白分明,如国画里的皴笔,虚实与留白之间的粗线条,给人一种怀旧的情绪。最引人注目的,是一张孩子的脸庞,大大的眼睛,表情木然,眼神也呆板着。看着他们,会联想到贫困的乡村,失落的童年,隐隐的忧伤,在心里沉浮。

画页一张张掀过,目光在另一组眼睛上定格,发现那些不同的眼神,比所有的风景都能把人打动,耐人琢磨,一时间,心头涌来许多繁杂的心事,沉甸甸的。那眼神的种种,让我的心一沉,复又紧紧地揪着提起。最末的一组,是来自山村的部分失学儿童,因了单位爱心捐助活动的需要,我特意从资料里找来的,一双双天真无邪的眼睛,让你没法不去关注。曾给一个失学女孩捐款,供她从小学到考取大学。当年在报上看到她时,未及读完她的简介,女孩的特写照片便将我震撼了。好一张清秀的小脸，一双大眼睛里，含了希冀与渴望，在窘困日子里的挣扎，从此对她爱怜有加。

当我不能识别一个人的时候，他的眼神便成了我认识的导航。如果问，"眼神能替代语言吗？""能的。"我会回答。试想，如果我只看了她的简介，没有那副照片，绝不会那么轻易地选择与她结成助学对子，如果不是那双眼神透出的漠然无助将我的心揪疼，我不会震撼，以至揣了自己薄薄的钱包，挤公共汽车一站一站赶到小女孩的家里，掏出自己当时身上仅有的几百元钱。

听过这样一则故事。一个女孩，路上遇有两人打架、一强一弱，因弱者是个少年。以强欺弱，是那么令人揪心和愤慨的事，因此路人纷纷驻足，围观者众，如潮水，却无一人敢去劝阻。只有女孩愤慨着，力排人群，挺身而出，面对那个强者，投去复杂的目光。足有几分钟的对视，强者败阵似的把头低垂下去，悻悻挤出人群。走时，还不忘回望小女孩一眼。她的胸前，火红的领巾燃成一把火炬，将那些麻木的心灵点燃。

是什么逼退了咄咄强者？是小女孩的眼神。那愤慨的，鄙夷的眼神，如磨快了的刀锋，锐利地刺中了一颗还剩一点良知的心脏！从此我相信，眼神的力量，它是那么的强大，是那么富有表达能力。于是汉语里，便有了那些丰富的词汇，从"秋水盈盈""含情脉脉"，到"怒目圆睁""侧目而视"。

眼神能表现出人的爱憎与良善，也能表现出一个人的气概与威严。喜欢看老电影《烈火中永生》，看《刘胡兰》，许云峰、江姐、刘胡兰，革命者们在刑场怒视敌人的眼神，闭上眼睛，到现在还在脑海里浮现，那透着正义的眼神，打垮了敌人刑场的无数次逼供，是它们，震慑了敌人的嚣张气焰。

眼神，可以含了仇恨，鄙夷，也是可以含了爱意的，所谓眼睛是心灵的窗口，盈盈秋水间，怀了一腔柔情，情意绵绵，绵长无期，温软着那个她爱的人。身陷爱情之中的男女双方那复杂的眼神啊，让我们领略尽了世间的情愁哀怨。在描写人物故事的小说里面，最常用的是眼含秋水，仅仅一个眼神，便可表情达意，托出一个多情女子的复杂心事。《石头记》里的人物便是一个写照——即使黛玉不去葬花，只看她一双忧郁的眼神，便会轻易猜透她一路曲折跌宕的命运结局。

　　人生在世，行为可以对别人隐藏，唯眼神不会，它如影随形地透出你的心灵本质。婴儿新生，作为生命的初始，最简单的需求是通过眼神表达。透过眼神，心灵的真诚，虚假，乖戾，恶好，水一般，清澈见底，一眼便让人看到骨子，用以表达憎恶，使虚伪远离你，表达善意，友谊便会毫无距离地亲近你。有时候，眼神又是复杂的，深藏不露，谁能说，一个情天恨海的眼神，内心深处不是漾了一朵爱的浪花？谁能说，一个刚正威严的眼神，内心深处不是含了一抹柔软的微笑呢？

　　昨天，又一遍观看了电影《一个都不能少》，遂拿出自制的画册，一张张翻看。正是文章下面这幅大眼睛小姑娘的照片，让我几回回"才下眉头，又上心头"。眉际深深处，是如水的柔软，漾开，是爱，再漾开，还是爱，绵延不绝，汇集不断。

时间与人生

说起时间，不能不让人想起张爱玲，她曾在《十八春》里这样写道：对于三十岁以后的人来说，十年八年不过是指缝间的事，而对于年轻人而言，三年五年就可以是一生一世。简短的一句话，告诉我们时间对每个人都是公正的，人人不断拥有时间，生命的渺小或伟大，这主要看个人的创造力。

有一个朋友，上世纪 80 年代，在人们竞相进城安家落户的时候，她自愿放弃优裕的工作和生活去西北执教，几十年来，由于长期劳累的工作，身体不很硬朗，但她得到当地家长孩子们的尊敬。如今，已为人母的她成了一个地道的西北人，每次回乡探亲都会带着浓厚的西北知识分子的气息。她付出了真诚，她收获了成功。

我们知道，人生价值包含自我价值和社会价值，其结果不是让社会满足你的需求，而是只有我们满足了社会需求，才能获得自我生存的基础。个体的人生活动对社会及他人的生存和发展不仅没有贡献，反而起到某种反作用。人生的价值并不是用时间，而是用深度去衡量的，他的生存和发展贡献越大，人生的社会价值也就越大，反之就越小。

人生最大的浪费是时间的浪费，虚掷生命，蹉跎年华，是人生的损失。"子在川上曰：逝者如斯夫，不舍昼夜！"古人慨叹时间的流逝，尚且怀有惆怅和无奈，何况坐在时代列车上的我们。列夫·托尔斯泰也曾说过：人生像旋转木马，时间没到就不能停下来。人的一生可能燃烧也可能腐朽，怎样不让它腐朽而让它燃烧起来，在于他贡献什么，而不是他能索取什么。

不要以为，年轻人的时间比老人富有得多，经得起透支和挥霍，如若不在生命老去之前做一个有价值有理想的人，那么人生的理想，要么丧失实现条件，要么备尝人生的艰辛和苦难。马克思有句耐人寻味的名言："时间是人类发展的空间。"时间孕育机遇，机遇来自时间，赢得时间，接受挑战，任何一个目标，都是经过艰苦卓绝的奋斗才得以实现的。

心境决定幸福

早上起来，发现书房里茉莉花又开了，门窗打开，房间里流转着浓浓的茉莉花香。我从那盆花的面前走过，那些白色的小花朵，朝我点头笑了一下，又兀自美丽去了。仿佛并不在意，有没有人欣赏它。

清晨7点之前，我习惯打开电脑，在网页上听散文朗读，在阳台上浇浇我的花。对我来说，这个时刻是一天里最美好的，我细细地体会着生命、岁月、花香，尽管时间很短，是那么匆促，我却奢侈地拥有着。正因为短暂，所以我快乐，我感觉自己是幸福的。

其实每天的天气并不都是晴朗的，有时也阴云密布，想一想那铅灰色的凝重的天空，你就知道有的人心情是怎样的了。但我每个早上，皆因重复着的这些事情而快乐着，我用知识弥补着心灵的空虚，用悠闲缓解着时光的匆促。我给自己倒一杯茶水，茶叶只放了几枚，看它们在杯中悬浮，仿佛和我一样地陶醉。

听过这样一个故事：一个姑娘因病住院，心情特别不好，但当她看到邻床一位老大娘病得很重，却有很好的精神状态，不由得疑惑了。那位老人经常往窗外张望，一边张望一边开心地发笑。有一天，她对呆呆出神的小姑娘说，你看，你看，处面的景色多美啊！

说着，老人开始向姑娘描述窗外的情景。那窗外的情景可真美啊，在老人的描述里，有说不尽的好笑事情，把小姑娘感染了，逗笑了。

　　有一天老人出院了，小姑娘要求住到那位老人空出的地方，等小姑娘搬过去，起身向窗外探去，外面的一切令她大吃一惊——原来，那里哪有什么美丽的景色，只不过是紧邻了一堵黑黝黝的墙而已。心情的好坏，不是天气也不是身外原因造成的，决定心情的只是你自己，只有你自己，才能调控或保持心情的好坏。

　　好心情，是一杯茶，一朵花，一份尽心的工作，它不在意有没有人欣赏，不需要太多的喝彩和掌声，简单了，心情才好。如此，心静一点，简约一点，每天都有一颗新鲜的太阳，每天都有一份美好的心情，又何尝不是一种美丽与幸福呢？有句话说得好，心里种植阳光，幸福就与花一同生长。

轻叩家门

那天有事下楼，门一打开，就发现楼道里站着一个男人，正对着防盗门上的猫眼朝邻居家里窥望。看他鬼鬼祟祟的样子，我以为是遇上了小偷，心咚咚跳了起来。对门是新搬来的住户，平常家里只有两位老人，如果真的遇上了小偷，我有保护他们的义务。但稍一镇静，我认出他是对门老人的儿子，在某房产部门工作，于是打了个招呼而过。

谁想过了几天，我又在门外遇见了他，还是蹑手蹑脚的样子，每隔一会儿就敲一下他家的屋门。我看了就说："你妈妈家里有门铃，你可以按门铃啊。人上了年纪大都耳背，这样轻手轻脚地敲，老人大概不会听到。"

他听我说完，也朝我笑笑，说："我知道，那门铃还是我帮爸妈按上去的，但是有一回我回家，刚好他们在休息，门铃声把我妈惊醒了，吓得不轻，从那时起，我就不再敢按门铃了。轻轻敲门，能听见就开，听不见我就在门外等。老人屋里安静，敲门的声音，他们总会听到的。"哦，原来是这样啊。

想起自己，每逢双休，我也都是回家，为给母亲更多的照顾。记得有一次，母亲正在午睡，敲开门后，发现母亲的脸上现出疲乏的神情，问是怎么了，母亲只说那几天心慌，身体不大舒服。望着母亲疲惫无力的样子，我只是劝母亲好好休息，其他的也没有多想。

听他这么一说，再回家时就问母亲："前几次看到您不舒服，是不是我敲门声太大惊着您了？"母亲回忆了一下，说："是啊，刚睡下，就听到敲门，醒了后就心慌得不得了，这是多年的老毛病了。"听了母亲的话，我心里咯噔一下，这哪是母亲的老毛病啊，我怎么就没有想到，母亲的心脏不好，怕惊吓，用力敲门的声音，会给母亲带来不良反应呢？

翻看一本医书，果然看到这方面的内容：老人晚上睡眠质量不太好，通过午睡让大脑得到更多的休息，这是好事。然而，睡午觉时老人心跳减慢，周身供血量小，心脑血管相对收缩，如果午觉醒后立即起床，心脑血管会迅速扩张，易患脑出血等症。然而老人平日在家孤单，出于盼子女心切，一旦听到有人敲门，就会急切起床开门，如果不注意生活中的这些小细节，就可能造成无法挽回的后果。

从此再回家，就与母亲午睡的时间错开，敲门也不再用力，而是轻叩门环，叮当两下。如果母亲一时听不到，我就站在门前等候。当家门轻轻启开的时候，望着安详的母亲，心中便漾满了温馨与幸福。